광개토태왕
담덕
8

광개토태왕 담덕 8

초판 1쇄 발행 | 2024년 3월 20일

지은이 엄광용
발행인 한명선

책임편집 김수경
제작총괄 박미실
디자인 모리스

주소 서울시 종로구 평창길 329(우편번호 03003)
문의전화 02-394-1037(편집) 02-394-1047(마케팅)
팩스 02-394-1029
전자우편 saeum2go@hanmail.net
블로그 blog.naver.com/saeumpub
페이스북 facebook.com/saeumbooks
인스타그램 instagram.com/saeumbooks

발행처 (주)새움출판사
출판등록 1998년 8월 28일(제10-1633호)

ISBN 979-11-7080-040-8
ISBN 979-11-90473-88-0 04810(세트)

엄광용 역사소설
담덕
광개토태왕
8
말 타고
초원로를 달리다

새움

차례

제8권 말 타고 초원로를 달리다

교류와 상생

1

398년(영락 8년), 그해 여름은 유난히 길었다. 하늘에 뜬 해는 그 게으른 운행으로 인해 하루를 몹시도 지루하게 만들었다. 새벽 일찍 떠서 저녁 늦게 붉은 놀이 질 때까지 간단없이 대지를 향해 뜨거운 열기를 훅훅 뿜어대면서 한껏 늑장을 부려대고 있었다. 태왕 담덕에겐 그해 여름이 누구보다 지루하게 느껴졌다. 요동에서 회군한 후, 편전의 용상 깊숙이 몸을 파묻은 채 장고를 거듭하고 있었다.

초여름으로 접어들 즈음, 담덕은 추동자로 하여금 북방 지역에서 활동하는 흑부상들을 국내성으로 불러들이도록 했다. 그와 동시에 장안 옥상단 대인 조환에게 친서를 전달, 양수로 하여금 고구려 기예단을 이끌고 오도록 협조를 요청했다.

담덕에게 여름이 유난히 길었던 것은 흑부상과 기예단의 소식을 손꼽아 기다리고 있었기 때문이다. 이번 숙신 토벌은 그들을 최대한 활용하여 '상업'이란 씨줄과 '문화'라는 날줄로 동아줄을 엮어, 이제까지 군사적으로는 그 전례를 찾아보기 힘든 기발한 전략을 펼칠 생각이었다.

그러는 사이 어느덧 계절은 가을로 접어들었다. 하늘에선 따사로운 햇살이 바늘 끝 같은 촉수로 나락이며 열매를 쏘아댔는데, 그 넘실대는 논밭의 황금빛 물결과 달콤하게 익어가는 과일들의 향기가 자연의 풍요로움을 오감으로 느낄 수 있게 해주었다.

이처럼 대풍이 예견되어 백성들의 어깨에 절로 흥이 실리는 계절인데도 태왕 담덕의 고민은 더욱 깊어만 갔다. 그는 유독 숙신 토벌에 뜸을 들이고 있었다. 가마솥의 밥이 더운 김을 푹푹 솥뚜껑 사이로 품어낸 지 오래되었는데도, 그는 정작 상차림 준비를 서두르지 않았다.

국내성으로 돌아올 때만 해도 고구려 장수들은 곧바로 원정군을 출동시켜 숙신 토벌에 나서게 될 줄 알았다. 그런데 의외로 담덕은 이번 숙신 원정을 단순하게 생각하지 않았다. 동북방의 숙신은 서북방의 거란과 달라, 그 족속들의 사는 방식이나 통치 체제가 제대로 정비되어 있지 않았다. 그도 그럴 것이 숙신 세력은 북방 초원지대의 동서로 길게 뻗은 소흥안령산맥과 흑룡강 줄기를 따라 지역 곳곳에 은거하여 활동하는 무리들이라, 그들이 산재하여 사는 곳이 딱히 정해져 있지 않았다. 또한 그때그때 출몰 지역이나 이동하는 족적이 동서남북 예측불허일 때가 많아, 그들의 행적을 추적하기가 어렵다는 점도 적지 않은 고민거리였다.

일단 고구려가 거란의 비려부를 공략하여 진즉에 금산(알타이)까지 이어지는 서북쪽 교역로를 확보하기는 했다. 그렇지만 소흥안령산맥 남부에 근거를 둔 부여와 동북방에 산재한 숙신이 있어, 북방 초원로를 통한 서역과의 교역에는 큰 부담을 느낄 수밖에 없었다. 특히 초원로는 고구려가 서역의 말을 수입하는 중요한 교역로인데, 이번에도 대상들이 숙신의 마적 떼들 습격을 받아 기백 두의 말을 잃어버렸다.

군사력이 강한 고구려가 숙신의 무리를 토벌하는 것은 크게 어려운 일이 아니었다. 당장 무력으로 겁박하면 일시적으로 북방의 안정은 꾀할 수 있을 것이었다. 그러나 그들이 언제 다시 도발할지 모르므로 강력한 억압정책을 펴서 스스로 머리 숙이고 들어와 조공을 바치게 할 특단의 대책이 필요했다. 담덕이 장고를 거듭하는 것은 바로 그러한 문제 때문이었다.

장안의 기예단보다 북방에서 활동하는 흑부상들이 먼저 국내성으로 모여들었다. 조직의 연락망을 통하여 북방 각처를 떠돌고 있는 대원들에게 소집 명령을 내린 결과, 불과 한 달여 만에 1백여 명 남짓한 무리들이 압록강 중류 왕당군의 훈련장에 집결하였다. 그들이 전에 왕당군 부대장 선재에게 특수 훈련을 받던 바로 그곳이었다.

흑부상들의 인원 점검을 끝내고 나서, 단장 추동자는 국내성으로 가서 태왕 담덕을 알현하였다. 그 자리에는 숙신 세력의 정보를 듣기 위하여 특별히 왕당군 대장 우적을 비롯하여 하명재와 호자무, 그리고 호위무사로 군사 정보를 책임지고 있는 마동까지 동석해 있었다.

"왕당군 훈련장에 북방 초원지대에서 활동하는 흑부상 대원들을 집합시켜 놓았사옵니다."

"대원들이 가져온 정보를 통해 동북방의 숙신 세력들 동태는 파악해보았나요?"

담덕이 거두절미하고 물었다.

"온순하다고만 생각했던 숙신족이 갑자기 마적 떼로 변한 이유는 가뭄으로 인해 초원이 사막화되는 현상 때문이라 하옵니다. 초지가 메말라 풀이 자라지 않으니 가축들이 굶어 죽을 수밖에 없었고, 그러자 유목 생활을 하는 그들도 먹고살기 위해 마적 떼로 돌변한 것이라 추측됩니다. 서북에서 동북까지 초원지대에 걸쳐 있는 족속들은 지역에 따라 그 집단의 규모가 다르고 생활 습관이 천차만별이어서 지칭하는 이름조차 제각각이옵니다. 그래서 그들 지역을 여러 차례 왕래한 우리 흑부상들끼리도 저마다 의견이 엇갈릴 정도입니다. 주로 '숙신'이라 부르는 경우가 많았으나, 지역에 따라 '물길' 또는 '읍루'라고 칭하기도 합니다."

"특수한 지역적 여건으로 볼 때 그럴 수 있으리라 예상은 하고 있었소. 그것이 숙신 공략의 어려운 점 아니겠소?"

담덕은 다음에 이어질 숙신의 새로운 소식을 듣기 위해 추동자의 입에 눈길을 모았다.

"숙신족들은 땅이 척박하고 한랭한 기후 조건 속에서 살다 보니 종족 보존을 위한 먹고사는 일이 무엇보다 중요합니다. 자기네 종족들이 죽어나갈 정도로 매우 열악한 환경에 처하게 될 경우, 그들은 매우 성격이 포악해져 외지에서 온 낯선 사람들을 보면 몰래 독극물이 섞인 음료를 마시게 하거나 독화살로 살상하여 인육을 먹기도 한다는 소문이 널리 퍼져 있사옵니다. 원래 숙신이나 읍루와 물길은 같은 족속이라고 볼 수 없습니다. 그들은 북방 지역에서 초원을 찾아 이동하며 가축들을 기르는 유목민이므로, 기후 조건에 따라 수시로 풀이 잘 자라는 땅을 찾아가다 보니 거주지가 자주 바뀌어 족속의 이름조차 혼동이 왔던 것이옵니다. 이를테면 숙신족이 살던 지역에 나중에 읍루족이 와서 가축을 길렀고, 다시 그곳을 물길족이 차지하기도 했습니다. 족속들마다 매우 유동성이 강한 편이므로 머무는 곳마저 예상하기 어려울 때가 많습니다. 따라서 그들의 주요 거점을 파악하기란 쉽지 않은 일이옵니다. 하지만 대체적으로 숙신이란 이름이 오래전부터 쓰였으므로, 읍루나 물길 역시 통상적으로 숙신족이라 불리는 경우가 많습니다. 숙신은 아직 나라다운 면모를 갖추지 못한 추장 중심 사회입니다. 각 부락의 추장들끼리 연합하여 세력을 형성하면 무시하지 못할 실력 행사를 할 수도 있으나, 그들은 자기 부락의 이익이 될 때는 적극적으로 행동을 취하지만 별 볼 일 없다 판단되면 곧바로 돌아서는 아주 이기적인 족속들입니다. 이러한 선택은 전적으로 추장의 권한에 속하며, 부락민들은 그의 명령에 절대복종합니다. 따라서 시시때때로 이합집산이 이루어져, 그들의 세력 범위나 무력의 수준을 파악하기가 쉽지 않사옵니다."

추동자의 말에 담덕은 가만히 고개만 주억거렸다. 하명재와 호자무는 태왕의 얼굴을 바라보며, 무거운 입이 열리기만을 고대하고 있었다.

그때 왕당군 대장 우적이 나섰다.

"오래전 소장이 책성에서 동부군사들에게 무술을 지도할 때, 그 북동쪽의 읍루 부락 어부들을 여러 차례 만난 적이 있었습니다. 그곳에선 어부들이 주로 고깃배를 타고 바다에 나가 물고기를 잡거나, 해변의 낮은 물속 바위틈에서 해삼을 건져올립니다. 어부들 얘기에 의하면 그곳 지형이 마치 게가 바다를 향하여 두 앞발을 쩍 벌리고 있는 형국인데, 가슴으로 바다를 끌어안고 있는 것과 같아 아무리 폭풍우가 치는 험한 날씨라도 배가 그 해안으로 들어서면 일단 안전하다고 합니다. 게의 두 앞발 같은 지형이 감싸주어 그 안에 갇힌 바다의 물결이 고요하기 때문입니다. 그곳의 어부들 사이에서도 제각각이라 자신들을 숙신의 후예라고 하기도 하고 읍루로 부락 명칭을 부르기도 합니다."

"대장군께선 당시 동부가 반란을 일으켰을 때, 바로 해평이 왜국으로 망명하던 그 부두를 말씀하시는 것 아니겠습니까?"

담덕이 빙그레 웃으며 우적을 쳐다보았다.

"바로 그곳입니다. 부끄럽습니다만, 당시 소장이 읍루 어부들에게서 고깃배를 구해 해평의 무리들을 태워 망명시켰지요. 소장은 높은 산 위에서 그 광경을 지켜보았는데, 해평의 무리들이 배를 타고 떠나기 전에 부두에 묶여 있던 어선들을 모두 불태우는 바람에 숙신인지 읍루인지 아무튼 그 부락 어민들과 고구려가 앙숙 관계로 변했지요. 해평의 무리들이 부두의 고깃배들을 모두 불태운 것은, 동부 반군 축출에 나선 국내성 관군이 배를 타고 뒤를 추격할까 두려워서였다고 짐작됩니다. 그때 소장은 산 위에서 부두를 내려다보며 아차, 싶었습니다. 평소 해평을 그렇게 가르치지 않았는데, 그들을 안전하게 망명할 수 있도록 배까지 선심을 써서 내준 읍루 부락 어부들에게 그야말로 선을 악으로 갚은 격이지요. 그 전까지만 해도 숙신족과 고구려 간 물적 교류가 자주 이루어져 사이가 좋았으나, 해평의 사건 이후 적대관계로 변해버렸습니다."

우적의 말에 담덕은 그늘진 표정을 감추지 못했다. 해평의 반군 무리들이 하가촌 무술도장을 덮쳤을 때, 그들을 피해 마동과 함께 급히 거친 강물 위에 배를 띄우던 일촉즉발의 순간이 떠올랐기 때문이다. 그때 강가에서 반군의 무리들을 막아서며 싸우던 사부 을두미의 마지막 모습은, 오랜 세월이 지나도 마음의 벽에 화인처럼 각인되어 지워지지 않는 기억으로 남아 있었다.

"그런 일이 있었군요. 그러면 이번 호자무 행수가 이끌고 오던 말 기백 두를 잃어버린 것도 우리 고구려와 앙숙이 된 그들이 마적 떼로 변해 저지른 짓일 수 있겠군요."

담덕이 호자무를 바라보았다.

"그럴 수도, 혹은 아닐 수도 있습니다. 워낙 숙신족들은 여기저기 떠돌며 살기 때문에 그들의 행적을 도무지 종잡을 수가 없습니다."

호자무가 난감한 표정을 지었다.

"그렇게 동북방 초원에 흩어져 사는 숙신의 무리들이 대체 얼마나 될 것 같습니까?"

담덕은 탁자 좌우에 앉은 사람들을 찬찬히 둘러보았다. 딱히 누구를 지목한 것도 아니어서, 모두가 우물우물 대답을 입안에서만 굴리고 있었다. 정확하게 답변할 자신이 없었던 것이다.

"아마도 줄잡아 2만은 되지 않을까 싶습니다. 다만 그들이 집단을 이루어 행동하는 제대로 체계를 갖춘 무리들이 아니라서 많게는 부락끼리 연대하면 수천이 될 것이고, 적게는 기백씩 부락을 이루어 살고 있을 것이옵니다. 아마도 우리 고구려 원군이 쳐들어갈 경우 숙신족 추장들도 더욱 연대를 강화하여 규모가 큰 군사력을 갖출 수 있을 것으로 예상됩니다."

이렇게 나선 것은 추동자였다.

"흐음! 적의 주둔지가 어디인지, 군사력이 얼마나 되는지 정확하게 모르고 출정한다는 것처럼 난감한 일도 없다고 보는데……. 그런데 숙신족이 왜 갑자기 마적 떼로 변해 우리 고구려의 말들을 기백 두씩이나 탈취해갔다고 보십니까? 말을 식용으로 쓰자는 것도 아니고."

담덕의 물음에 이번에는 호자무가 대답했다.

"숙신족들은 말을 재산 가치로 삼습니다. 그래서 잡아먹지는 않고 아껴가며 젖이나 짜서 마시다가, 나중에 남쪽의 부여나 서남방의 선비족들에게 비싼 값에 팔아 곡물과 육포 등을 사들여 기근을 해결한다고 합니다."

"흐음! 또 달리 들은 숙신의 풍습 같은 것은 없습니까?"

담덕은 호자무에게 던졌던 눈길을 추동자에게로 향했다.

"숙신족은 가족 또는 부락 단위로 여기저기 초원을 돌아다니며 살다 보니 유목을 하는데 필요한 인력이 늘 부족하다고 합니다. 그래서 어쩌다 먼 곳에서 온 길손이 천막으로 찾아들면 아주 친근하게 반긴답니다. 그런 연후에 그날 밤 주인 남자는 천막 밖에 나가 들판에서 자고, 아내로 하여금 손님과 잠자리를 갖게 한다는 것입니다. 유교적 덕목으로 보면 예법도 모르는 천하에 불한당 같은 자들이지요."

"허어?"

"……."

담덕을 비롯하여 그 자리에 참석한 사람 모두가 의아스러운 눈빛으로 추동자의 입을 바라보았다.

"그것은 종족을 늘리기 위한 궁여지책의 한 방법이라고 합니다. 한 명이라도 아이를 더 낳아서 인력을 확보하는 것이 그들의 목적이기 때문입니다. 그래서 아이를 잘 낳는 여성을 최고로 우대한다는 것입니다."

추동자의 설명이 그러하였다.

"예전에 상단을 이끌고 초원로를 오가면서 그와 비슷한 얘기를 자주 들은 적이 있사옵니다."

하명재가 모처럼 무거운 입을 떼며 담덕을 바라보았다.

"그런데 가뭄으로 초근목피도 어려운 요즘에 와서는 숙신족들이 찾아든 손님을 반가워하는 이유가 달라졌다고 합니다."

추동자가 다시 입을 열었다.

"어떻게 달려졌다는 것이오?"

담덕은 추동자의 매우 흥미로운 이야기에 끌려들었다.

"외지에서 손님이 찾아들면 환대하는 척하면서 몰래 양젖이나 술에 독극물을 타서 죽인 후 인육을 삶아 먹거나 육포로 말려 보관한답니다."

"무엇이라?"

"숙신족은 특히 활을 잘 쏘는데, 싸리나무 화살에 독을 묻혀 외지인들을 쏴 죽인 후 부락민들끼리 모여 밤새 불을 피우고 인육 잔치를 벌인답니다."

추동자의 말에 담덕이 혀를 끌끌 찼다.

"허허, 야만인이 따로 없구먼! 오래전 해평의 반란으로 인해 뜻하지 않게 마동과 함께 유랑 생활을 할 때 생각이 납니다. 동진의 명주항에서 남양 선박을 타고 온 사람들을 통해 들은 얘긴데, 남양 군도의 어떤 섬에는 정말 식인종들이 살고 있다고 합니다. 그들이 해적질로 선원들을 잡아다 인육을 삶아 먹었다던가? 지금 숙신족들의 인육 먹는 얘기를 들으니, 척박한 지역에선 먹고살기 위한 최후의 수단으로 그런 인면수심의 행태가 벌어지기도 하는 모양입니다."

담덕은 무엇을 깨달았는지 한참 동안 고개를 끄덕거리고 있었다.

"폐하! 소신이 어릴 적에 자라난 개마고원 말갈부락에서도 일어났던 일입니다. 그 당시는 백제와의 전쟁 직후였는데 몇 년째 흉년이 들어 도처에서 도둑 떼가 극성을 부렸습니다. 먹고 살 길이 없으니 양민들이 도둑 떼로 변하여 산속에 들어가 나그네의 봇짐을 털었던 것이지요. 당시 집을 버리고 떠난 일반 백성들도 개마고원 말갈부락으로 찾아들었는데, 사냥은 안 되고 식량까지 다 떨어지자 어린애를 훔쳐다 가마솥에 삶아 먹었다는 얘기를 들은 적이 있습니다."

눈을 멀뚱거리며 주위 사람들의 말에 귀만 기울이고 있던 마동이 거들었다.

"인육 먹는 얘기는 그만 되었소. 이야기를 듣는 것만으로도 살에 소름이 돋는 듯하군. 어찌 인두겁을 쓰고 그럴 수 있단 말인가? 이것으로 어느 정도 숙신족에 대해 알았으니 오늘은 이만 물러들 가도록 하시오."

담덕은 오른손으로 이마를 감쌌다. 그것은 피곤해서가 아니라 나름대로 고민이 더 깊어졌을 때 나오는 신체적 반응이었다.

'인면수심이라…….'

그것은 태왕 담덕에게 있어서 숙신 정벌의 화두와도 같은 또 다른 고민거리 중 하나였다.

2

가만히 자연계를 살펴보면 인간만큼 무서운 종족도 없었다. 동물들의 세계에선 같은 무리들끼리 싸우거나 죽이고 잡아먹기까지 하는 경우가 극히 드물었다. 그런데 유독 인간만은 달랐다. 서로 죽고 죽이는 전쟁터에서의 참상을 보면 인간의 야만성이 그대로 적나라하게 드러나곤 했다. 전쟁에 쓰이는 칼이며 창, 도끼, 활 등 십팔반무예의 각종 무기들을 보면 모두 사람을 죽이는 데 쓰이는 다양한 특징들을 갖고 있었다. 뿐만 아니라 범죄인을 다루거나 처형하는 방법도 가지가지였다. 죄인의 목을 칼로 치거나 올가미로 졸라 죽이는 것은 일반적인 형벌에 속했다. 사지를 소나 말에 묶어 달리게 함으로써 찢어 죽이는 거열형에서부터 가마솥에 삶아 죽이는 팽형 등 온갖 방법을 동원해 잔인하게 죽이는 것이 인간의 머리에서 나온 형벌 제도였다.

며칠 동안 태왕 담덕은 그러한 전쟁의 야만성과 형벌의 잔인성을 생각하며, 인면수심의 인간 행태에 대해 참담한 심정으로 생각을 거듭하였다. 동물들은 배가 고프지 않으면 함부로 사냥하여 다른 생명을 죽이는 법이 없는데 반하여, 인간은 더 가지려는 욕망 때문에 전쟁을 일으켜 예사로 사람을 죽이고 강제

추행에 온갖 약탈을 일삼곤 했다.

'인면수심! 부끄러운 줄 모르는 인간들의 욕망을 어찌해야 막을 수 있을까? 전쟁이 없는 평화의 시대를 어떻게 만들 수 있을까?'

오래전부터 해오던 고민이었지만, 태왕 담덕은 숙신 정벌에 앞서 매우 근본적인 인간의 문제에 대해 다시금 생각하게 되었다. 며칠 고민을 거듭하던 끝에 그는 대상 하명재를 궁궐로 불렀다. 전쟁을 일으키는 창칼의 수단보다는 때로 교역을 통한 유통 질서의 회복이 이웃나라와의 원한 관계를 화친의 계기로 만드는 첩경이 될 수 있다고 판단했다. 그는 문득 장안의 대상단을 이끄는 조환이 강조한 바 있는 '상업의 길'을 닦아 '경제영토'를 넓히는 것이 전쟁을 일으켜 무력으로 지배력을 확장하는 것보다 장기적으로 큰 이득이 될 수 있다고 생각해보았다.

하명재가 편전으로 들어섰다.

"폐하, 찾아계시옵니까?"

"오, 외숙께서 오셨군요? 이쪽으로."

옥좌에 앉아 깊은 생각에 잠겨 있던 담덕은 반가운 얼굴로 하명재를 맞았다. 곧 두 사람은 탁자를 사이에 두고 마주 앉았다.

"숙신 정벌 구상으로 심려가 매우 크시다 들었습니다만……."

하명재는 그러면서 담덕이 왜 자신을 불렀는지 감을 잡지 못해 궁금한 눈길을 던졌다.

"실은 그 일로 외숙과 상의를 좀 하고 싶습니다."

담덕은 여전히 눈을 하명재에게 박아둔 채, 내관에게 준비된 것을 가져오라고 손짓했다.

내관은 곧 편전 밖에 대기하고 있던 시의侍醫를 들게 하였다. 시의 뒤에는 소반을 받쳐 든 의녀가 따라 들어왔다.

의녀는 소반에 받쳐 가져온 사발을 탁자 위에 놓았다. 담덕과 하명재 두 사람 앞에 각기 걸쭉한 국물이 담긴 사발이 놓였다.

"이것이 무엇이옵니까?"

편전에 들어오면 늘 차 대접을 받았기 때문에, 하명재는 태왕을 향해 의아스런 눈길을 던지지 않을 수 없었다.

"하하, 핫! 요즘 밥맛도 없고 속이 허해 시의에게 한번 만들어보라 일렀습니다."

담덕은 여유 있게 웃으며 손짓으로 하명재에게도 어서 들기를 권했다.

"이런, 이런! 숙신족에게 말 기백 두 잃어버린 것을 가지고 공연히 폐하의 심기를 괴롭혀드린 모양입니다."

하명재는 사발을 들어 입으로 가져가다 말고 담덕의 얼굴을 일별했다.

"들어보시고 얘기를 계속하시지요."

담덕이 사발을 기울였고, 하명재도 조심스럽게 걸쭉한 국물을 목구멍으로 넘겼다.

"이건 곡물가루가 아니옵니까? 뭔가 약재를 탄 것도 같고."

하명재가 반쯤 사발을 기울이다 탁자 위에 내려놓으며 물었다.

그러자 대기하고 서 있던 시의가 설명을 달았다.

"맞사옵니다. 교맥蕎麥, 즉 메밀가루에 백복령과 기타 약재를 꿀과 함께 고루 섞어서 만든 것입니다. 일명 천금초千金麨라고 하지요. 약재를 넣어서 그렇지만 일종의 미숫가루라 할 수 있습니다."

"흐음, 천금초는 어떤 효능을 가지고 있는지요?"

하명재는 왜 갑자기 태왕이 천금초를 찾게 됐는지 은근히 용태가 걱정되어 시의에게 묻지 않을 수 없었다.

"예로부터 천금초는 흉년이 들었을 때 덜 먹고도 생명을 보전하기 위한 식량으로 대용하던 것인데, 미식靡食이라고도 하고 저잣거리에서는 흔히 '미숫가루'라고 하지요."

"아, 곡물가루가 맞네요. 거기에 약재와 꿀을 섞었다 뿐이지."

"네, 바로 맞추셨사옵니다. 예로부터 이렇게 약재로 만든 천금초의 효능에 대해 과장되게 말하기를, 흔히들 하루에 한 숟가락씩 냉수에 타서 마시면 배가 고프지 않다고 하였사옵니다."

시의가 거듭 설명하였고, 담덕은 만면에 미소를 거두지 않은 채 하명재를 바라보았다.

"마셔보니 어떻습니까?"

"말을 타고 급히 궁궐로 오느라 힘을 써서 출출했었는데, 천금초 한 모금을 들이켰더니 배가 금세 든든해진 느낌입니다."

하명재는 담덕의 물음에 대답하면서도 그 의도를 도무지 알 수 없어 고개를 갸우뚱거렸다.

"이만하면 숙신족을 굴복시킬 수 있는 무기가 되지 않겠습니까?"

담덕이 가슴을 쭉 펴며 자신감 있는 표정을 지었다.

"네에? 이것이 무기라구요?"

하명재는 계속 얼떨떨한 기분이었다.

"그동안 며칠 궁리 끝에, 시의와 함께 개발한 무기입니다."

"이것이 어찌 숙신족을 굴복시킬 무기가 될 수 있다는 것인지요?"

하명재로선 도무지 이해할 수가 없었다. 숙신족들이 독극물을 화살에 발라 외부에서 온 사람들을 쏘거나 양젖 같은 데 타서 죽였다더니, 태왕도 '눈에는 눈, 이에는 이'와 같은 수법을 쓰려는 것은 아닌지 심히 염려되지 않을 수 없었다. 미숫가루가 무기가 된다면, 거기에 독극물을 섞어 숙신족들에게 마시게 하는 방법밖에 없다는 생각이 들었다.

"외숙께선 대상을 오래 하셨으니, '상업의 길'에 대해 잘 알고 계시지 않습니까? 지난번 하가촌 종마장 호자무 행수가 숙신족에게 말 기백 두를 탈취당한 것은 '상업의 길'을 잘못 닦았기 때문이란 생각을 해보았습니다. 상업이란, 즉 물화의 교류는 서로 부족한 것을 나누는 일입니다. 대상들은 그 상업의 길을 왕래하는 수고의 몫으로 이문을 챙기는 것 아니겠습니까?"

담덕의 말에 하명재는 자신이 오해한 것을 알고 문득 부끄러워졌다.

"아하! 천금초를 무기로 사용한다는 것이 숙신과의 거래를 의미하는 것이었군요?"

하명재는 자신도 모르는 사이에 무릎을 탁, 쳤다.

"무기를 들고 싸우는 것만 전쟁이 아닙니다. 상업 행위도 굳이 따지고 보면 전쟁처럼 치열한 대결 아니겠습니까? 전쟁에선 누가 더 인명을 많이 살상하고 땅을 빼앗느냐가 싸움의 관건이지만, 상업은 누가 더 교류의 장을 확장해 시장의 활기를 주고 이문을 많이 남기느냐에 있겠지요. 이번 숙신과의 전쟁은 상업의 길을 닦아 우리 고구려의 경제 영토를 넓히는 전략이 되어야 할 것입니다."

"허어, 언제 폐하께서 그렇게 심도 있는 상업 공부까지 하셨습니까?"

하명재는 감탄해 마지않았다.

"일찍이 마동과 함께 유랑 생활을 할 때 저 서역까지 간 적이 있었고, 지금은 장안에서 옥 거래로 대상단을 이끄는 조환 대인을 사막에서 만나 깊은 인연을 맺지 않았습니까? 참으로 조환 대인에게 배운 것이 많습니다. 전쟁의 길이 곧 상업의 길이라는 것을 알게 됐고, 상술이 무술 버금가는 전략이 될 수 있다는 사실도 깨달을 수 있었습니다."

"상술과 무술이라……."

"그래서 얘긴데, 외숙께서 이번 숙신 정벌 때 대장군 역할을 맡아주셔야겠습니다."

담덕의 말이 하명재에게는 전혀 뜻밖이어서 마치 급소를 찔린 듯한 기분이었다. 그래서 자신도 모르는 사이에 굽혔던 허리까지 펴며 자세를 바로잡았다.

"대, 대장군이라니요?"

"상술과 무술이 같다고 하지 않았습니까? 이번 숙신과의 전쟁은 상술을 앞세운 전략전술로 나가야 승산이 있습니다. 무기로 그들을 위협한다면 보복심리만 더 부추겨 언제 또다시 말을 탈취당할지 알 수 없습니다. 지금 압록강변의 왕당군 훈련장에 동북 지역을 떠돌며 행상 노릇을 하던 흑부상 1백여 명이 모여 있습니다. 이번에는 그들에게 각기 자기에게 익숙한 지역을 맡겨 장수 역할을 할 수 있도록 할 작정입니다. 흑부상의 대장군이 되어주십시오."

그러고 나서 담덕은 비밀리에 나눌 이야기가 있다며 내관까지 물러가게 한 후 하명재와 독대하는 자리를 가졌다.

"폐하! 다른, 하명하실 일이라도?"

이번에 태왕과의 알현에서 하명재는 여러 번 놀랐다. 또 어떤 부탁이 그에게 떨어질지 몰라 은근히 겁이 나기도 했다. 대상 노릇을 오래도록 해왔지만, 전쟁터에 나가는 대장군 역할까지 맡게 되리라곤 꿈도 꾸어보지 못한 일이었다.

"운양(운산)의 사업 말입니다."

담덕이 소리를 죽여 말했다.

"금광 사업을 말씀하시는 것입니까?"

하명재도 저절로 소리를 죽일 수밖에 없었다.

오래전에 조환이 수하에 부리는 기예단장 양수로부터 들은 이야기라며 운양의 금맥 정보를 알려주었을 때, 태왕 담덕은 하명재에게 금광 개발의 전권을 맡긴 바 있었다. 그 이후 하명재는 수하에 부리던 행수 중의 한 명을 운양으로 보내 토질조사를 시켰고, 적유령과 묘향산 줄기의 하나인 운발산에 대량의 금이 매장되어 있음을 확실히 파악한 바 있었다. 아직까지 정확하게 금맥이 있는 곳을 발견하지는 못했지만 운발산에서 흘러내리는 개천의 모래에 금가루가 섞여 있다는 걸 채취 작업을 통해 알아냈던 것이다. 그래서 대대적으로 사금 채취 사업을 전개하였는데, 벌써 5년 넘게 사금 채취로 금괴를 만들어 태왕의 내탕금으로 확보해둔 마당이었다. 그것은 극비리에 진행되는 사업이라 국내성으로도 반입하지 않고 하명재가 별도로 마련한 비밀 장소에 보관하고 있었다.

잠시 뜸을 들이던 담덕이 마침내 입을 열었다.

"비밀 저장고에 금괴가 얼마나 들어 있는지 모르겠습니다만, 이번에 그 내탕금을 풀어 미숫가루를 대량으로 만들 계획입니다."

"숙신 정벌 때 가져갈 만큼 충분한 미숫가루를 만들 수 있는 내탕금은 확보해놓았습니다. 운발산 깊은 계곡을 샅샅이 뒤지며 금맥 찾는 일도 지속적으로 추진하고 있는데, 곧 좋은 소식이 있을 듯합니다. 작은 금맥 줄기를 발견한 적은 여러 번 있지만, 굴을 파다 보니 도중에 끊기는 경우가 많아서 실패를 거듭하고 있는 중입니다. 아무튼 운발산에서 흘러내리는 계곡의 개천에서 사금이 나는 것은, 바로 그 산속에 풍부한 매장량의 금맥이 있다는 확실한 증거 아니겠습니까? 금맥만 발견하게 되면 금광개발로 사금 채취보다 훨씬 많은 금괴를 만들 수 있을 것입니다."

"다다익선이라고, 아무튼 비밀 저장고에 금괴를 많이 모아놓을수록 좋습니다. 실은 외숙께 금괴 비밀 저장고를 맡긴 것은 나중에 큰 흉년이 들 때 백성들의 춘궁기 식량을 구하는데 필요한 재화로 활용하기 위해서였습니다. 그런데 이번에 본의 아니게 숙신 정벌의 무기로 미숫가루를 만드는 데 쓰이게 되었습니다."

담덕은 작은 소리로 말한 후, 크게 너털웃음을 웃었다.

"그런데 폐하의 내탕금으로 숙신 정벌용 미숫가루를 만드는 일에 쓴다는 것이 조금 마음에 걸리긴 합니다. 말씀하신 것처럼 백성의 기근을 해결하는 데 쓰는 것이라면 모를까. 해서, 이번 숙신 정벌 때는 우리 상단에서도 미숫가루를 만드는 데 필요한 자금을 보태도록 하겠습니다. 기백의 말을 숙신의 마적떼들에게 탈취당한 것은 우리 상단이 아닙니까?"

사실상 하명재로선 태왕 담덕에게 고마움을 느껴야 할 입장이었다. 이번 숙신 정벌의 시발점이 된 것이 바로 그의 상단이기 때문이었다.

"외숙의 상단이 기백의 말을 잃어버린 것도 사실상 우리 고구려의 기마군단을 강화하기 위한 일을 하다 발생한 사건이므로, 나라에서 당연히 나서야 마땅한 일이지요. 기마군단을 위해 예전에 하가촌 종마장의 호자무 행수에게 서역의 말을 들여와 우리 고구려 지형에 맞는 말로 개종해달라고 특별 부탁까지 했으니 말입니다."

담덕으로선 외숙인 하명재의 상단을 통하여 중원과 초원로를 통한 서역과의 교역으로 나라 경제를 크게 키울 수 있었다는 사실에 대해 내심 남다른 고마움을 갖고 있었다. 특히 상단에서 백제와의 관미성 전투 때 군선을 제공한 일이나, 요동성 산 중턱에 7중목탑을 세우는 데 백두산 적송을 운송해준 일은 국가적으로 큰 힘이 되었던 것이다.

"미숫가루는 어느 정도 마련해야 할지요?"

하명재가 물었다.

"적어도 1년 이상 우리 원정군과 숙신족들에게 필요한 충분한 양을 확보해야 합니다."

"1년이요?"

하명재는 예상치 못한 담덕의 말에 놀라 그저 어안이 벙벙할 따름이었다.

"그렇습니다. 이번에는 숙신 정벌을 끝내고 초원로 개척까지 단행할 예정입니다. 수레가 마음대로 다닐 수 있도록 초원로의 길을 닦아 곳곳에 역참을 둘 생각입니다. 각 역참마다 군사들까지 배치하여 둔전 형태로 운영할까 합니다. 그래야만 더 이상 초원로 상의 마적 떼들이 우리 고구려 대상단을 넘보지 못할 것 아니겠습니까? 비록 먹고살기 위해 약탈을 일삼는 자들이지만, 그들도 인간이기에 착한 심성을 갖고 있다고 생각합니다. 순자의 성악설보다 맹자의 성선설에 믿음이 가므로, 그들도 먹고사는 일이 해결된다면 더 이상 악행을 저지르지 않을 것이라고 봅니다. 상업과 문화의 교류야말로, 악연도 인연으로 바꾸는 상생의 길 아니겠습니까?"

이것은 태왕 담덕이 오래도록 고심하던 끝에 내놓은 전략이었다. 아니, 전략이라기보다 전쟁이 아닌 평화 지향 의지를 통해 더불어 사는 세상을 만드는 삶의 철학이라고 할 수 있었다.

명색이 대상단을 이끄는 하명재였지만, 담덕이 그와 같은 구상을 하고 있을 줄은 꿈에도 생각하지 못한 일이었다. 그러므로 그는 그저 입만 벌린 채 한동안 아무 말도 할 수 없었다.

3

태왕의 명을 받은 하명재는 패서(평안도) 지역으로 내려가 일단 운양금광에서 나온 금괴들을 반출, 상단 행수들에게 대량의 미숫가루를 확보하는 데 주력하라고 지시했다. 그 중책은 운양금광 개발 초기부터 하명재의 명을 받고 사금 채취를 시작한 소철에게 맡겼다.

소철은 동부 출신으로 특히 풍수지리에 일가견을 가지고 있었다. 봉상왕 당시 국상 창조리의 명을 받고 을불이란 이름으로 소금장수 노릇을 하던 미천왕을 처음 발견한 공로가 있는 소우의 직계 후손이었다. 젊은 시절부터 그는 광산 관련 업자들을 따라다니며 풍수를 익혔다. 동부 출신이므로 자연스럽게 하가촌의 하대용 대인이 발탁하였으며, 이후부터는 그의 아들 하명재 밑에서 행수 노릇을 해오고 있었다.

하명재가 소철에게 운양금광 개발 전권을 맡긴 것은, 그곳으로부터 그다지 멀지 않은 바닷가의 장연(장산곶)과 연계하여 해상 무역을 개척하는 데 필요한 자금을 조달하기 위해서였다. 이는 태왕 담덕과 긴밀한 협의를 통해 장연항을 기점으로 서해를 거쳐 동진의 국제무역항이라 할 수 있는 명주(영파)와 뱃길을 연결, 자주 바닷길을 왕래하며 남양(동남아시아)에서 들어온 각종 향료와 특산품을 교역하기 위해서였다. 따라서 운양금광에서 나온 금괴의 절반은 태왕의 내탕금으로, 절반은 범선을 정박시킬 수 있는 부두 개발과 물산 교역에 필요한 자금으로 활용토록 했다.

패서 지역에선 추수가 한창이었다. 태왕 담덕이 백제의 한성을 쳐서 아신왕을 굴복시킨 이후, 이 지역은 고구려의 곡창지대로 자리 잡았다. 서해 바닷가를 끼고 있는 평야 지대는 밭작물보다 논농사를 위주로 해서 쌀이 대량으로 생산되었다.

소철은 하명재의 명을 받고 패서 지역의 곡물을 사들여 미숫가루로 만드는 일에 전력을 다하였다. 왜 미숫가루를 만드는가에 대해서는 비밀이었으므로, 그 지역 백성들은 장차 피난을 가야만 할 정도로 큰 전쟁이 벌어질지도 모른다고 생각했다. 실제로 그런 소문이 미숫가루를 빻는 방앗간 주변으로부터 널리 퍼져나가기 시작했다.

숙신은 소규모 연맹 체제의 무리이므로 일단 원정에 나서면 속전속결로 처리할 수 있을 것으로 보였는데, 의외로 태왕 담덕은 뜸을 들이며 준비 작업에 꽤나 신경을 썼다. 이미 원정에 나설 부대는 왕당군 중에서도 개마고원 사냥꾼마을의 선창잡이 출신인 두치가 이끄는 말갈부대 2천과 흑부군 1천으로 총 3천의 군대를 동원토록 하였다.

원래 말갈은 초원지대의 숙신 세력에서 밀려나 깊은 산속에 들어가 사는 사냥꾼 집단이었다. 그래서 태백산 인근에만 산재해 있는 것이 아니라 그 아래 산맥을 통해 남쪽까지 세력을 뻗쳤으며, 북쪽의 초원지대에도 높은 산맥의 밀림 속에 말갈족들이 무리를 이루어 살고 있었다. 그들은 짐승을 사냥해 고기는 식용으로 쓰고 가죽은 팔아 생계에 필요한 물건들을 구입했다. 따라서 말갈족은 숙신 세력의 생활 풍습이나 특이한 속성들을 잘 알고 있어, 태왕이 특히 말갈부대를 원정군으로 삼게 된 것이었다.

미숫가루를 만드는 데 있어서 태왕 담덕은 쌀·기장·수수·메밀 등 온갖 곡식을 종류별로 나누도록 했다. 더구나 시의들에게 건강에 좋은 약재를 첨가하여 맛을 좋게 하고 영양가를 높여 최고의 제품으로 손색이 없게 하라는 특별 지시까지 내려놓고 있었다. 이렇게 미숫가루가 준비되는 동안, 장안 옥상단의 양수가 이끄는 고구려 기예단을 기다리느라 담덕은 숙신 원정군의 출동을 자꾸만 늦추고 있었다.

그러던 어느 날, 태후 하 씨가 편전을 찾았다.

"아니, 어머님께서 납시다니? 무슨 전할 말씀이 있으면 소자가 먼저 태후전으로 찾아가 뵙는 것이 도리인데……."

태왕 담덕은 적이 당황한 얼굴로 태후를 맞았다.

"숙신 정벌 준비에 바쁘다 들었어요."

태후 하 씨는 의자에 앉기 바쁘게 말문을 열었다.

"적이 제도적 정비를 갖춘 정규군이라면 오히려 전략을 짜는데 수월할 터인데, 숙신은 동북방 초원의 전역에 걸쳐 흩어져 있습니다. 그래서 대체 어디를 어떻게 공략해야 할지 모르는 데다, 군사의 규모나 전투력 또한 짐작하기 쉽지 않사옵니다."

담덕은 태후 앞에서 의외로 솔직하게 말했다. 모후이므로 내면의 생각을 달리 숨길 이유가 없었고, 또한 태후는 평소 무거운 입을 갖고 있어서 무슨 말을 하더라도 옆길로 새지 않아 믿음이 갔다. 그는 자칫 군기를 약화시킬 우려가 있기 때문에, 원정에 나설 제장들에게도 그런 내면적인 고민은 털어놓지 않는 편이었다.

"오호, 전쟁의 신이라 일컫는 태왕께서 그런 말씀을 하시다니……. 실은 숙신족들이 인육을 먹는 잔인한 자들이라 들어서, 이 어미는 그것이 걱정되어 온 것입니다."

"하하하! 전쟁의 신이라니요? 과찬이십니다."

태왕은 그러면서 그 의중이 무엇인지 궁금하여 언뜻 태후의 얼굴을 쳐다보았다.

"과찬이 아닙니다. 백전백승의 전력을 가진 태왕이지만, 그것이 혹여 과욕을 불러오면 안 되니 이 어미는 그 점이 매우 염려됩니다."

"어머니, 이 아들은 전쟁터에서 피아를 불문하고 가장 목숨을 소중히 여기고 있사옵니다. 피를 흘리지 않고 전쟁에 이기는 것을 최상으로 생각하니, 그런 점에 대해서는 염려 놓으셔도 됩니다. 특히 이번 원정은 숙신을 경략하기 위한 것이 아닙니다. 그들을 적이 아니라 차후 어떻게 우리 고구려의 우방이 되도록 할 것인가 하는 문제로 고민 중입니다."

"태왕은 이미 여러 차례 원정군을 이끌고 나가 도성을 비운 날이 많았습니다. 이번에는 태왕이 직접 숙신 토벌 원정군을 이끌지 말고, 다른 장군을 보내도록 하세요. 말갈군과 흑부군 등 왕당군 3천을 원정군으로 정하고 한창 훈련 중이라 들었습니다. 대장군으로 추수 장군을 보내시는 것이 어떻겠습니까? 추수 장군은 전에 개마고원 말갈 부락에서 사냥꾼으로 활동한 적이 있어, 말갈군사들을 이끌기에 가장 훌륭한 적임자라고 생각됩니다만……."

태후의 말이 과히 틀린 것은 아니었다.

담덕도 호위무사 마동을 통해, 이제는 옛 이름을 되찾아 '추수'라 불리는 그의 부친 일목 장군이 말갈 부락 출신이라는 것을 익히 들어 잘 알고 있었다. 더구나 추수는 그의 조상이 북방 초원로 유목민 출신이라고 했다. 당시 일개 부락의 추장으로 있다가 세력 다툼에서 밀려나면서 가족이 거의 적몰되다시피 한 후 개마고원으로 숨어들었다는 이야기를 들은 바 있었다. 그러므로 초원로 유목민족의 하나인 숙신족의 생활 습관이나 의식구조, 전투 양상 같은 것을 잘 알고 있을 터였다. 아마도 태후가 추수를 추천하는 이유도 거기에 있을 것 같았다.

"어머니! 이번 원정은 적어도 해를 넘기는 긴 여로가 될 것이옵니다. 초원 북방의 추위도 견뎌야 하므로 연로한 일목 장군에게 맡겨서 될 일이 아니옵니다."

담덕의 말대로 추수의 나이도 이미 쉰을 넘겼으니 노장임에 틀림없었다.

태후는 당연히 자신의 의견을 쾌히 수락할 것으로 생각하고 있었는데, 태왕의 입에서 나온 대답이 전혀 의외이므로 벌린 입을 다물지 못했다.

"아니 숙신을 정벌하는데 해를 넘기다니요?"

"숙신만이 아닙니다. 이 기회에 초원로를 제대로 개척해 우리 고구려 상단들이 마음 놓고 서역을 오갈 수 있도록 길을 닦을 작정입니다. 저 '해평의 난'이 일어났을 때 소자는 피치 못할 유랑 생활을 하면서 마동과 함께 서역까지 간 적이 있었습니다. 그때 우리 고구려의 경우 중원의 제국들이 가로막고 있어 물산 교역의 한계가 있음을 절실하게 깨달았사옵니다. 서역의 대상들은 낙타의 등에 특산물을 싣고 죽음의 사막을 건너 목숨을 걸고 중원까지 와서 비단을 교환해 돌아갑니다. 그들에게 있어서 상업 행위는 전쟁 이상의 위험한 원정입니다. 서역의 나라들이 상술에 뛰어난 것은 '사막의 배'라는 낙타를 끌고 거친 사막을 왕래하며 중원의 비단을 구입해 그들보다 더 서쪽 바다 건너에 있는 대진국大秦國(로마)에 팔아 수십 배의 엄청난 수익을 챙기기 때문입니다. 우리 고구려는 중원 제국들이 가로막고 있어, 서역의 물산을 간접적으로 접할 수밖에 없습니다. 즉, 중원 제국들의 중개무역을 통해 비싼 가격으로 서역의 제품들을 사들일 수밖에 없는 형편입니다. 숙신 정벌이 외숙의 대상단 호자무 대행수가 저 서역에서 구입해 이끌고 오던 말 기백 두를 잃어버린 데 대한 보복적 성격이 강한 것은 사실입니다. 그러나 이번 기회에 초원로를 상업의 길로 개척하여, 중원 대상들의 중개무역을 통하지 않고도 저 서역 대상들과 직접 교역을 할 수 있도록 만들 생각입니다. 이번에는 외숙을 대장군으로 삼아 하가촌 종마장의 호자무를 비롯한 상단 행수들도 대동할 계획이므로, 기존의 원정과는 다른 양상의 싸움이 될 것입니다. 창칼로 싸우는 전쟁이 아니라 상업의 길을 닦는 경제 전쟁이옵니다."

태왕 담덕이 말하는 동안 태후 하 씨는 그저 멍멍한 시선으로 아들을 바라보고만 있을 뿐이었다. 그 진지한 눈빛에서는 젊은 군주의 패기가 느껴졌다.

"우리 태왕께서 그런 깊은 생각을 갖고 있는 줄 몰랐습니다. 그저 이 몸은 어미로서 태왕의 옥체만을 생각해서, 불과 몇 달 전에 요동성 원정을 다녀왔으므로 이번에는 쉬는 것이 어떻겠느냐고 말씀드린 것입니다. 그런데 지금 태왕께선 이 어미가 그 결단을 바꾸도록 만들기 어렵게 하고 있질 않습니까?"

여전히 태후 하 씨의 얼굴에선 서운한 표정이 쉽게 지워지지 않았다. 아무리 한창 젊은 나이의 아들이라 하더라도 해를 거르지 않고 원정군을 이끌고 외방으로 나가는 태왕을 바라보는 눈길엔 모후로서 안쓰러움이 묻어날 수밖에 없었다.

"어머니! 모처럼 이 아들을 생각해 원정을 만류하시는데, 그 말씀을 들어드리지 못해 죄송합니다. 그러나 군주가 부지런히 불철주야 발로 뛰어야만 백성이 편안할 수 있습니다. 편전의 용상에 앉아 신하들에게 지시만 내리는 군주는 그만큼 백성들을 괴롭게 할 수밖에 없습니다. 신하들이 왕명이라며 백성들에게 요구하는 것이 많아지기 때문입니다."

"태왕은 우리 고구려 백성의 어버이지요. 당연한 말씀이라 생각해, 이 어미도 더는 원정을 말릴 수가 없습니다. 다만……."

태후는 여기서 말을 멈추고 잠시 태왕을 자애로운 눈빛으로 건너다보았다.

"긴히 부탁할 말씀이라도?"

"태왕은 고구려 백성의 어버이임과 동시에 또한 한 가정을 건사하는 지아비 아니겠습니까? 우리 왕손이 벌써 여섯 살이에요. 이 어미는 단지 외아들로 태왕밖에 낳지 못했지만, 왕실이 안정되려면……."

태후는 그 다음 말을 생략했다. 그래도 충분히 알아들을 수 있는 일이기 때문이었다.

"어머니! 정사로 바쁘다 보니 그 점에 있어서는 소홀했던 것이 사실입니다. 왕손은 많을수록 좋겠지요. 그러고 보니 왕후전에 들러 아들 거련을 본 지도 꽤나 오래된 것 같습니다. 소자가 미처 챙기지 못한 것을 어머니께서 깨우쳐주셨습니다. 기왕 생각난 김에 소자와 같이 왕손을 보러 가시는 것은 어떻겠습니까?"

담덕의 그 한 마디에 태후의 얼굴에선 금세 그늘이 싹 벗겨졌다.

"그거, 좋지요. 가십시다."

태후 하 씨와 담덕은 곧 편전을 나와 왕후전으로 향했다.

왕후 아 씨는 왕자 거련이 붓글씨 쓰는 것을 어깨너머로 구경하고 있었다. 거련의 사부는 한때 주부의 직책으로 신라 파견 사신단 정사로 간 적이 있던 정호였다. 그는 이제 태학박사로서, 고구려 최고 학당인 태학의 수장이 되어 있었다.

태후와 함께 왕후전으로 들어서던 태왕은 아들 거련의 붓글씨 공부를 방해하지 않기 위해 오른손 검지를 입술에 갖다 댔다. 화급히 일어서던 왕후도 금세 눈치를 챘고, 거련 앞에 정좌하고 있던 정호도 엉겁결에 일어서려다 태왕의 저지하는 손짓을 보고 무르춤하게 그대로 주저앉았다.

흰 종이 위에 붓이 지나가면서 먹물이 뚜렷한 형체의 글씨로 변해갔다. 거련은 사부 정호가 써준 체본體本을 보고 그대로 글씨를 그려나가고 있었다. 아직 여섯 살밖에 안 됐으므로 조막손에 움켜쥔 붓의 놀림이 서툴렀고, 종이 위에 드러나는 글자도 삐뚤빼뚤할 수밖에 없었다. 그러나 제법 글자의 모양새를 갖추어나가고 있는 것만으로도 대견한 일이었다.

태왕 담덕은 어깨너머로 거련의 붓글씨 쓰는 모습을 훔쳐보다가, 문득 정호의 체본에 가서 눈길이 멎었다. 체본의 글씨체가 독특했기 때문이다. 네모 반듯반듯한 모양새인데, 멋스러움이 생략된 단순한 글씨처럼 보였다. 명확성과 힘은 느껴지는데, 기존의 해서나 전서·행서·예서·초서 등의 서체와는 다른 좀 특이한 형태를 띠고 있었다. 투박하게 보이는 직선과 단조로운 점으로 이루어진 그 글씨체는, 예서나 전서의 중간 형태로 질박한 느낌이 들면서 단단하고 힘이 있어 보였다.

붓글씨 쓰기를 마쳤을 때, 태왕 담덕은 박수를 보냈다.

"우리 아들이 붓글씨 공부를 열심히 하고 있구나."

담덕은 박수 소리에 깜짝 놀라 뒤돌아보는 왕자 거련을 번쩍 들어올려 가슴에 안았다.

"태왕 폐하, 납시었습니까?"

그때서야 정호도 예를 갖추어 인사를 했다.

"태학박사께서 왕자를 가르치느라 수고가 많습니다. 이 붓글씨는 무슨 체입니까? 처음 보는 서체라서……."

담덕이 왕자를 내려놓으며 정호가 쓴 체본을 가리켰다.

"아직 완성 단계에 이르지 못해 부끄럽습니다만, 소신이 저 중원의 서체와는 다른 우리 고구려의 숨결이 느껴지는 서체를 궁구해보고 있사옵니다."

"흐음, 고구려의 숨결이라……."

담덕은 정호의 입을 통해 '고구려의 숨결'이란 말을 듣는 순간 자신도 모르는 사이에 가슴 저 밑바닥에서 샘물처럼 용솟음치는 어떤 기운을 느꼈다. 마치 말을 타고 광야를 달릴 때 자신의 가슴이 뛰는 고동 소리를 들은 듯한, 바로 그런 기분이었다.

"중원의 서체는 세련됐지만 우주를 채우는 데는 한계가 있습니다. 여백의 중요성을 무시하는 것이 아니라, 기교에 너무 빠져 둔중한 무게감이 없습니다. 소신은 광활한 우주를 담아내는 고구려의 서체를 만들고 싶습니다. 글자의 획은 각이 지지 않고 끝이 둥그런 모양으로 공간을 가득 채움으로써 우주를 상징하고, 글자 하나하나의 네모난 형태는 땅의 동서남북 사방을 의미합니다. 꽉 찬 우주의 공간과 네모난 땅의 안정감, 이는 곧 화평의 상징입니다."

정호는 고구려를 대표하는 석학이었다. 소수림왕이 처음으로 태학을 만들었을 때 을두미에게서 문무를 두루 익힌 수제자였다. 이제 그는 스승의 본을 받아 태학의 수장이 되어 고구려 왕실과 귀족 자제들에게 경서와 무술을 가르치고 있었다. 그래서 태왕은 거련이 네 살 무렵이 되었을 때부터 그를 사부로 삼아 왕자에게 경서를 통해 군주의 도를 배우고, 또한 더불어서 각종 무예를 익힐 수 있도록 했던 것이다.

담덕은 정호의 말을 들으면서 다시 한번 그가 왕자에게 붓글씨를 가르치기 위해 쓴 체본을 들여다보았다. 정말 글자 하나마다 네모 안을 가득 채운 듯한 느낌이 들었다. 글자의 획도 끝을 가늘게 빼는 법 없이 둥그렇고 뭉툭하게 처리하여 굳건한 의지를 강조하고 있었다. 어떻게 보면 중원의 서체보다 멋스러움이 덜한 느낌이 들었으나, 중후한 맛이 느껴지면서 전체적으로 안정감을 유지하고 있었다. 별다른 장식이 없는 글씨는 네모의 바탕을 가득 채움으로써 땅에 뿌리를 박고 힘차게 일어서는 강한 나무 같은 질박함으로 다가왔다. 좌우상하로 뻗은 획이 마치 적송의 몸통과 가지처럼 자연스러웠다.

"태학박사의 꿈이 아주 원대하구려! 이 작은 네모 안에 우주를 채운다? 아직 왕자가 어려서 그 진리를 이해할 수 있을지 모르겠습니다."

담덕은 감동한 얼굴로 정호를 바라보다가, 문득 어린 시절 스승이었던 을두미의 모습을 떠올렸다. 을두미와 정호는 사제 지간이었는데, 어느 때부턴가 학문이 고도의 경지에 이르면서 스승과 제자가 닮아가는 것 같다는 느낌을 받았다. 이미 정호도 불혹의 나이를 넘어서면서 머리까지 반백에 가까운 모습을 하고 있었다.

"불교에서도 점은 곧 우주라고 말하지 않사옵니까? 소신은 이 작은 네모의 공간 안에 충분히 우주를 앉힐 수 있다고 생각합니다. 우리 고구려는 유불선 사상을 고루 믿고 경배합니다. 애초 우리 선조들은 신선의 도를 익혔고, 저 중원의 유학을 들여왔으며, 소수림대왕 때는 불교를 받아들여 유불선을 넘나드는 정신의 자유로움을 자랑으로 삼아왔습니다. 우리 고구려의 학문은 편벽되지 않고 자유로운 정신을 궁극으로 삼고 있사옵니다. 큰 나무는 땅속 깊이 튼튼한 뿌리를 내리고, 지상으로는 가지를 사방으로 네 활개를 치듯 뻗어나가 땅과 하늘의 기운을 몸통에 가득 채우기 때문에 천년의 세월이 지나도 의연한 자태를 잃지 않는 신령스러움을 자랑하는 것 아니겠사옵니까? 어느 한쪽에 치우치지 않기 때문에 나무의 생명은 그처럼 오래가는 것이라 생각합니다. 비록 사상은 조금씩 다르지만 유교에서도, 불교에서도, 도교에서도 오직 우주는 하나입니다. 소신은 그 유불선의 우주를 이 네모의 공간에 앉혀보려고 노력하고 있사옵니다. 마치 네모 안에 천년 수령의 신령스러운 나무를 들어앉히듯이 글자의 안정감을 얻도록 하려는 것이옵니다. 지금 왕자님에게 아직 미완의 형태인 이 서체를 가르치는 것은, 어릴 때부터 문무를 겸비한 군주의 도를 깨우쳐드려야 큰 나무가 될 수 있다고 생각하기 때문이옵니다."

"문무를 겸비한 군주의 도를 깨우쳐야 큰 나무가 된다?"

태왕은 또 다시 정호의 얼굴에 스치는 스승 을두미의 그림자를 본 듯했다.

"사실은 왕자님에게 활쏘기와 글쓰기 연습을 병행하여 가르치는 것은 문무의 근본 이치가 다르지 않음을 깨닫게 하기 위해서입니다."

"허어, 그러면 내친김에 우리 왕자의 활쏘기 솜씨도 보고 싶구먼."

태왕 담덕은 어린 시절 을두미에게 활쏘기를 배울 때의 기억을 떠올리지 않을 수 없었다.

"그러시지요. 그럼 소신이 활쏘기 연습장으로 안내하겠습니다."

"나도 우리 왕손의 활솜씨에 기대가 큽니다. 태왕의 어린 시절 생각이 나는구먼."

태후 하 씨도 담덕과 같은 생각을 하고 있었던 모양이다.

정호의 안내를 받아 왕실 가족 일행은 곧 궁궐 후원에 마련된 활터로 나갔다. 저 멀리 나무판자로 된 네모난 과녁이 보였고, 거기에는 검은 바탕에 적색의 둥근 원이 그려져 있었다.

"태왕 폐하께서도 잘 아시고 계시겠지만 천원지방天圓地方, 즉 '하늘은 둥글고 땅은 모나다'라는 뜻대로 저 네모의 과녁과 그 안의 둥근 표적은 우주 형태를 본 딴 것입니다. 또한 과녁 안의 검은 바탕은 곧 우주를 의미하고, 가운데 적색의 원은 태양을 뜻하지요. 왕자님께 활쏘기와 붓글씨를 병행하여 연습시키는 것은 과녁과 종이라는 재료만 다를 뿐 목적은 같다는 것을 가르치기 위해서입니다. 활쏘기에서 활과 화살은 붓글씨에서 먹과 붓입니다. 활쏘기에서 네모난 과녁을 향해 화살을 날리듯이, 붓글씨를 쓸 때 종이 위에 임의의 네모난 형태를 만들어 붓을 달리는 것만 다를 뿐이옵니다. 과녁 가운데 둥그런 태양이 있듯이, 종이에 마음으로 그린 임의의 네모 안에도 맥점이 있습니다. 바둑판의 천원天元 같은 역할을 하는 맥점을 중심으로 균형을 갖추어나가야만 제대로 된 글자 형태가 나타나는 것이지요. 활을 쏠 때 마음이 흔들리면 과녁의 태양을 맞추지 못하는 것처럼, 붓글씨도 마음이 흔들려 맥점을 잡지 못하면 전체적으로 균형이 깨져 글씨가 어지러워집니다."

정호의 이 같은 설명에 태왕은 또다시 어린 시절 자신이 사부 을두미에게 활쏘기를 배울 때의 기억을 떠올렸다.

"허허, 헛! 옛날 을두미 사부님께서 마음으로 먼저 과녁의 정중앙을 꿰뚫어야만 화살을 정확하게 표적에 꽂을 수 있다고 강조하시던 기억이 새롭습니다. 바로 그와 같은 이치를 우주론적으로 말씀하시는 것이로군요."

곧 왕자 거련이 활쏘기를 시작하였다. 아직 여섯 살이므로 사거리는 반으로 줄어든 자리에서 활을 겨눴다. 흔히 말을 타고 달리면서 쏘는 데 쓰이는 단궁檀弓으로 어린 왕자는 열 발 중 일곱 발을 맞추었다. 단단하기로 유명한 박달나무로 만든 활인데, 여섯 살 아이가 다루기에는 제법 무겁게 느껴질 수도 있었다. 그러나 그는 부왕인 태왕을 닮아 팔이 길고 어깨도 넓어 단궁의 활시위를 당기는 데 결코 주저함이 없었다.

"태왕께선 일곱 살 때부터 맥궁貊弓을 다루었지요?"

태후가 담덕에게 눈길을 주면서 옛날의 기억을 떠올려, '그때 맥궁으로도 백발백중의 솜씨였는데'라고 하려던 말을 목 안으로 삼켰다. 맥궁은 동물의 뼈로 만든 활로, 단궁보다 크고 무거웠으며 유효 사거리도 길었다.

"아직 거련은 여섯 살입니다. 그러나 일곱 살이 되면 맥궁도 다룰 만한 힘과 기량이 있어 보입니다."

담덕은 아들 거련의 기를 죽이지 않으려고 그렇게 칭찬의 말을 해주었다.

"그렇다마다. 태왕도 여섯 살 땐 단궁을 다루었는데, 일곱 살이 되면서부터 부쩍 성장하여 맥궁을 잡았지요. 그때 부왕께서 아직 맥궁을 다루기엔 어리니 단궁으로 더 연습하는 것이 좋겠다고 했지만, 고집이 어찌나 센지 듣지 않았던 걸 지금도 기억하고 있습니다. 맥궁을 들고 처음에는 활시위를 반쯤 당기다 말았는데, 팔과 어깨의 힘이 좋아 며칠 연습한 후에는 거뜬하게 당겼지요."

태후의 아들 자랑에 왕후의 낯빛이 조금 붉어졌다. 그러면서 부전자전이라고 일곱 살이 되면 아들 거련도 태왕처럼 충분히 맥궁을 다룰 수 있을 것이라고 생각했다.

"거련아! 너는 방금 화살을 쏘아 저 과녁의 적색 원을 일곱 발이나 맞추었다. 사부께서 적색 원은 태양을 의미한다고 하셨는데, 네가 화살을 쏘면 죽지 않겠느냐? 태양이 죽으면 세상이 캄캄해진다. 어찌하겠느냐?"

담덕은 아들 거련이 어떻게 나오는지 짐짓 시험해보고 싶었다.

"음, 으음……. 해는 내일 아침에도 다시 떠요. 그러니 절대 죽지 않아요."

거련의 이 같은 말에 주위에 둘러선 모든 사람들이 박수를 치며 웃었다.

"우문현답이네."

태후가 매우 놀란 표정으로 거련의 어깨를 감쌌다.

그날 태후 하 씨는 모처럼 얼굴에 활짝 미소가 번진 모습으로 먼저 자리를 떴다. 정호까지 태학으로 돌아가고 나서, 담덕과 왕후는 가운데 왕자 거련을 두고 양쪽에서 손을 잡은 채 한동안 후원을 거닐었다. 실로 오랜만에 세 식구만의 시간을 갖게 된 것이었다.

후원의 숲 어디선가 가을 소쩍새가 울었다.

"예전에 부여에 있을 때도 이맘때쯤 후원에서 소쩍새가 울곤 했는데……."

왕후 아 씨가 담덕과 눈을 마주쳤다.

"모처럼 한가로운 시간을 가지게 되니 감개무량하구려. 오래전 왕후가 부여에 있을 때 후원에서 같이 무술을 연습하던 기억이 떠오르는군. 그땐 자작나무 숲으로 달빛이 내리는 가운데 밤 소쩍새가 울었었지."

"폐하, 그걸 기억하십니까?"

새삼스럽게 왕후의 눈길은 후원 숲 어딘가로 돌려져 옛 기억의 풍경을 더듬고 있었다.

"기억하구말구요. 그동안 자주 왕후전을 찾지 못한 것, 미안하게 생각하오."

"아니옵니다. 원정 준비로 바쁘신데 그럴 틈이 어디 있으셨겠습니까?"

왕후는 강하게 도리질을 쳤다. 물론 서운함이야 어찌 없었겠느냐만, 태왕에 대한 지나친 애정이 자칫 국정을 소홀히 하도록 하는 강요 아닌 강요가 되는 것은 아닐까 몹시 저어되었던 것이다.

그날 밤, 태왕과 왕후는 모처럼만에 잠자리를 같이했다. 소쩍새 울음소리로 깊어가는 가을밤에, 그 구슬픈 가락과는 상관없이 두 사람의 호흡이 매우 거칠게 요동치면서 몸 또한 열정적으로 달아올랐다.

4

드디어 태왕 담덕이 기다리고 있던 양수의 기예단이 국내성에 도착했다. 특이한 것은 그들 일행이 타고 온 수레의 행렬이었다. 가설 천막과 기예 도구들을 실은 수레는 쇠로 테두리를 한 바퀴가 매우 크고 튼튼해 보였다. 많은 수레들 중에서도 특히 고급 비단 천과 가죽으로 된 휘장을 두른 화려한 수레는 말 네 마리가 끌고 있었는데, 그 안에는 아무도 타고 있지 않았다. 용무늬가 새겨진 황금빛 의자만 덩그러니 놓여 있었다. 그것만 보고도 능히 짐작할 수 있는 것처럼, 이 수레는 장안 옥대상단 대인 조환이 태왕에게 진상하는 특별 선물이었다.

다음날 아침, 추동자는 기예단장 양수를 대동하고 입궐하여 태왕의 알현을 청했다.

"양수가 태왕 폐하를 뵈옵니다."

태왕 담덕이 반갑게 양수를 맞았다.

"먼 길을 오느라 수고가 많았소. 연전에 행보를 했는데 또 보자고 해서 의아하게 생각할 것이라 짐작되오. 양 단장을 급히 불러 조환 대인을 번거롭게 한 것은 아닌지 모르겠소이다."

"아니옵니다. 태왕 폐하의 명인데 불원천리하고 달려와야지요. 조 대인께서도 폐하의 서찰을 받고 매우 흡족해하셨사옵니다. 우리 장안의 옥상단도 사막로만 다녔지, 초원로는 아직 미개척지입니다. 조 대인께서도 중원에서 서역까지 가는 사막보다 길만 제대로 개척하면 북방 초원로가 대상들 왕래에 훨씬 수월한 길이 될 거라고 하셨사옵니다. 특히 말이 끄는 수레를 이용할 수 있다는 점에서 그렇다는 것이옵니다."

이러한 양수의 말을 옆에서 듣고 있던 추동자가 거들었다.

"그런 뜻에서 이번에 조 대인께서 태왕 폐하께서 타실 고급 수레를 선물로 보내주셨사옵니다."

"오, 그래요? 이거 번번이 조 대인에게 귀한 선물을 받는구먼."

"폐하! 이번에 수레는 물론 수레바퀴 장인까지 보내주셨사옵니다. 예전에 조 대인이 폐하께 수레바퀴 장인을 보내주기로 약속하셨다고 들었습니다."

추동자의 말에 이어, 이번에는 양수가 거들고 나섰다.

"저 옛날 제나라 장군 전단田單의 화우지계火牛之計 말씀을 하시면서, 그 후손 중 수레바퀴 장인을 두루 찾다가 이번에 때마침 마땅한 인재를 발견하여 기예단 소속으로 삼아 데리고 왔습니다. 기예단에서도 짐이 많아 수레를 주요 이동 수단으로 사용하므로, 수레바퀴 장인은 반드시 필요한 존재이옵니다."

"허허, 조 대인이 그걸 잊지 않고 있었소그려! 전쟁의 길이 곧 상업의 길이라면서 이곳 국내성에서 요동까지 가는 길을 더욱 넓혀 수레가 왕래할 수 있도록 하는 것이 좋겠다는 이야기를 나눌 때, 조 대인이 그런 약속을 하긴 했었지요."

"시생도 기예단장을 하면서 조 대인과 함께 대상을 이끌고 서역을 오가는 가운데, 많은 것을 배웠사옵니다. 특히 '상인의 도는 약속'이라는 말이 가슴에 와닿았는데, 조 대인은 한 번 한 약속은 반드시 지킨다는 신념을 갖고 있사옵니다."

양수의 말을 듣고 태왕 담덕도 새삼 느끼는 바가 많았다. 군주는 백성들과 무언의 약속을 하고 있다고 생각했다. 그 약속이란 나라를 평화롭게 만들어 백성들의 삶을 행복하게 해주는 것인데, 군주로서 얼마나 그 약속을 잘 실천하고 있는지 새삼 자신을 돌아보게 만들었던 것이다.

"오는 길은 순탄했는지 모르겠소. 작년에는 후연과 북위 두 나라의 군사들이 길을 막아 곤욕을 치렀다고 하지 않았소?"

담덕은 새로 듣게 될 중원의 소식이 궁금하던 차에, 양수가 보고 들은 정보의 보따리를 풀어놓길 고대하고 있었다.

"이번에도 북위 군사들을 만났으나 탁발규가 준 신표가 있어 무사통과를 할 수 있었나이다. 작년에 장안으로 돌아갈 때 중산 인근에서 북위군을 만나 탁발규에게 고급 인삼을 진상할 수 있었나이다. 탁발규는 인삼을 진귀한 불로장생의 신약神藥으로 여기며 파안대소할 정도로 좋아했사옵니다. 저 중원에서도 인삼은 백출과 배합하여 원기를 북돋우는 데 효험이 있는 약재로 알려져 있는데, 탁발규는 실제로 장복을 한 후 정력에 좋은 효능이 있다고 여기는 것 같았사옵니다. 그때 시생에게 신표를 주면서 북위군을 만날 때 보여주라고 하였사옵니다. 그래서 이번에 고구려로 오는 길에 북위군을 만날 때마다 보여주었더니, 정말 무사하게 통과시켜 주었사옵니다."

양수는 그러면서 허리춤에 차고 있던 탁발규의 신표를 태왕 앞에 내놓았다. 그것은 구리로 된 용무늬가 새겨진 동그란 모양의 표식으로, 용머리 위쪽 뚫린 구멍에는 비단 끈이 매달려 있었다.

담덕은 탁발규의 신표를 잠시 들여다보며 머리를 끄덕거리더니 다시 입을 열었다.

"흐음, 화북 지역이 북위군들로 넘쳐나는 모양이로군!"

"이미 탁발규는 평성으로 돌아가 새로운 도읍으로 정하고 정식으로 황제의 위에 올랐다고 하옵니다. 그러나 여전히 북위군이 후연 지역을 두루 점령하고 있어 선비족은 산지사방으로 뿔뿔이 흩어지고 말았사옵니다. 모용수 사후 그 아들 모용보는 제위에 오르자마자 이복형제들의 모반을 염려하여 애초에 그 싹을 자르기 위해 서장자인 모용성을 태자로 삼고자 했다고 합니다. 그런데 모용성이 후비 소생인 자신보다는 정비 소생의 아들이 우선이라고 해서, 아직 11세밖에 안 된 셋째 아들 모용책을 태자로 책봉했다는 것입니다. 이때 역시 후비 출신의 둘째 아들 모용회가 불만을 품고 반란을 일으켰다가 관군의 추적에 쫓겨 성벽을 넘어 도망쳤고, 그 혼란을 틈타 이번에는 모용보의 이복동생 모용린이 모반해 관군에게 쫓기는 몸이 되었다고 하옵니다. 이처럼 모용회와 모용린의 반란이 잇따라 발생하자, 모용보는 도성 중산을 버리고 용성으로 천도하였사옵니다. 그러나 다시 참합피 성주 난한의 반란으로 용성이 점령당했고, 난 씨 형제들에 의해 모용보를 비롯한 측근의 모용 씨 세력들이 무려 1백여 명이나 참수되었다고 합니다. 하지만 난한 역시 사위인 모용성에게 척살되었으며, 그때 난 씨 세력이 모두 제거되었답니다. 따라서 지금은 모용성이 후연의 황제가 되어, 모용 씨와 난 씨 형제들의 연이은 골육상쟁으로 인해 이반된 민심을 달래기에 여념이 없다고 하옵니다. 용성이 건재하고 아직도 그 주변의 요서 지역을 후연의 세력이 점거하고 있어 육로를 이용하기 어려워, 저희 기예단은 산동의 해룡부에 있는 탁보 장군의 배를 얻어 타고 해로를 통해 국내성에 이르게 되었사옵니다."

"하하, 핫! 이제 후연이 정말 헌옷가지처럼 갈기갈기 찢겨져 나간 모양이로군. 모용수가 볼모로 삼기 위해 각처에서 여자를 데려다 후비로 삼더니, 그 사이에 낳은 아들자식들만 무려 10여 명을 헤아린다고 들었소. 자식을 너무 많이 둔 것이 결국 피를 나눈 형제간 골육상쟁으로 전화되었으니, 지하에서 모용수가 통탄할 일 아니겠소? 헌데, 우리 고구려 유민 출신으로 모용보의 양아들 모용운이 있다 들었는데, 그자는 그 환난 속에서 어찌 된 것 같소?"

담덕은 양수의 말을 통하여 후연이 허물어지면서 북위가 급부상하는 중원의 판세를 충분히 읽을 수 있었다. 그러면서 한편으로 걱정되는 것이 고구려 유민 출신의 장군 고화의 손자 고운의 생사였다.

"네, 폐하! 모용운, 아니 고운은 모용성 덕분에 살아남았다 하옵니다. 난한이 반란을 일으켜 모용 씨 세력을 대거 숙청할 때 모용운도 포함이 되어 있었답니다. 그러나 사위 모용성이 모용운은 모용 씨의 피가 전혀 섞이지 않은 고구려 유민 출신 고운이며, 용성에는 고구려 유민들이 많이 살고 있어 그를 제거

할 경우 민심을 다스리기 쉽지 않다고 강조하였다는 것입니다. 현재 모용운, 아니 고운은 모용성 휘하의 장수로 두터운 신임을 받고 있다 들었사옵니다. 하기는 고운은 일찍이 모용보의 자식들에게 무술을 가르쳤으므로, 모용성의 사부이기도 하니 그 관계가 도타울 수밖에 없었겠지요."

"흐음, 그 와중에 고운이 살아 있다니 참으로 다행스러운 일 아니겠소? 고운에게는 우리 고구려의 피가 흐르고 있으니, 적국에 우군을 하나 심어둔 것과 마찬가지란 생각이 듭니다."

담덕은 한참 동안 고개를 주억거리며 생각을 가다듬었다. 그는 장차 모용성이 이끄는 후연과의 관계를 어떻게 정립해나갈 것인가에 대한 고민을 마음속으로 저울질하고 있었다. 고운의 존재 또한 그의 내면에서 천평칭의 양 접시 위에서 무게로 가늠되고 있었던 것이다.

그때 먼저 침묵을 깬 것은 양수였다.

"폐하! 하온데, 이번 숙신 정벌에서 저희 기예단이 할 일은 무엇이옵니까?"

양수는 조환을 통해, 그리고 추동자로부터 대략적으로 기예단의 임무를 파악하고는 있었으나 태왕에게 직접 정확한 이야기를 듣고 싶었다. 기예단이 초원로 개척에 필요하다는 두 사람의 이야기만으로는 이해되지 않는 부분이 너무도 많았던 것이다.

"이번 숙신 원정에 양 단장을 부른 것은 기예단을 선발대로 삼기 위해서지요. 방금 전쟁의 길이 상업의 길이라는 말을 했지만, 이번 숙신 원정은 무기로 전투를 하는 것이 아니라 물산 거래로 경제영토를 넓히는 전쟁이 될 것입니다."

담덕의 말은 듣기에 따라 담담하게 들렸지만, 그 속내를 들여다보면 생각의 깊이가 아주 탄탄한 기초를 이루고 있었다. 전쟁과 상업, 두 가닥의 줄이 동아줄처럼 엮여 수백 명이 편을 나누어 줄다리기 시합을 해도 끊어지지 않을 만큼 질긴 생각의 사슬이 되고 있었다. 요동성에서 회군한 이후 장고를 거듭하며 머리로 짜낸 전략이 바로 그것이었다.

"원래 전쟁에선 지략이 뛰어난 장수와 전투력이 강한 군사들이 선봉을 맡는 것 아니겠는지요? 우리 같은 장사꾼들이 선봉에 선다는 것이 시생으로선 도무지 이해되지 않는 일이라서……."

양수는 태왕 담덕의 제의가 전혀 뜻밖이라 당황하지 않을 수 없었다.

"그 점은 걱정할 것 없습니다. 기예단 선발대에 호위 병력으로 일당백의 날랜 군사들을 딸려 보낼 것이니까요. 교류를 하는데 군사들을 앞세운다는 것은 현지에 거주하는 숙신 세력들에게 반감을 살 우려가 큽니다. 이번 숙신 정벌에서는 특히 우선순위가 중요하고 생각합니다. 즉, 문화가 먼저 들어가 현지 백성들에게 호감을 사도록 한 뒤에 군사가 진입해야 합니다."

담덕의 눈빛은 조용한 가운데 은은히 타오르는 촛불처럼 점점 화사한 빛으로 광채를 발하고 있었다. 그와는 달리, 추동자와 양수 두 사람은 어리둥절한 표정을 지우지 못한 채 태왕의 말을 이해하기 위하여 침묵한 가운데 한창 머리를 굴리기에 바빴다. 쉽게 이해가 안 갔지만, 그 말의 깊이는 우물 같은 느낌을 줄 정도로 공명성 강한 울림으로 두 사람에게 전해져왔다.

"어째, 두 사람 모두 말이 없으십니까?"

결국 먼저 침묵을 깬 것은 담덕이었다.

"실제로 교류 목적이라면 군사가 필요 없겠지요. 시생들이 대상단을 이끌고 서역에 갈 때도 군대를 동원하지는 않으니까요. 다만 도중에 마적 떼를 만날 경우를 대비해 일당백의 무술이 능한 장정들로 상단을 꾸리기는 합니다만……."

양수가 이마에 심각하게 주름살을 세우며 말했다.

"기예단 공연은 추장이나 그 수하의 무장 세력들에게 하는 것이 아닙니다. 그들의 보호를 받으며 살아가는 순수한 일반 백성들에게 문화를 심어주는 일이지요. 그러므로 이번 기예단 선발대의 호위 병력도 양 단장의 말처럼 일당백의 무술이 능한 상단 소속 장정들로 꾸려 가게 됩니다. 그들은 주로 짐꾼들로, 이미 장만해둔 미숫가루를 실어 나르는 보급대 역할을 맡게 될 것입니다."

"미숫가루요? 그걸 어디에 쓰신다는 말씀이신지요?"

이번에는 추동자가 조심스럽게 물었다.

"하하, 핫! 하명재 대인을 통해 미숫가루를 준비하라고 했는데, 대략 짐작은 할 테지만 그 쓸모를 정확하게 아는 사람은 드물 것이오. 이번에 처음으로 털어놓는 얘긴데, 기예단이 먼저 숙신 부락에 들어가 고구려의 춤과 기예를 보여주면 사람들이 많이 모이지 않겠소? 그때 그들에게 미숫가루를 나누어줄 것입니다. 추 단장도 잘 알다시피, 지난해 숙신 세력이 마적 떼로 변해 우리 고구려 상단의 말 기백 두를 훔쳐간 것은 먹고살기 위한 궁여지책의 하나였소. 요즈음 초원의 기상 변화로 가뭄이 오래도록 지속돼 풀들이 자라지 않아 가축들이 수없이 죽어 나갔기 때문에, 숙신 부락 주민들은 먹고살 음식이 부족했던 것이오. 이번 원정에서 그들의 기근을 해결해주고 잃어버린 말들을 찾아오면 목적은 충분히 달성한 것이라 생각해도 좋습니다. 우리 고구려에 대한 현지 주민들의 반응이 호의적으로 바뀌면 추장과 그 수하의 무장 세력들도 굽히고 들어오게 돼 있습니다. 그때 후군으로 밀어닥친 우리 군사들이 힘을 가진 숙신 세력과 담판을 지으면 저절로 예전과 같은 교류 관계를 회복할 수 있을 것입니다. 원정군을 이끌고 가서 단번에 쳐서 무력으로 제압하는 것은 일시적인 승리는 될지언정 완벽한 성공이라고 하기 어렵지요. 숙신 세력은 고구려에서 멀리 떨어진 동북방의 초원지대에 있으므로 다스리기가 쉽지 않습니다. 따라서 관리가 소홀해지면 표변하기 쉬운 것이 그들 아니겠습니까? 그러나 이 기회에 상부상조하는 길을 열어 물산교역과 더불어 문화교류가 이루어지면, 저절로 그들 또한 고구려에 동화되어 지속적으로 친선관계를 유지하려고 들 것입니다."

담덕의 이러한 설명을 듣고 나서야 추동자와 양수는 크게 머리를 끄덕였다. 속 깊은 말의 우물에서 퍼올린 시원한 샘물이 그들의 마른 목을 충분히 적셔줄 수 있었던 것이다.

"폐하! 그런데 미숫가루와 같은 기발한 발상은 어떻게 하신 것입니까?"

추동자가 궁금한 얼굴로 담덕을 바라보았다.

"하하하! 그거야 간단하지요. 초원지대의 유목민 출신 군사들은 원정을 떠날 때 말안장 밑에 훈제 고기를 깔고 다니면서 바짝 말린 육포로 군량미를 대신한다고 들었습니다. 따로 군량미를 나르는 보급부대가 필요 없이 각자 먹거리를 휴대하여 간편하게 이동할 수 있는 것이지요. 유목사회는 고기가 흔해 육포를 만들기 쉽지만, 농경사회에서는 휴대하기 간편하고 허기를 메울 수 있는 것이 미숫가루 아닙니까? 이번에 미숫가루를 대량 준비케 한 것은 이 기회에 유목민족을 대상으로 육포와 미숫가루를 직거래할 수 있는 길도 트기 위해서입니다. 그리고 초원지대를 거쳐 저 먼 서역까지 군대를 이끌고 가자면 군량미

보급이 큰 문제인데, 그것을 미숫가루로 해결할 생각입니다. 이번 숙신 정벌과 북방 초원로 개척에서 가장 유효한 무기가 바로 미숫가루 아니겠소?"

담덕은 의미 있는 눈길을 두 사람에게 보내며 조용히 웃었다.

"허어, 미숫가루가 무기로 쓰일 줄은 정말 몰랐습니다."

가만히 담덕의 말을 듣고만 있던 양수도 감탄한 얼굴로 한동안 벌어진 입을 다물지 못했다.

숙신 정벌

1

마침내 고구려의 숙신 원정군이 국내성을 출발했다. 선발대는 양수가 이끄는 기예단과 그들을 호위하는 일당백의 무술을 가진 군사들이었다. 이들은 태왕 직속의 호위무사 집단으로 마동이 직접 훈련을 시켰으며, 그는 선발대의 총지휘를 맡았다.

따라서 기예단을 선발대로 삼아 명색이 상단처럼 꾸몄지만, 사실상 선봉대장은 마동이라고 할 수 있었다. 국내성 인근 마을에서 태어났지만 마동 역시 어린 시절을 태백산 자락의 개마고원 말갈부락인 사냥꾼마을에서 자라났으므로, 말갈족들의 언어풍습이나 생활에 대해 누구보다 잘 알고 있었다. 초원지대에서 말갈족과 늘 부대끼며 살아가는 숙신족들과도 어느 정도 대화가 통할 수 있을 것이므로, 태왕은 호위무사 마동을 기예단 보호 책임을 맡은 선발대장으로 삼은 것이었다.

이렇게 하여 숙신 원정 선발대는 양수가 이끌고 온 기예단 30여 명, 마동의 지휘를 받는 호위무사 1백여 명, 그리고 특별히 야철장 김슬갑을 비롯하여 철을 잘 다루는 대장장이들과 나무를 잘 다루는 목수들 50여 명 등 2백여 명으로 조직되었다. 김슬갑으로 하여금 대장장이들과 목수들을 대동케 한 것은 특별히 태왕 담덕의 명으로 이루어진 것인데, 장안에서 조환이 보내준 수레바퀴 장인과 함께 초원로 개척에 참여하여 대량의 수레를 만들게 하기 위해서였다.

바로 뒤따라 국내성을 출발한 원정군 본대는 태왕 담덕과 명색이 대장군으로 나선 대상 하명재가 이끌었는데, 추동자를 비롯한 흑부상 1백여 명을 포함하여 군사 역할을 맡은 왕당군의 대장군 우적과 두치가 지휘하는 말갈부대까지 총 3천여 명으로 편성되었다. 이때 왕당군 1천 중 5백은 원정군을 앞에서 이끌고, 나머지 5백은 보급부대로 편성하여 후미에서 수레에 미숫가루를 싣고 따르도록 했다.

선발대와 본대는 크게 거리를 두지 않고 진군했다. 태왕 담덕은 일단 책성에서 다시 숙신 세력의 지리에 밝은 군사 2백을 조달해 길잡이로 삼을 생각이었다. 책성은 그 동북쪽으로 숙신 세력과 경계를 둔 동부의 본성이었다. 고구려에서는 북쪽에 건국 초기부터 적대 관계인 부여가 있었으므로, 대상단이 초원로를 통해 서역까지 가려면 동부와의 경계지역인 숙신을 경과하지 않으면 안 되었다.

전에 동부욕살 하대곤이 양아들 해평을 주군으로 내세워 반란을 일으켰다 실패한 후, 당시 반군을 제압하는 데 큰 공을 세운 고연제가 책성을 지키는 수장이 되었다. 그는 동부욕살이 되어 책성을 더욱 굳건히 하고, 동북쪽의 숙신 세력에게 한편으로는 엄포를 주고 다른 한편으로는 위무하는 양면 작전을 취했다.

태왕 담덕이 원정군을 이끌고 책성에 도착하자 동부욕살 고연제가 성문을 열고 나와 맞이했다.

"동부욕살 고연제가 태왕 폐하를 뵙습니다. 어서 드시지요."

고연제가 성안으로 담덕과 원정군을 안내하였다.

담덕과 마주 앉은 고연제는 3천여 병력의 원정군을 보고 놀란 표정을 감추지 못했다. 아무리 숙신이 각기 부락 단위의 추장들로 이루어진 무리들이라 하지만, 원정군 병력치고는 적은 수여서 적을 너무 가볍게 보고 있는 것이 아닌가 하는 생각이 들었던 것이다.

"고 장군! 이곳 책성에서도 약간의 군사를 조발했으면 합니다."

역시나 태왕 담덕의 말에 고연제도 단단히 마음을 다졌다.

"이번의 원정군 규모를 보고 소장도 동부 군사를 대거 출동시킬 결심을 하고 있었사옵니다."

고연제는 동부 군사의 상당수를 원정군에 가담시킬 생각을 하고 있었다. 그런데 담덕에게서 의외의 대답이 나왔다.

"대거라니요? 2백이면 충분합니다."

"네? 2백이라면 너무……."

"너무 적다는 말이지요? 이곳 책성은 숙신 세력과 가까우니 그들이 주둔한 지역을 잘 아는 군사들이 필요합니다. 우리 원정군의 길 안내를 맡을 군사로 2백이면 되지 않겠습니까?"

"우리 동부에서 한 1만 병력은 출동해야 할 것으로 봅니다만……."

고연제는 여전히 놀란 눈길을 감추지 못했다.

"이곳의 서북쪽엔 부여가 있습니다. 부여를 경계할 병력이 필요하니 갑자기 1만 군사를 원정군에 가담시키면 책성의 위험부담이 너무 큽니다. 이번 숙신 정벌은 그들을 주벌하는 데 목적이 있는 것이 아니고 위무하러 가는 것입니다. 그러니 원정군이 많으면 숙신 추장들이 더욱 의심할 것 아니겠습니까? 서역과 초원로를 통해 교역할 상단도 대동하고 가니, 이곳 동부에서 나는 특산물이나 별도로 챙겨주시기 바랍니다."

담덕은 만면에 웃음을 머금었다.

처음에 담덕의 태연자약한 모습을 보고 고연제는 자만심이 지나친 것 아닌가 우려하고 있었는데, 그것이 아니었다. 젊은 군주의 그 웃음에는 의외로 여유로움이 있어 보였다. 그동안 백제·거란·후연 등과의 싸움에서 백전백승하여 고구려 백성들 모두가 '전쟁의 신'이라고 칭송해 마지않는 태왕에게 두터운 믿음이 가는 것은, 그 담담하면서도 여유로운 마음의 안정감에 있었다.

"우리 동부는 산악지대라 호피와 초피 등이 특산물입니다. 아, 그리고 오래전부터 태백산에서 길러온 장뇌삼도 있습니다. 태백산에는 산삼을 캐는 심마니들이 더러 있는데, 언제부턴가 그들이 산삼 씨앗을 채취하여 박달나무와 옻나무 그늘에 뿌려 수십 년 가까이 길러왔다고 합니다. 야생에서 자생한 오래 묵은 산삼과 같은 효능은 기대하기 어려우나, 밭에서 경작하는 인삼과는 또 다른 불로장생에 특출한 약효가 있다고 알려진 지 오래됩니다. 간혹 우리 동부군사들이 태백산으로 사냥을 나갔다 발견하여 채취해온 장뇌삼을 본 기억이 있습니다. 산삼을 찾아다니는 심마니들이 적어 그들이 기르는 장뇌삼을 찾기는 쉽지 않습니다. 그리고 그들도 먼 훗날의 심마니 후예들을 위해 씨를 뿌렸다고 하니, 산삼처럼 먼저 발견하는 사람이 임자가 되겠지요. 그러나 본격적으로 장뇌삼을 재배한다면 훗날 고구려의 특산물로써 큰 가치가 있을 것으로 보입니다."

고연제의 말에 담덕이 한동안 고개를 끄덕이며 깊은 생각에 잠겼다. 그러다가 마침내 입을 열었다.

"그 장뇌삼도 특산물로 챙겨주시지요."

"워낙 귀한 것이라 많지는 않고, 선물용 정도로 준비할 수는 있습니다. 우선 태왕 폐하께 진상품으로 올리도록 하겠사옵니다."

고연제가 머리를 조아렸다.

"진상품보다 다른 곳에 쓰고 싶으니 비단 보자기에 잘 포장해주십시오."

담덕은 자신만이 아는 비밀이라는 듯 의미 있게 웃었다.

곧 동부욕살 고연제는 숙신 지역 지리에 밝은 군사 2백을 조발하고, 각종 특산물 꾸러미도 꾸려 그들로 하여금 짊어지고 가게 하였다. 며칠 책성에 머물렀던 원정군은 다시 진군을 계속하였다.

책성을 지나면서부터 북동쪽 숙신 세력의 주둔지로 넘어가는 길은 산악지형이라 매우 험난했다. 가파른 고갯길과 때론 깎아지른 절벽을 만나 아슬아슬한 벼랑길을 통과해야 할 때도 있었다. 따라서 그러한 길로 들어서면 말은 걸려서 가더라도 수레를 끌고 가기는 어려우므로, 일일이 분해하여 부속품들을 나누어 군사들이 짊어질 수밖에 없었다. 수레들은 산을 넘어 유목민들이 사는 초원지대를 지날 때 긴요하게 쓰일 것이기 때문에, 말이 아닌 인력으로 운반하는 수고를 감수하면서라도 반드시 가지고 가야 할 필수품이었던 것이다.

2

높고 짙푸른 하늘에 뜬 한낮의 태양은 뜨거웠고, 동해 먼 해역에서 내륙으로 불어오는 바람은 시원했다. 짭짤한 비린내가 밴 공기를 실어 나르는 그 바람은 코끝에 스칠 때 상큼하면서 풋풋한 향내를 풍겼다. 해안가로 밀려드는 파도가 간단없이 주르르 밀려와 백사장에 흰 거품을 게워놓고 다시 먼바다를 향해 굽이쳐 갔다.

스르륵 척, 스르륵 척!

부둣가에 정박해 있는 어선들에 와서 부딪치는 파도 소리는 그렇게 반복되면서 오후의 한가로운 시간을 조율하고 있었다. 그러나 바닷가 사람들 사이에선 팽팽한 긴장감이 형성되어, 멀리 흰 돛배가 떠다니는 잔잔한 바다와 여기저기서 웅성거리며 사람들이 몰려든 육지의 너른 백사장은 그 분위기가 사뭇 달랐다.

백사장 남쪽으로는 높은 산맥들이 낙타 등 같은 등고선을 그리고 있었으며, 동쪽으로는 초원지대와 둔덕을 이룬 빽빽한 밀림이 우거져 숙신족들이 은거한 부락이 곳곳에 터를 잡고 있었다. 장안에서 온 양수의 기예단이 볼 때 그러하였다. 그들은 장안에서 서역까지 사막의 길을 왕래하며 자주 낙타들을 보아왔기 때문에, 고구려와 숙신의 경계를 이루고 있는 산맥들이 마치 쌍봉낙타의 등처럼 보였다. '사막의 배'라는 낙타와는 달리 짙푸른 바다 위에 뜬 어선들은 유난히 아른거리는 흰 돛으로 인해 매우 환상적으로 느껴졌다. 바다는 푸르다 못해 검게 보였는데, 그 넘실거리는 물결은 햇살을 받아 마치 살아 있는 물고기의 비늘처럼 반짝반짝 빛났다.

양수가 이끌고 온 기예단은 백사장에 공연 무대를 만드는 데 전력을 다하였다. 갑자기 많은 무리의 사람들이 서남 방향의 경계에서 나타나자, 숙신족들은 모두 놀란 눈빛으로 가까이 다가오지 않고 멀리서 잔뜩 경계의 시선만 보내고 있었다.

한편 담덕의 원정군 본대는 숲 그늘에서 휴식을 취하고 있었고, 추동자가 이끄는 흑부상들만 숙신 부락 곳곳으로 보내 정탐하면서 곧 고구려 군대가 들이닥칠 것이라는 소문을 은근히 퍼뜨리게 했다. 흑부상들은 그들이 짊어지고 간 등짐에서 주민들에게 미숫가루가 든 자루를 건네주었다. 처음에 숙신족들은 그 용도를 몰라 눈만 끔벅거렸는데, 흑부상들은 그들도 산을 넘어오느라 배가 고팠으므로 물을 달라고 하여 미숫가루를 타서 직접 마시는 시범까지 보여주었다. 그러면서 백사장의 기예단 공연을 보러 가면, 거기서도 미숫가루를 나누어줄 것이라고 선전했다.

숲속의 고구려군은 매복을 하고 있는 것이 아니었다. 곳곳에 포진하여 깃발을 나부끼며 숙신 세력들에게 자못 기세등등한 군세를 보여주기만 했다. 그들 무장 세력은 한창 백사장에서 무대를 설치하는 기예단을 공격하지 못하도록 하는 효과를 얻기 위한 일종의 시위적 성격을 띠고 있었다.

해변 백사장에서 고구려 기예단은 무대를 설치하느라 분주한 손놀림으로 바빴고, 대부분 아녀자들과 노인들로 이루어진 숙신족 부락 주민들은 그들이 대체 무엇을 하는지 궁금해 언덕 위에서 먼빛으로만 구경하고 있었다. 이미 숙신족의 청장년들은 겁을 집어먹고 어디로 숨었는지 코빼기도 보이지 않았다.

숙신족들은 모두 그곳의 바다에 익숙했으며, 해안과 바다는 그들의 생활 터전이기도 했다. 그들은 그 바닷가를 '해삼 부두'라고 불렀다. 연해의 바위틈에서 해삼이 많이 난다고 하여 언제부터인가 '해삼위海蔘(블라디보스토크)'라고 불리고 있었다. 여자들은 주로 해삼을 따고, 남자들은 어선을 타고 먼 바다로 나가 고기잡이로 생계를 해결하였다. 그러나 한창 겨울에는 바닷물이 얼어 해삼 채취나 고기잡이가 불가능해 먹고살기가 어려웠다. 따라서 집집마다 돼지를 길러 겨울철에는 그 고기로 주식을 대신하곤 했다.

고구려 기예단의 무대는 곧 제 모습을 갖추었다. 양수는 기예단으로 하여금 꽹과리와 징, 북과 장구를 쳐서 주변의 숙신족 부락 주민들의 관심을 유도하였다. 그러자 아녀자와 노인들이 백사장으로 점차 모여들었고, 곧 기예단 공연도 시작되었다. 처음에는 관객들의 관심을 끌기 위해 기예단원 각자 수련한 개성 있는 묘기를 보여주는 데 주력했다.

묘기는 주로 무술 훈련으로 단련된 기술을 선보였다. 말타기 기술에서부터 칼부림 기술, 공받기 기술, 나무다리 기술 등과 함께 공중 묘기인 줄타기 기술까지 두루 연기를 했다. 특히 공중 묘기의 아슬아슬한 장면이 연출될 때면 간혹 박수가 터져 나오기도 했다.

오히려 근처 나무 숲속에 숨어 깃발을 세운 채 일종의 시위를 하고 있는 고구려 원정군들 사이에서 더 요란한 박수가 터져나왔다. 태왕 담덕도 장터마당에서나 볼 수 있는 그러한 묘기는 처음 목격하는 것이라 매우 흥미로운 눈길을 던진 채 관람하고 있었다.

기예단장 양수는 숙신족 관람객이 점차 불어나고 초롱초롱한 시선들이 무대로 집중되자, 기다렸다는 듯이 본격적인 공연에 돌입하였다. 곧 무대 위에서는 단군신화를 춤으로 엮은 탈춤 공연이 시작되었다. 대체로 북방 민족의 신화는 그 구조가 비슷했다. 숙신족에게도 단군신화는 매우 익숙한 이야기여서 흥미로운 눈길을 던졌다.

양수가 고구려 건국신화가 아닌 단군신화를 무대에 올린 것은, 숙신족들이 북방 세력이므로 그들도 오래전부터 문화적 동질성을 갖고 있다고 판단했기 때문이다. 그러한 동질성을 가진 북방 민족이 남쪽으로 내려와 농경민으로 정착 생활을 하게 되면서 나라의 기틀을 잡게 되었고, 북방에 남은 유목민들은 그 이동하는 생활 특성상 부족 형태를 그대로 유지하고 있었다. 따라서 사실상 고구려와 부여를 비롯하여 북방의 나라들은 유목민들과 같은 문화권에 속해 있었으며, 옛날 광활한 지역을 지배하던 조선시대에는 그 조상들이 대부분 단군의 백성들이었던 것이다. 그들은 천신을 믿었으며, 지상의 모든 생명들은 하늘을 향해 기원을 드리는 속성에 길들여져 있었다.

신화를 엮은 탈춤이므로 춤꾼들은 모두 각자 배역에 어울리는 탈을 쓰고 공연에 임했다. 특히 곰과 호랑이가 동굴 속에서 쑥과 마늘을 먹으며 삼칠일(21일)을 견디는 이야기는 숙신족들에게도 매우 친숙한 내용이었다. 마늘을 먹으며 호랑이 탈을 쓴 기예단 배우가 익살을 떨어대자 관객들은 와르르 웃음을 터뜨렸다. 북방 민족은 주로 동물을 신으로 숭배하는 사상에 익숙했는데, 숙신족도 그들이 사는 강산의 대표적인 동물을 신격화하는 풍습이 생활화되어 있었다.

늦은 오후부터 공연이 시작되었으므로, 바닷가에도 어느덧 어둠이 찾아왔다. 때마침 초저녁부터 달이 밝았고, 하얀 백사장이야말로 그 빛의 반사 덕분인지 공연장이 돋보이도록 하는 배경 역할을 하여 자못 분위기가 고조되었다. 저녁 시간임에도 관객들은 흥에 겨워 집으로 돌아갈 생각을 하지 않았다. 때에 맞추어 추동자의 명을 받은 흑부상들이 백사장에 크게 모닥불을 피워놓아 무대를 더욱 환하게 밝혀주고 있었다.

단군신화 공연이 끝나고 나서 양수는 풍물놀이를 시작했다. 기예단원 모두 무대에서 내려와 꽹과리와 징, 북과 장구의 장단에 맞춰 모닥불 주위를 돌면서 덩실덩실 춤을 추었다. 거기에 피리와 나팔 소리가 하늘을 향해 울려 퍼지면서 기예단원들은 물론 관객들에게까지 신바람을 불어넣어주었다. 그러자 기예단원들은 무대 위는 물론 무대 밖으로도 나와 관객들과 함께 어우러져 한판 신나게 춤사위를 선보였다.

상쇠로 나선 양수는 꽹과리를 치면서, 앞소리를 넣었다.

"오늘은 달도 밝다!"

그러자 단원들이 후렴을 달았다.

"쾌지나칭칭나네!"

양수의 앞소리와 단원들의 후렴구는 한 소절씩 엇바뀌며 이어졌다.

"하늘에는 별이 총총!"

"쾌지나칭칭나네!"

"백사장엔 자갈도 많다!"

"쾌지나칭칭나네!"

이러한 후렴은 장단을 맞추는 꽹과리 소리, 징 소리의 가락과 제대로 맞아떨어졌다. 실상 그 후렴구는 사람의 입으로 연주하는 꽹과리와 징의 소리에 다름 아니었다.

기예단원들이 무대에서 내려와 관객들 앞에서 어깨춤을 덩실덩실 추면서 양수의 앞소리에 맞춰 '쾌지나칭칭나네'라는 후렴구를 넣자 숙신족들도 저절로 장단을 맞추어 손발짓을 해가며 어깨에 풍물 가락을 실었다. 누가 시킨 일도 아닌데 저절로 그런 춤동작이 나왔던 것인데, 이는 숙신 또한 고구려와 같은 북방 민족으로 문화적 동질성을 갖고 있다는 증거가 아닐 수 없었다.

상쇠 양수는 꽹과리에 장단을 맞추며 앞소리를 만들어나갔다. 기본 가사가 있었지만, 그때그때 관중의 분위기에 어울리게 즉흥적으로 가사를 읊어나가기도 했던 것이다.

"너와 나의 대동세상!"

"쾌지나칭칭나네!"

그 뒤를 이어 기예단과 숙신족 관객들 모두의 열창으로 '쾌지나칭칭나네!'의 후렴구를 반복적으로 열창했다.

나무 숲속에서 먼빛으로 그 광경을 지켜보던 태왕 담덕은 곁에 있던 말갈부대 장수 두치에게 말했다.

"지금이 적당한 때 같소. 저들과 말이 잘 통하는 병졸들을 시켜 춤을 추고 있는 숙신족들에게 미숫가루를 나누어주도록 하시오. 물에 타 마시는 법도 자세히 가르쳐주도록!"

"네, 폐하! 이미 우리 말갈부대 병사들 중 조상이 숙신족인 자들을 뽑아 대기시켜놓고 있습니다."

두치는 곧바로 수하의 졸개들 십여 명에게 각자 나누어준 미숫가루가 든 자루들을 어깨에 둘러메고 공연장으로 달려가게 했다. 풍물놀이에 취한 숙신족들은 고구려의 말갈부대 병사들이 나타났는데도 크게 두려워하지 않았다. 그들의 어깨에 병장기가 아닌 자루들이 들려 있었기 때문이기도 했지만, 장단에 맞춰 춤을 추느라 적군이라는 것조차 잠시 잊은 듯했다. 더구나 말갈부대 병사들이 자신들과 같은 억양의 말까지 쓰며, 미숫가루가 든 자루들을 나누어주자 동료 의식을 느낀 듯 친근감까지 나타내는 것이었다.

그날의 공연은 일단 성공적이라고 할 수 있었다. 숙신족 관객들이 좋은 인상을 갖고 그들의 부락으로 돌아갔기 때문이다. 숙신족 부락은 언덕 너머 밀림지대 안에 있었다. 그들의 생활 습관은 남달랐다. 여름에는 사나운 짐승들의 습격을 두려워하여 나무 위에 집을 짓고 살았고, 맹렬한 추위가 닥쳐오면 땅굴을 파고 움집에 들어가 겨울을 났다.

고구려 쪽 경계인 산 능선의 나무 숲속에 진지를 구축한 태왕 담덕은 자신의 막사 안에서 기예단장 양수와 흑부상 단장 추동자 두 사람과 탁자를 가운데 두고 마주 앉았다. 두 사람은 공연이 끝날 때 숙신족 아녀자들이 기예단으로 가져온 해삼이 가득 든 싸리바구니를 탁자 위에 올려놓고 있었다.

"이것이 다 무엇이오?"

담덕이 물었다.

"숙신족 아녀자들이 이것들을 가져왔습니다. 미숫가루를 나누어주자 거기에 대한 보답으로 해삼을 선물한 것이지요. 이곳 해변에서는 해삼이 많이 나서 '해삼위'라 부르기도 하지요."

추동자가 싸리바구니에 가득 든 해삼을 가리켰다.

"해삼이라. 바다에서 나는 인삼이란 말인데?"

"맞습니다. 숙신족들에겐 오래전부터 정력 강장제로 알려진 먹을거리이옵니다. 이곳 해삼위에선 주로 해변에서 여자들이 해삼을 채취하고, 남자들은 어선을 타고 바다로 나가 물고기를 잡지요."

추동자의 말에 담덕은 조금은 흉물스럽게 생긴 해삼의 모양을 신기한 눈빛으로 바라보며 다시 물었다.

"이것을 숙신족들은 어떻게 먹습니까?"

"날것으로 그냥 먹기도 하고, 볶음이나 탕으로 해서 먹기도 합니다. 고소하고 쫄깃한 맛이 아주 일품입니다. 특히 숙신족 장정들이 정력제라고 하며 날것을 칼로 썰어서 먹습니다."

추동자가 말했다.

"추 단장도 먹어보았소?"

"시생은 여기저기 장터 마당을 돌아다니며 가장 먼저 그 지역의 음식부터 맛보는 것을 최상의 즐거움으로 알고 있사옵니다. 당연히 해삼을 먹어보았습죠. 특히 날것을 썰어 입안에 넣으면 바다 냄새까지 배어 그 맛이 상큼합니다."

이렇게 추동자가 한창 해삼 자랑을 늘어놓고 있을 때, 담덕은 아녀자들이 가져다주었다는 해삼 바구니를 보면서 한 가지 가능성을 점치고 있었다. '주거니 받거니'란 말이 있듯이, 인정人情을 통한 마음의 교류야말로 서로 생활 환경과 문화가 다소 다르다 하더라도 더불어 사는 세상을 만들 수 있는 첩경이란 생각이 들었다.

이때 담덕은 추동자에게 머물렀던 시선을 천천히 기예단장 양수에게로 옮겼다.

"아까 공연하던 놀이 중 마지막 '쾌지나칭칭나네'가 압권이었소. 그 후렴구는 대체 무슨 뜻이오?"

"네, 폐하! 시생도 잘은 모르오나, 꽹과리 장단과 징 장단에 맞춰 사람들이 따라하는 입장단이 아닐는지요? 우리 민족이 오래전부터 사용해오던 후렴구인데, 어떤 깊은 뜻이 숨어 있는 것은 아닐 것입니다. 다만 풍물놀이 장단에 맞춰 춤을 추며 스스로들 입장단을 넣다 보니 후렴구로 굳어진 것이라고 생각되옵니다. 고구려 남쪽 신라 땅에서도 이 민요가 즐겨 불린다고 들었는데, 시생이 저 서역으로 행상을 다닐 때도 그곳 사람들이 '쾌지나칭칭나네'를 부르고 어깨춤을 덩실덩실 추는 것을 보고 놀란 기억이 있습니다. 후렴구의 발음은 똑같다고 할 수 없으나 곡조가 같고, 흥겨운 마당놀이라는 것이 공통점입니다. 저 서역에서부터 북방 초원을 거쳐 압록강 건너 반도까지 두루 퍼진 노래라고 생각됩니다. 처음 어디서부터 그 노래가 유래되었다고 보기 어려운 것이 바로 그러한 점입니다. 오랜 옛날부터 인적 물적 교류를 통해 민속놀이도 공유하게 된 것이 아닐까 추측할 뿐이옵니다."

양수도 그 이상은 알지 못한다며 고개를 좌우로 흔들었다.

"허허, 헛! 입장단이라? 그거 말이 되는군. 그럴듯한 해석이란 생각이 듭니다. 오늘 풍물놀이를 보고 느낀 것인데, 처음 본 숙신족들까지 함께 어울려 어깨춤을 추는 것이 참으로 보기 좋았소."

담덕은 문득 어린 시절 사부 을두미에게 들었던 '신명'이란 말을 떠올리며 양수를 바라보았다. 사부는 신명이야말로 고구려의 힘이라고 했고, 또 얼마 전 요동에서 7중목탑 건설 현장 목수들을 보고 노승 석정도 그것에 동조한 바 있었다.

"우리 고구려도 그렇지만 부여나 숙신이나 거란 모두 북방 민족입니다. 유독 하늘이 높고 푸르므로, 저절로 하느님을 믿게 된 사람들입니다. 사람은 하늘과 땅 사이에 사는데, 동물과 달리 두 발로 걷다 보니 자연스레 하늘을 우러러보게 되었던 것입니다. 네 발로 걷는 돼지나 소 같은 것들은 땅을 보고 살지만, 사람은 늘 고개를 쳐들고 하늘을 향해 소원을 비는 것이 동물들과 다릅니다. 풍물놀이는 하늘의 기운을 빌어 신바람을 내는 굿판이라고 할 수 있사옵니다. 소리가 째지듯 강하게 울리는 꽹과리는 하늘을 향해 소리를 전달하고, 둔중한 소리의 징은 들판 멀리 퍼지면서 잠자는 땅을 깨우는 역할을 합니다. 그리고 북과 장구가 징소리와 어우러져 땅을 깨우는 소리로 가락의 보조를 맞춘다면, 피리와 나팔은 꽹과리처럼 하늘을 향해 소리가 울려 퍼지도록 하는 데 힘을 보태고 있사옵니다. 이처럼 땅과 하늘의 조화를 소리와 춤으로 형상화한 것이 풍물놀이로서, 궁극에 가서는 대동세상을 꿈꾸는 기원을 담고 있다 하겠습니다. 사람들은 풍물놀이 장단에 맞춰 하늘을 향해 두 팔을 올리고, 땅을 딛고 두 발을 구르며 춤을 춥니다. 하늘의 기운을 뻗은 두 팔로 받아들이고, 땅의 기운을 지지대로 삼아 두 발로 장단을 맞춰 춤을 추면서 사람들은 저절로 흥에 겨워 어깨까지 들썩입니다. 이는 하느님을 믿는 사람들이 다 같이 어우러져 잘살아 보자는 것을 몸으로 한껏 보여주는 것이라 생각하옵니다. 방금 말씀드린 바대로 그것을 일러 '대동세상'이라 한다고 들었사옵니다."

양수의 입에도 절로 신바람이 얹힌 듯, 말이 술술 풀려서 나왔다.

"음, 양 단장이 기예단을 이끌고 다니면서 저 서역까지 누비더니 큰 깨달음을 얻은 것이 아니겠소? 대동세상이라! 말인즉슨 모든 사람이 함께 어울려 평등하게 살아가는 세상, 바로 너와 내가 한데 어우러져 신바람 나게 사는 우리 모두의 세상을 가리키는 것 아니겠습니까?"

담덕은 자신도 모르는 사이 멍한 기분이 되었다. 분에 넘치는 감격은 순간적으로 마음을 먹먹하게 만들었고, 그것은 곧 막혔던 가슴을 뻥 뚫리게 하면서 파도가 밀려와 절벽을 치는 듯한 격한 감동으로 승화되었다.

"폐하! 바로 그러하옵니다."

"대동세상은 오래도록 역대 군주들이 궁극적으로 꿈꾸어온 이상향이기도 하오. 우리 고구려만이 아니라 주변의 나라와 족속들도 죽고 죽이는 전쟁을 하지 않고 서로 도와가며 평화롭게 살아가는 세상 말이오. 오늘 풍물놀이를 하며 춤추는 기예단과 숙신족들이 한데 어우러져 즐거워하는 모습을 보면서 양 단장의 앞소리처럼 너와 내가 한세상을 이루는 날이 머지않아 올 것이라는 어떤 기대감까지 생겼습니다."

담덕은 그런 뜻에서 앞에 앉은 두 사람에게 고마움을 느껴 자신도 모르게 양손을 벌렸다. 자연히 추동자와 양수의 손을 마주 잡게 된 것이었다. 그것은 군주이기에 앞서 같은 사람으로서의 정에서 비롯된 지극히 당연한 감동의 표현이었다.

태왕 담덕에게 갑자기 손을 잡힌 추동자와 양수는 얼떨결에 허공에서 마주 눈을 부딪치며 황감해하지 않을 수 없었다.

"태왕 폐하! 황공하옵니다."

추동자가 앉은 자세에서 허리를 꺾었다.

"시생이 너무 풍물놀이를 과장되게 말씀드린 것 아니온지요?"

양수도 겸연쩍은 얼굴로 추동자처럼 얼떨결에 허리와 고개를 숙였다.

"아니오. 두 사람 모두 이번 행보에 큰 힘이 될 것이오. 그리고 참! 지금 생각이 난 것인데 요동에서 7중목탑을 세울 때 지경다지기란 것을 했는데, 그것과 풍물놀이는 어떻게 다릅니까?"

담덕이 양수를 향해 물었다.

"시생은 같은 종류의 굿 놀이마당이라 생각하옵니다."

"굿 놀이마당이라?"

"하늘의 신에게 빌어 잡귀를 물리쳐 액을 쫓고, 이 땅의 풍요와 평화를 기원하는 것이 굿이옵니다."

"흐음, 그것이 모두 굿 놀이의 일종이란 말이지요?"

담덕이 한참 생각에 몰두해 있을 때 문득 추동자가 나섰다.

"폐하! 양수 단장의 조상은 저 북방의 백해(바이칼)란 호수 근처에서 살던 달단족이었사옵니다. 달단족을 '탑탑이'라고도 하는데, 그래서 예전에 양 단장이 장터 마당을 떠돌 땐 '양탑탑'

이란 별명으로 불리기도 했지요. 백해 호수를 그 지방 사람들은 '바이칼 호수'라고도 하는데, 근처의 알혼섬은 무당들이 굿마당을 벌이는 곳으로 유명합니다. 그곳이 바로 양 단장 조상들이 살던 고향이기도 하답니다."

갑자기 나온 추동자의 말에 양수는 얼굴을 붉혔다.

"추 단장! 태왕 폐하 안전이오. 말을 가려서 하시오."

양수는 담덕 모르게 슬쩍 추동자의 옆구리를 찔렀다.

"오, 그래요? 이번 노정에 백해 호수도 들어 있는데, 아주 잘되었군요! 아무튼 앞으로 초원로 개척을 하는 데 있어, 두 단장의 역할이 매우 중요하다고 생각합니다."

담덕은 두 사람에게 힘주어 눈으로 다짐을 준 후 그 자리에서 물러가게 하였다.

3

해삼위 언덕 너머 북동쪽에 큰 산맥이 뻗어 있었다. 고구려 서북쪽 변경을 지나면 대흥안령 너머에 거란의 세력이 있는데 반해, 북동쪽에는 숙신 세력이 있어 그 산맥을 '내흥안령(시호테알린산맥)'이라고 불렀다. 부여 서북쪽에 황소의 등처럼 막아선 소흥안령까지 '흥안령'이란 이름을 가진 산맥이 세 개나 되었던 것이다.

내흥안령 산맥은 동쪽으로 바다를 끼고 있어 경사면이 가파른 반면 서쪽은 밋밋한 산비탈로 이어져, 그 서북쪽으로 광활한 초원지대가 늘편하게 펼쳐져 있었다. 고지대의 경우 세찬 바람이 불어 나무가 잘 자라지 않으므로 거의 민둥산에 가깝지만, 그 아래쪽으로는 소나무·이깔나무·전나무 등이 울창한 밀림을 이루어 침엽수림 지대를 형성하고 있었다. 또한 이 산맥의 서남 방향 저지대에는 자작나무가 빽빽하게 들어차, 이들 밀림 지대에는 호랑이·표범·반달가슴곰·백곰·순록·스라소니 등이 서식하였다.

숙신족들 대부분은 이 내흥안령 산맥 저지대의 밀림 속에 은거하며 주로 사냥으로 생계를 유지하고 있었다. 따라서 초원지대 곳곳에 흩어져 방목하는 유목민들 이외에 숙신족을 대표하는 주요 근거지는 내흥안령 산맥이라고 할 수 있었는데, 밀림 지대에 은거해 있어 그들을 공략하기가 쉽지 않았다.

태왕 담덕의 고민은 어떻게 하면 숙신의 무장 세력을 밀림지대에서 초원지대로 끌어내느냐에 있었다. 그래서 초반부터 아녀자와 노인들을 대상으로 한 선무공작으로 기예단을 투입했던 것인데, 대성황을 이루었던 첫날 공연 이후 차츰 관객들이 줄더니 채 며칠이 지나지 않아 아무도 공연장을 찾는 이들이 없었다.

흑부상들을 보내 알아본 결과, 고구려군이 나누어준 미숫가루를 숙신족들은 먹지 않고 모두 강물에 던져버렸다는 것이다. 내흥안령 산맥에서는 서북 방향으로 오소리강烏蘇里江(우수리강)이 흐르고 있었다. 그 산맥의 무수한 골짜기에서 흘러내린 물이 고여 흥개호興凱湖(홍카호)를 이루었고, 호수에서 발원한 오소리강 줄기는 내흥안령 서북쪽 저지대를 끼고 북쪽으로 흐르다 흑룡강黑龍江(아무르강)과 합류하여 동쪽 바다로 빠져나갔다. 동물의 시체가 흙 속에서 썩어 만들어진 부식질이 녹아 검은색을 띠고 있는 관계로 옛날부터 흑수로 불리던 흑룡강은, 부여 서북부 지역에서 발원해 소흥안령 산맥의 북동쪽을 돌아 흐르다 송화강과 만나 타타르塔塔爾 해협으로 빠져나갔다. 바로 흑룡강이 타타르 바다에 이르기 전에 오소리강과 합류하는데, 이 물줄기가 내흥안령 저지대의 밀림지대에 진지를 구축하고 있는 숙신 무장 세력의 해자 역할을 하고 있었다. 그들에게는 그 강이 천연적인 방어전략 군사 요충지였던 것이다.

고구려군은 오소리강을 반드시 건너야만 숙신을 공격할 수 있는데, 그들은 그 물속에다 보란 듯이 미숫가루를 던져버렸다는 것이다. 이는 고구려군의 호의를 배척한 숙신 세력의 전면적인 도전이 아닐 수 없었다.

"허허, 이런! 정말로 괘씸한 자들이 아닌가?"

추동자로부터 보고를 받은 태왕 담덕의 입에서 자신도 모르는 사이에 흘러나온 말이었다.

"그런데 더욱 괴이쩍은 것은 미숫가루를 뿌린 강물 위로 물고기들이 허옇게 배를 까뒤집은 채 떠올라 죽고 있다는 사실이옵니다."

"무엇이? 물고기가 죽는다?"

담덕은 곧바로 그 까닭을 알 수 있었다. 숙신족 추장들이 고구려군의 선무공작을 역이용해 졸개들로 하여금 적개심을 불러일으키도록 만드는 작전이 분명했다. 그는 즉시 군사를 출동시켜 오소리강으로 달려가게 했으며, 그 강물을 떠다 어의에게 주어 어떤 독성이 있는지 알아보게 하였다.

강물을 혀끝으로 살짝 대본 어의는 금세 그 성분을 알아냈다.

"폐하! 강물에 초오라는 독초 성분이 섞여 있사옵니다. 흔히 꽃 모양이 투구처럼 생겼다고 해서 '투구꽃'이라고도 하는데, 뿌리에 강한 독이 있어 숙신족들이 독화살을 만들 때 즐겨 사용하지요. 사약의 재료로도 쓰이며, 한방에서는 적당량을 사용할 경우 통각을 마비시키는 마취용 약재로도 활용됩니다. 그러나 적정량 이상을 흡입하면 생명이 위험하므로 큰 외상 아닌 경우 의원들도 사용하기를 꺼리는 독초입니다. 아마도 숙신족들이 초오 뿌리를 대량으로 짓이겨 미숫가루와 함께 뿌린 모양이라 사료되옵니다."

"허허, 어찌 저들이 갑자기 한꺼번에 그런 많은 독초를 구할 수 있었을까?"

담덕은 고개를 갸우뚱거리며 혼잣소리처럼 말했다.

"초오는 깊은 산골짜기에서 자라나는데, 이곳 북방 지역에서는 흔히 볼 수 있는 풀이옵니다. 독화살을 만들 때 사용하는 재료이니, 사냥을 주업으로 하는 숙신족들은 미리 채취해 많은 양을 비축해두었을 것이옵니다."

"하긴 그럴지도 모르겠군! 초오의 해독에 좋은 약은 없겠소?"

담덕은 어의에게 깊은 눈길을 던졌다.

"감초가 해독에 도움이 되옵니다. '약방의 감초'라는 말이 있듯이, 한방에서 많이 쓰이는 약재이므로 감초를 미리 준비해두었습니다. 만약 모자랄 것 같으면 꿀을 달여 마셔도 효능이 있으니, 군사들에게 상비약으로 야생 벌꿀을 채취해오도록 하면 될 것이옵니다."

"천만다행이로군!"

"우연인지 모르지만 '오소리강'에도 '초오'에도 까마귀 오烏자가 들어가니, 태왕 폐하께서 군사들에게 특히 주의를 줄 필요가 있을 것 같사옵니다. 우리 고구려는 오래전부터 삼족오를 숭상해 군사의 깃발에도 그 문장을 새겨넣고 있사옵니다. 하여 삼족오 깃발을 세우고, 초오의 독성이 녹아 있는 오소리강을 건너야 하는 우리 고구려 군사들의 입장을 고려하지 않을 수 없을 것으로 사료되옵니다. 까마귀 셋의 의미를 되새겨볼 필요가 있지 않겠사옵니까?"

어의가 태왕 담덕을 향해 머리를 조아렸다.

"듣고 보니 그렇구먼!"

까마귀 세 마리가 길조일까 흉조일까 한참 동안 고민하던 끝에, 담덕은 마침내 호위무사 마동으로 하여금 곧 휘하 장수들을 불러 전략회의를 열 준비를 하라고 명했다.

고구려 원정군 장수들이 서둘러 군막으로 모여들었다. 이번 원정은 숙신 정벌을 겸한 초원로 개척에 근본 목적을 두고 있었으므로, 대장군은 대상단을 이끄는 하명재와 왕당군을 지휘하는 우적이 공동으로 맡고 있었다. 그 휘하에는 상단의 대행수 호자무와 말갈부대를 이끄는 두치가 전략회의에 참석하였다. 또한 담덕의 특명으로 호위무사 마동도 자리를 같이하였다. 여성 호위무사 수빈은 언제나 그렇듯이 막사 앞을 지켰다.

"우리가 나누어준 미숫가루를 저들이 역으로 이용해 숙신 마을 주민들에게 오해를 불러일으키도록 만들 줄은 미처 몰랐소. 어의의 말에 의하면 물고기가 떼죽음을 당하는 강물에는 '초오'라는 독초 성분이 들어 있다고 합니다. 기예단 공연까지 해가며 우리가 애써 저들의 아녀자와 노인들에게 나누어준 미숫가루인데, 숙신족 추장들은 그것들을 모두 빼앗아다 독초의 뿌리를 짓이겨 강물에 함께 뿌렸소. 아녀자와 노인들에게 우리가 준 미숫가루에 독성이 들어 있어 물고기가 떼죽음을 당했다고 오해하도록 만들어, 그들의 가족인 청장년들로 이루어진 졸개들로 하여금 분개심이 일어나도록 하기 위한 전략이라 생각하오. 어찌하면 이 사태를 원만하게 해결할 수 있을지 제장들은 기탄없는 의견들을 내주시기 바라오."

담덕은 여느 때보다 진지한 얼굴로 제장들을 둘러보았다.

"태왕 폐하! 이는 숙신족 추장들의 오만에 가득 찬 전면적인 도전이 아닐 수 없사옵니다. 우리 말갈부대가 당장이라도 오소리강을 건너가 저들의 진지를 급습한다면 숙신 추장들도 두 손 들고 항복을 청해올 것이옵니다."

말갈부대를 이끄는 장군 두치의 패기는 자신만만했다.

"숙신을 그렇게 만만하게 보아서는 안 될 줄로 압니다. 저들은 독화살을 부여나 선비족들에게 팔아 곡물을 구한다고 들었습니다. 이번에 독초를 짓이겨 강물에 뿌린 것도 저들만이 가진 독에 대한 지식이 우리보다 월등하기 때문입니다. 그리고 무엇보다 간과할 수 없는 것이 우리 고구려군보다 저들은 이곳 지형지물에 익숙하여 유리한 입장이라는 사실입니다. 강을 해자로 삼아 험산의 밀림지대에 숨어 있는 저들을 공략하기란 생각보다 쉽지 않다는 얘깁니다. 우리 고구려군은 모든 것이 노출되어 있는데, 저들은 은폐와 엄폐로 군사와 진지를 위장하고 있습니다. 아예 저들을 무시한 채 서북 방면으로 진군해 초원지대의 또 다른 숙신 세력을 공략하는 것이 좋다는 생각입니다. 오소리강 서북쪽에 호림虎林이라는 침엽수림 지대가 있는데, 그곳에도 숙신족들이 대거 주둔해 있사옵니다. 흔히 백호랑이가 많이 사는 지역이라서 '호림'이라 칭하는데, 험산이지만 강을 건너지 않아도 되므로 이곳보다 공략하기가 훨씬 수월할 것이옵니다. 그렇게 되면 우리 고구려군에게 공략당하게 된 호림 지역의 숙신 추장들이 오소리강 건너에 있는 저들에게 구원을 요청할 것이 분명하기 때문입니다. 저들이 군사를 이끌고 강을 건너 들판으로 나섰을 때 매복해 있던 우리 고구려군이 급습한다면 충분한 승산이 있습니다."

이와 같은 의견을 내놓은 것은 백전노장으로 왕당군을 이끄는 대장군 우적이었다.

"은폐와 엄폐가 되어 있는 적들을 들판으로 끌어내자는 것이지요?"

담덕은 일리 있다는 생각에 우적을 바라보며 고개를 끄덕였다.

"폐하! 오래전 개마고원 사냥꾼마을에 갔다가 두치 장군과 함께 호랑이 사냥을 떠났던 때가 기억에 새롭습니다. 당시 호랑이몰이를 했던 것처럼, 이번에도 숙신 세력을 때려잡으면 되지 애써 저들을 들판으로 유인할 필요까지 있겠습니까? 우리 고구려의 말갈부대는 사냥 실력이 뛰어난 군사들입니다. 말갈부대 군사들의 사기를 북돋우기 위해서라도 두치 장군의 말처럼 일격에 숙신 세력을 물리치는 것이 어떠하올는지요?"

두치와 어려서부터 친형제처럼 지내는 마동이 끼어들었다.

"이번 숙신 세력과의 전쟁은 죽고 죽이는 그런 싸움이 아닙니다. 그러므로 사냥몰이를 하듯 해서도 곤란합니다. 될 수 있으면 숙신 세력을 유인하여 잘 다독여서라도 반드시 우리 편으로 만들 필요가 있습니다. 그래서 가능하면 살생하지 말고 생포하도록 해야 합니다. 특히 추장들은 반드시 사로잡아 최대한 설득함으로써 숙신 세력들을 우군으로 확보하는 것이 중요합니다. 이번에 선무공작을 위해 기예단을 이끌고 온 것도 그러한 목적 때문입니다. 이번 원정에서 특히 염두에 두어야 할 것은, 우리 고구려가 저 서역의 나라들과 문화와 물산을 교류할 수 있는 초원로를 새롭게 개척하는 일입니다. 대상단을 이끄는 하 대인께서는 어떤 의견을 갖고 계신지요?"

담덕이 제장들에게 머물렀던 시선을 하명재 쪽으로 돌렸다.

"우리 상단은 오래전부터 이 초원로를 통하여 저 서역의 나라들과 통상 교류를 해왔습니다. 하가촌 종마장의 말들도 서역의 대원大宛이나 오손烏孫, 월지月氏 등에서 수입해온 것들입니다. 우리 상단은 주로 호피(호랑이가죽), 문피(표범가죽), 초피(담비가죽) 등 짐승 가죽을 비롯하여 고구려에서 나는 각종 산물을 가지고 가서 서역 여러 나라와 교류했사옵니다. 또한 서역에서는 서극마, 한혈마 등의 말을 비롯하여 화전에서 나는 옥은 물론 대진국(로마)에서 만들어진 유리(로만글라스) 종류까지 다양한 물품들을 우리 고구려로 들여왔사옵니다. 저 서역에선 대상들을 '카라반'이라 부르는데, 그들이 오가는 길목 곳곳에 숙관이 마련되어 있사옵니다. 이를 서역에선 '사라이'라고 하는데, 그곳에서는 오가는 대상들로부터 세금을 받기도 합니다. 이른바 그 나라를 통과할 때 내는 징세소 역할을 하는 것입니다. 우리 고구려 북부에는 숙적 관계인 부여가 땅을 차지하고 있어, 대상들은 주로 숙신이나 돌궐이 근거지를 마련해 사는 북방의 초원로를 이용할 수밖에 없습니다. 그런데 태왕 폐하께서도 잘 아시겠지만, 십여 년 전 동부에서 해평의 반란이 일어난 이후 숙신과의 관계가 소원해졌습니다. 그 이후 우리 고구려 대상들이 초원로를 오갈 때 저들이 마적 떼로 변하여 대상들을 함부로 공격하는 바람에 꽤나 어려움이 많았습니다. 우리 고구려에서 서역으로 연결되는 북방 초원로에도 저 서역의 '사라이'처럼 숙관을 만들어둘 필요가 있사옵니다. 서역의 사라이에서는 대상들 간의 물물교류뿐만 아니라 거기서 얻는 이득의 일부를 통행세로 지불하니, 그 지역의 지배자들과 대립각을 세울 필요가 전혀 없사옵니다. 전쟁은 피아간에 서로 죽고 죽이는 싸움이지만, 경제는 서로 교역을 통해 이익을 주고받으며 화합하는 가운데 벌어지는 고도화된 상술의 경쟁입니다. 따라서 앞으로 숙신과의 교류를 통해 경제적 이권을 획득하기 위해서는 초원로 곳곳에 숙관을 만들고 제도적으로 교역의 법칙을 정하여 서로에게 도움이 될 수 있도록 해야 할 것이옵니다."

하명재의 이와 같은 말은 태왕 담덕의 생각과도 잘 맞아떨어졌다.

"과연, 하 대인의 말씀이 옳습니다. 이번에 장안에서 양수 단장과 함께 온 수레바퀴 장인을 원정길에 대동한 것도 새로운 초원로 개척을 위하여 물품을 용이하게 실어 나를 수 있는 수레를 만들기 위해서입니다. 그래서 목수들 또한 차출해 동행토록 한 것인데, 그들에게 수레도 만들고 숙관을 짓도록 하여 대상들의 안전과 편의를 도모할 필요가 있다고 생각합니다. 이를 위해서는 먼저 숙신 세력의 추장들을 만나 담판을 지어야 하는데, 저들이 우리 고구려와 적대적 관계로 나오니 유화정책을 펼칠 묘안이 필요합니다."

담덕의 말이 끝나기 무섭게 마동이 다시 나섰다.

"그렇다면 먼저 숙신의 추장들을 사로잡아 그들을 좋은 말로 다독거려줄 필요가 있겠군요. 추장들을 사로잡는 일은 소장과 두치 장군에게 맡겨주십시오. 우적 대장군의 말씀처럼 호림이란 지역에서 한바탕 호랑이 사냥놀이를 하는 겁니다. 그 지역에는 백호와 백곰이 많이 산다고 들었습니다. 태백산만 해도 호랑이가 얼룩무늬이고 곰도 갈색을 띤 불곰이 많은데, 겨울철

내내 눈이 쌓여 잘 녹지 않는 이곳 북쪽의 밀림지대에는 동물들도 털 빛깔이 흰색을 띠고 있다고 하더군요. 호랑이 사냥을 핑계로 삼아 호림 지역의 숙신을 치고, 그들을 도우러 오소리강을 건너온 내홍안령 숙신족들 또한 우리 군사들을 매복시켰다가 급습하면 어렵지 않게 추장들을 사로잡을 수 있을 것이옵니다."

"우리 말갈부대는 사냥에 능하여 밧줄로 된 올가미를 잘 다루므로, 짐승뿐만 아니라 적을 사로잡는데도 그 기술이 요긴하게 쓰일 것이옵니다. 마동 장군의 말처럼 호림에서 백호 사냥놀이를 즐기는 것도 저들 숙신족 추장들을 유인하는 한 방법인 것 같사옵니다."

말갈부대를 이끄는 장군 두치 또한 마동의 말을 거들고 나섰다.

"겉으로는 호랑이 사냥을 즐기는 척하면서, 숙신족 추장들을 사로잡는다? 반드시 추장들을 죽이지 않고 생포해야만 하오. 그것이 가능한 일이겠소?"

담덕은 너무 마동이 설치는 것 같아 특별히 다짐받아둘 필요가 있다고 생각했다.

"태왕 폐하! 그 점 너무 염려하지 않으셔도 되옵니다. 소장이 이번에는 비수가 아니라 짱돌을 사용해 숙신의 추장들을 사로잡겠사옵니다."

"허허, 헛! 그대의 짱돌 솜씨라면 믿을 만하지. 이번에 그대의 실력을 십분 발휘해주길 바라는 바이오."

담덕도 호위무사 마동의 비수 실력만큼이나 짱돌 던지기 솜씨도 인정하고 있었다. 사실상 그의 비수 장끼는 어린 시절 몸에 밴 짱돌 솜씨에서 비롯되었던 것이다.

결국 담덕은 오소리강가에 진을 쳤던 고구려군을 일단 뒤로 물리기로 했다. 대장군 우적의 전략대로 내흥안령이 아닌 호림의 숙신 세력부터 제압하기로 한 것이었다.

4

숙신족은 씨족 사회로 그 대표적인 추장으로 합랍哈拉 씨와 목곤穆昆 씨가 있는데, 두 씨족은 원래 한 뿌리였다. 합랍이 큰집이면, 거기서 갈라져나온 작은집이 목곤이었던 것이다. 내흥안령의 숙신족은 대규모의 무리를 거느린 합랍 씨족이고, 호림의 숙신족은 거기서 갈라져나온 목곤 씨족이라고 할 수 있었다.

고구려군과 오소리강을 사이에 두고 대치해 있던 합랍 추장은 이미 단단히 전투준비를 갖추어 놓고 있었다. 국경을 넘어온 고구려 기예단이 해삼위 백사장에서 공연할 때부터 그는 휘하 졸개들을 이끌고 동북쪽에 높이 솟은 석산에 올라가 천제를 올리는 것으로 전투준비를 시작했다. 이 석산에서는 쇠도

자를 수 있을 만큼 강한 돌이 나오는데, 이 돌을 채취하기 위해서는 먼저 천신에게 기도부터 드려야 하는 것이 그들의 오랜 풍습이었다. 전쟁할 때도 가장 먼저 천제를 지내 하늘의 영기를 받아 군사들의 사기를 진작시켰다.

숙신족이 석산의 돌을 채취하는 것은 화살촉을 만들기 위해서였는데, 그 강도가 쇠보다 월등해서 살에 박히면 치명상을 입힐 수 있었다. 그런데다 뾰족한 돌화살촉에 맹독을 발라 실제 전투에서는 매우 위협적인 무기로 이웃나라에까지 소문이 났다. 전투준비를 위해서는 무엇보다 돌화살을 많이 구비해둘 필요가 있었으므로, 합랍 추장은 천제부터 지내고 난 후 돌을 캐내 무기를 만들어 고구려와의 전투에 대비했던 것이다.

내흥안령 밀림지대에는 합랍 추장만 있는 것이 아니었다. 그 휘하에 작은 부락들을 형성하고 있는 추장들이 여럿 있었다. 말갈족의 한 갈래로 숙신 세력과 동화된 부락에도 추장이 있어 비록 씨족은 다르지만 적극 협력하는 편이었다. 따라서 그들은 모두 합랍 추장의 지시를 받고 움직였으며, 고구려군의 공격에 대비한 만반의 태세를 갖추었다.

그런데 오소리강으로 들이닥친 고구려군은 하룻밤 사이에 어디론가 자취를 감추었다. 하늘로 솟았는지 땅으로 꺼졌는지 모를 정도로 쥐도 새도 모르게 흔적도 남기지 않고 감쪽같이 사라졌다. 그만큼 고구려군은 한밤중에 기민하게 움직여 호림으로 이동했던 것이다.

다음날 해가 중천에 떠올랐을 무렵, 고구려군은 호림 지역의 산을 둘러싸고 이른바 '백호 사냥'이라는 작전을 펴기 시작했다. 추동자가 지휘하는 흑부상들이 숙신족들에게 미숫가루를 나누어주며 퍼뜨린 것은 고구려군이 호랑이 사냥을 나섰다는 정보지만, 사실상 그것은 호림 지대의 백호를 대상으로 한 것이 아니라 추장을 사로잡는 데 목적을 둔 작전명이었던 것이다. 이 작전에는 양수가 이끈 기예단도 적극 참여하여 꽹과리·징·장구·북·피리 등을 들고 산등성이로 올라가 각자 휴대한 악기를 마구 두드리고 불어대며 사냥감을 계곡 아래로 쫓는 몰이꾼 역할을 하였다.

고구려군은 미리 계획해두었던 것처럼 두 패로 나누어, 대장군 우적과 두치가 이끄는 1천 5백의 군사는 '백호 사냥' 작전을 수행하였고, 태왕 담덕과 마동이 이끄는 1천 5백의 군사는 호림 지역과 초원이 경계를 이루는 구릉의 잡목과 풀이 우거진 곳에 매복하고 있었다.

갑자기 고구려군이 나타나 산등성이에서 징과 꽹과리를 요란하게 울려대자 호림 지역을 대표하는 목곤 추장은 문득 긴장하지 않을 수 없었다. 소문에 의하면 고구려군들이 '백호 사냥'을 나섰다고 하지만, 전열을 갖춘 군사들의 분위기로 봐서는 숙신 세력을 위협하는 일종의 시위로 볼 수밖에 없었다.

마음이 다급해진 목곤 추장은 날다람쥐처럼 몸이 빠른 졸개를 불러 내홍안령의 합랍 추장에게 긴박한 위기 상황을 알려 빨리 원군을 보내달라고 요청하는 파발을 띄웠다. 용케도 파발마는 담덕의 군대가 매복한 지대의 샛길을 뚫고 달려 오소리강을 건넜다.

담덕은 그만큼 철저하게 매복 작전에 만전을 기했다. 분명히 호림의 목곤 추장이 내홍안령의 합랍 추장에게 원군을 요청하리라 판단하고, 매복에 들어간 군사들에게 샛길로 누가 지나가더라도 숨소리 하나 내지 말라는 엄명을 내려놨다.

"우리가 속았다. 적군이 도강해 공격해오기만 기다렸더니, 어느새 호림으로 군사를 이동시켰구나. 담덕, 이 하룻강아지 같은 놈에게 허를 찔리다니?"

합랍 추장은 몹시 분개하여 숲속에 은신해 있던 숙신의 군사들에게 명하여 떨쳐 일어나 일제히 오소리강을 건너게 하였다.

내홍안령 밀림지대에 주둔한 숙신군은 2천이 넘었다. 호림 지역의 숙신군 1천까지 합하면 3천이 넘는 병력이므로 역시 3천의 고구려군을 가운데 두고 앞뒤에서 공격하면 충분한 승산이 있다고 판단했다.

벌판에서의 싸움은 군세가 대등할 경우 용맹한 쪽이 유리했다. 합랍 추장은 자신이 이끄는 숙신 군대야말로 전투력이 매우 강하다고 믿고 있었다. 더구나 고구려군은 지리에 어둡지만 숙신군은 늘 다니던 지역이라 지형지물에 밝았으므로, 치고 빠지는 작전을 수행하는 데 이력이 붙어 이번 전투에서의 승리를 자신했다.

한편 호림 지역의 산등성이에서는 사냥감 몰이꾼들의 함성과 함께 꽹과리 소리가 창공을 가르고, 징소리가 멀리 들판까지 울려 퍼졌다. 낮은 구릉으로 이어진 초원의 들판으로 달려온 합랍 추장의 숙신군 2천은 그 소리만 듣고도 마음이 다급해졌다. 호림 지역의 목곤 추장이 거느린 군사들이 고구려군의 포위망에 갇혔다고 생각한 것이었다.

"전속력으로 달려라! 저 고구려 놈들에게 우리 돌화살촉의 위력을 보여주자!"

합랍 추장의 이 같은 일갈은 우렁차다 못해 목이 쉰 듯 탁하게 갈라져서 나왔다. 오소리강으로 군사를 몰아넣을 때부터 다급한 마음에 마구 가죽 채찍을 휘두르며 외치다 보니, 목청이 마치 찢어진 북에서 나는 소리 같았다.

숙신군의 경우 추장들 이외에는 말을 타지 않고, 튼튼한 두 다리로 초원을 달렸다. 그들에게 말은 군사용이 아닌 축재의 수단으로 쓰였다. 말을 잘 길러 이웃나라에 팔아 큰 이익을 챙기는 것이 목적이었으므로 어떤 가축보다 귀하게 여겼다. 다만 추장은 가장 좋은 말을 골라 애마로 삼았으며, 전쟁터로 나갈 때는 말 위에 우뚝 올라앉아 호령하며 군사들을 독려하였다.

반면에 고구려군은 특별히 말의 기동력을 살려 철갑기병군단을 운용하고 있었다. 말이고 기병이고 모두 철갑으로 무장한 개마무사들의 위력을 보고 적병들이 무서워하는 것은 당연하였다. 담덕은 전방 개활지를 바라보고 가운데 구릉에 2백여 기병군단을, 그 양쪽 언덕 너머에는 각기 6백여 보병부대를 숨겨두었다.

마침내 합랍 추장의 숙신군이 가까이 다가오자 담덕은 기병군단에게 먼저 공격 명령을 내렸다. 철갑기병들은 용수철처럼 앞으로 튀어나갔다. 맨 앞에서 철갑기병을 이끄는 장수는 어린 시절부터 말을 잘 타서 이름까지 '마동'이 된 담덕의 호위무사였다.

"아앗! 적이닷! 물러서지 말고 활을 쏴라!"

합랍 추장은 갑자기 튀어나온 고구려 철갑기병을 보고 겁부터 집어먹은 숙신군을 향해 목청을 높였다.

숙신군 쪽에서 화살이 날아오자, 마동이 앞으로 짓쳐 달리며 기병군단을 향해 소리쳤다.

"머리를 숙이고 계속 달려라! 우리 고구려 철갑기병은 적의 화살을 두려워하지 않는다!"

뾰족한 삼각의 형태를 이루면서 짓쳐나간 철갑기병들은 마주 달려오는 숙신군 무리의 가운데를 쐐기 박듯 뚫어버렸다. 이는 적들이 두려워하는 고구려 철갑기병의 특출한 공격 방법이었다. 마치 도끼로 통나무를 쪼개듯, 그 가공할 위력은 적을 당황케 만들기에 충분했다. 그러한 기병군단의 파죽지세에 눌려 숙신군은 우왕좌왕하면서 양편으로 갈라질 수밖에 없었다.

이때를 기다려 담덕은 좌우 언덕의 양편으로 명적鳴鏑을 쏘아 올리게 하였다. 매복할 때 미리 명적을 쏘아 올리면 공격하라는 명을 받은 좌우 언덕의 고구려 보병들은, 공기를 가르는 화살의 소리를 듣고 일제히 머리를 곧추세우며 일어나 양편으로 갈라진 숙신군을 향해 짓쳐 들어갔다. 숙신군의 입장에서 볼 때 언덕을 넘어온 고구려군이 마치 땅속에서 불쑥 솟아오른 듯한 느낌이었다.

고구려 기병군단에 쫓기다가 다시 보병과 맞닥뜨린 숙신군은 적이 당황하지 않을 수 없었다. 그런데다 가운데 있던 기병군단이 기민하게 두 편대로 갈라져 양쪽으로 흩어진 숙신군을 공격하게 되자, 졸지에 그들은 앞뒤로 공격을 받는 꼴이 되고 말았다. 군대 병력은 숙신군이 고구려군보다 5백여 명 더 많았지만, 전체가 쫓기는 형국으로 바뀌자 오합지졸이 되어 뿔뿔이 흩어져 도망치기에 바빴다.

"도망치는 놈들은 이 칼이 용서치 않을 것이다! 돌아서서 싸워라! 적군은 우리보다 머릿수가 적다!"

말 위에서 이렇게 외치는 숙신군 장수를 보고, 마동은 그가 바로 합랍 추장이라고 판단했다.

합랍 추장은 칼을 어깨높이로 치켜들고 달아나는 숙신군을 향해 계속 호통을 쳐댔고, 마동은 오직 그를 목표로 삼아 말을 달렸다. 그는 마치 낫으로 풀을 베어 넘기듯 앞을 가로막는 숙신의 군사들을 장창으로 쓰러뜨리며 헤쳐 나갔다.

"네놈이 숙신의 추장이냐?"

마동이 마침내 합랍 추장을 향해 창을 겨누며 소리쳤다.

"네놈 말본새를 보니 고구려의 개가 된 말갈의 망아지쯤 되는 모양이로구나! 멍멍 짖지 말고 어서 덤벼라, 이놈아!"

합랍 추장이 칼을 치켜들고 마구 소리치며 마동을 향해 공격을 가해왔다. 편발編髮에 긴 수염이 희끗거리는 그는 이미 나이가 50을 넘어선 노장이었다. 그러므로 마동이 아들 또래임을 알고 말로 호통을 쳐서 먼저 기부터 죽여놓으려고 했다.

"네놈의 목을 가지러 왔다. 잔소리 말고 어서 그 목부터 늘이거라!"

마동도 지지 않았다. 그는 어린 시절 개마고원 사냥꾼마을에서 자라난 관계로 말갈족의 말에 익숙해 있었다. 숙신족들 가운데 말갈족들도 섞여 살았으므로 그들의 말은 크게 다르지 않아 서로 소통하는 데 큰 어려움이 없었다.

마동이 먼저 장창을 찔렀다. 추장은 간단하게 장창을 쳐내면서 마동 가까이 말머리를 들이대며 칼을 휘둘렀다. 그 동작이 전광석화 같았다.

창과 칼이 부딪쳐 쇳소리가 허공을 갈랐다. 하늘은 맑았고, 강렬한 햇살을 받아 쌍방의 창칼에서 불꽃이 튀었다. 마동과 합랍 추장은 여러 합을 겨뤘으나 쉽게 승부가 나지 않았다.

마동은 작전을 바꾸어 말머리를 돌렸다. 그러자 합랍 추장이 재빨리 말에 박차를 가하며 달려와 마동의 목을 향해 칼을 휘둘렀다. 그 순간 마동은 칼에 맞아 떨어지는 척하면서 말 옆구리로 잽싸게 몸을 피했다. 그때 장창이 손에서 떨어져나가 땅바닥에 꽂혔다.

"으흐, 핫핫핫! 애송이 녀석, 감히 나에게 덤비다니!"

합랍 추장은 말 위에서 긴 수염이 휘날리도록 턱을 흔들며 웃었다. 그는 마동이 자신의 칼에 베인 줄로 알았다.

그러나 마동은 말 옆구리에 매달려 있다가 곧 안장 위로 올라왔다. 장창을 떨어뜨렸으므로 그는 말머리를 돌려 달아나며 뒤를 돌아보고 소리쳤다.

"내 실수로 창을 떨어뜨려 지금은 도망친다만, 다음에 만나면 네놈 목을 반드시 접수하겠다."

마동이 달아나는 것을 보고 잠시 방심해 있던 합랍 추장이 말고삐를 틀어쥐었다.

"아니, 저놈이? 아직도 살아서 주둥아리를 놀리는구나?"

합랍 추장은 있는 힘을 다해 말을 몰았다. 적장을 죽이면 숙신군의 사기가 되살아나 승기를 잡을 수 있다고 판단했던 것이다.

그때 마동은 슬며시 가죽 주머니에서 짱돌을 꺼내 뒤쪽을 향해 날렸다.

"아악!"

짱돌에 정통으로 이마를 맞은 합랍 추장은 말 위에서 떨어지고 말았다. 빡빡머리의 이마에선 금세 핏물이 흘러 얼굴을 적셨다. 다시 말머리를 돌린 마동은 안장 위에 사려두었던 올가미를 던져 합랍 추장을 사로잡았다.

합랍 추장의 칼에 맞은 척하며 말 옆구리로 몸을 피할 때 마동은 일부러 장창을 떨어뜨렸던 것이다. 태왕 담덕이 숙신군 추장을 사로잡아오라는 특명을 내렸기 때문에 방심하는 틈을 노려 속임수를 쓰지 않을 수 없었다. 장창을 떨어뜨렸으므로 무기가 없다고 판단하고 합랍 추장은 무작정 달려들다 마동의 짱돌 공격에 속수무책으로 당하고 말았다.

이때 멀리 언덕 위에서 양군의 전투 양상을 살피던 담덕은 징을 울려 군사들을 거두었다. 고구려군의 일방적인 승리였다. 마동에게 합랍 추장이 사로잡히자 숙신군은 더 이상 싸울 기력을 잃고 뿔뿔이 흩어져 도망치기에 바빴다.

한편 호림의 밀림지대로 '백호 사냥'을 나갔던 고구려군도 그 지역 숙신 군사들과 숲속에서 격돌했다. 숙신의 군사들은 숲속의 지리에 밝아 몸을 숨기거나 달아나는 데 유리하였고, 덤불 속에 숨어 있다 갑자기 달려들어 고구려 군사들을 적이 당황케 만들었다. 눈속임으로 사냥하는 척하다 숲속 곳곳에서 튀어나오는 무리가 짐승이 아닌 숙신 군사들이라, 고구려 군사들은 사방 도처에서 적을 맞아 싸우는 형국이 되었다. 처음부터 피아를 구분하기 어려운 난투극이 벌어질 수밖에 없었다.

숲속에서 날쌔게 움직이는 숙신의 군사들은 흡사 늑대나 승냥이처럼 보였다. 삶의 터전이 숲속이다 보니 사람이나 짐승이나 생존 본능은 같을 수밖에 없는 모양이었다. 다만 사냥꾼 앞에서 짐승은 달아나거나 숨기에 급급하지만, 사람의 경우 공격성이 더 강하다는 점이 달랐다. 고구려 군사들이 비록 '백호 사냥'이란 작전 명령으로 짐승 사냥에 나선 것처럼 꾸몄지만, 공격성이 강한 숙신 군사들의 저항에 부딪히자 상무정신을 발휘해 저돌적으로 공격을 가할 수밖에 없었다. 그래서 숲속의 전투에서는 피아를 막론하고 사상자가 많이 발생하였다.

그런 어지러운 난투극 가운데도 말갈군 장수 두치는 숙신 추장 목곤을 찾기 위해 말에서 내려 나무 위로 기어 올라갔다. 밧줄을 걸어 나무와 나무 사이를 마치 팔이 긴 원숭이처럼 건너뛰면서 숲속에서 벌어지는 전투 장면을 주시했다. 어떤 전장에서나 마찬가지로, 장수는 용감하고 무술이 뛰어나므로 그 존재가 쉽게 드러나게 돼 있었다. 숲속을 종횡무진하며 고구려 군사들에게 쌍칼을 휘두르는 자가 있었는데, 그가 바로 목곤 추장이었다.

"감히 우리의 신성한 숲에 발을 들여놓다니……. 사정 두지 말고 가차 없이 칼로 도륙하라. 적의 목을 가져오는 자에겐 큰 상을 내리겠다."

목곤 추장은 동에서 번쩍 서에서 번쩍 하며 숙신 군사들을 독려하기에 바빴다. 그러면서도 쌍칼을 쥔 그의 양팔에선 회오리 같은 칼바람이 일어났다. 전후좌우 사정 두지 않고 휘두르는 칼에 고구려 군사들 중 사상자가 속출하였다.

"바로 저놈이로구나!"

두치는 밧줄을 빙빙 휘둘러 나뭇가지에 걸고 그네 뛰듯 날아가며 목곤 추장을 겨냥해 창을 날렸다. 호랑이 사냥을 할 때 선창잡이였던 그는 밧줄에 매단 창을 날려 정확하게 상대의 넓적다리에 꽂는 데 성공하였다. 태왕 담덕이 반드시 죽이지 말고 사로잡으라고 명령을 내렸으므로, 도망가지 못하도록 다리를 겨냥해 창을 던졌던 것이다.

"앗, 저놈이 나무 위에 있었구나?"

넓적다리를 창에 찍힌 목곤 추장은 힐끗 두치가 올라선 나뭇가지 위를 쳐다보며 일갈하였다.

목곤 추장은 급히 넓적다리에 박힌 창부터 뽑으려고 했으나, 두치가 밧줄을 잡아당기자 아픔을 참으며 질질 끌려왔다. 창

자루에 밧줄이 묶여 있어 목곤은 옴치고 뛸 수가 없었다. 그때 두치가 나무 위에서 가볍게 뛰어내리며 목곤의 허리를 밧줄로 꽁꽁 묶어버렸다.

들판과 숲속에서 전투를 끝낸 후 다시 합류한 고구려군은 호림 지역의 자작나무 숲에 군막을 치고 숙영하기로 했다. 곧 태왕 담덕 앞으로 생포된 숙신군의 두 추장 합랍과 목곤이 이끌려왔다.

합랍 추장은 피가 밴 천으로 이마를 묶고 있었고, 목곤 추장은 한쪽 다리를 절룩거렸다. 두 사람 다 밧줄로 팔이 묶인 채였다.

"어서 죽여라!"

합랍 추장이 담덕을 바라보며 무섭게 눈알을 부라렸다.

"우린 죽음을 두려워하지 않는다!"

목곤 추장도 약속이나 한 듯 소리쳤다.

"짐이 그대들을 보고자 한 것은 죽이기 위함이 아니다. 협상을 하자는 것이다."

담덕의 말에 두 추장은 서로 얼굴을 마주보았다. 도무지 영문을 모르겠단 표정이 역력하였다.

"우리는 목숨을 버릴지언정 절대로 항복하지 않는다!"

합랍 추장은 '협상'이란 말을 '항복'의 의미로 받아들였다. 두치가 태왕 담덕의 뜻을 숙신의 말로 통역해 전달했는데, 그런 오해가 발생한 것이었다.

“우리 숙신은 아비가 죽으면 그 아들이, 그 아들이 죽으면 다시 그 아들이 대를 이어 추장이 된다. 나를 죽이면 내 아들이 추장이 되어 반드시 너희들을 도륙할 것이다. 그러므로 숙신의 추장은 영원히 죽지 않는다.”

이번에는 목곤 추장이 일갈했다.

“그래? 허면 그대들에게 묻겠다. 사람이 영원히 사는 것과 죽는 것은 무엇이 어떻게 다르다고 생각하는가?”

담덕이 무표정한 얼굴로 담담하게 물었다.

“그, 그것은?”

목곤 추장이 너무 느닷없는 물음에 말을 더듬었다.

“봄이 오고, 또 가을이 되는 것은 자연의 이치다. 반드시 때가 되면 꽃이 피고, 이파리가 시들기 마련이다. 그리고 다음 해 봄이 오면 다시 나뭇가지에 새순이 돋는다. 해가 아침에 동쪽에서 떠서 저녁에 서쪽으로 지지만, 다음날 동쪽에서 다시 해가 솟는 것과 마찬가지다. 우리 숙신은 그래서 죽지 않고 영원히 사는 것이다.”

합랍 추장의 말이었다.

“허허, 헛! 그대와는 어느 정도 소통이 될 수 있겠구먼! 그렇게 죽음이 두렵지 않다니, 사약을 내리면 마시겠는가?”

담덕은 만면에 웃음을 머금었다. 두 추장은 무르춤한 자세로 멀뚱멀뚱 서로 시선을 주고받을 뿐이었다.

그러나 담덕의 그 미묘한 웃음이 무엇을 의미하는지 알아챈 사람은 많지 않았다. 두 추장을 사로잡은 마동과 두치도 그저 어리둥절한 표정을 짓고 있을 뿐이었다. 그러나 대장군 우적은 빙그레 미소를 짓고 있었다.

담덕은 일단 포로가 된 두 추장을 나무 울타리로 만든 막사에 가두어 감시병에게 철저히 지키라고 하였다.

밤이 되었다. 낮에 햇빛이 쨍쨍하던 하늘에 짙은 어둠과 함께 먹구름이 드리워지면서 기온까지 뚝 떨어졌다. 깊어가는 가을 날씨는 밤이 되면서 세찬 바람을 휘몰아왔다. 늘 익숙하게 느껴지는 바람 소리였지만, 양손이 묶인 채 갇혀 있는 숙신의 추장들에게는 나뭇가지를 스치는 어수선한 소리가 고통스러운 마귀 울음처럼 느껴질 수밖에 없었다. 사로잡힌 이후 아무것도 먹지 못해서 두 사람 모두 허파에서 꽈리 트는 소리가 들릴 지경이었다. 밤이 깊어 기온이 내려가자 몸까지 후들후들 떨려왔다. 그래도 꼼짝을 할 수가 없었다. 가까이에 고구려 감시병이 있는 것도 문제지만, 발에 채워진 아기 머리통만한 쇳덩어리 족쇄는 옴치고 뛸 수 없게 만들었다. 두 사람이 서로 도와가며 손에 묶인 밧줄을 풀 수 있다 하더라도, 족쇄만은 어떻게 해결할 방도가 없었다.

두 추장은 저녁때 고구려 감시병들이 가져다 놓은 토기에 담긴 미숫가루 탄 물을 쳐다보지도 않았다. 비록 몸통이 묶여 있고 발에 족쇄가 채워져 꼼짝하지 못했으나, 앞으로 묶인 손은 어느 정도 자유로워 토기를 끌어당겨 물에 탄 멀건 미숫가루를 후루룩 마실 수도 있었다. 하지만 그들은 토기에 담긴 멀건 죽 같은 것이 사약이라도 되는 듯, 아무리 배가 고파도 입에 댈 생각을 하지 않았다. 담덕의 입에서 나온 '사약'이라는 말이 그들의 귓바퀴에서 생생하게 맴돌고 있었기 때문이다.

오랜 시간이 지나자 손도 대지 않은 토기 속의 미숫가루 물은 꾸덕꾸덕해진 데다 낙엽과 먼지까지 쌓여 먹을 수 없게 되었다. 끼니때가 되면 고구려 감시병들은 새롭게 물에 탄 미숫가루를 토기 그릇에 담아 두 추장의 발치에 놓아두곤 했다. 그렇게 사흘이 지나갔다. 뱃속에서 꾸르륵 소리가 나는데다 들어간 게 없는 허파가 배배 꼬일 지경이 되었지만, 여전히 그들은 토기 속의 미숫가루를 쳐다보지도 않았다.

"무사가 되어 적이 내리는 사약을 마시고 죽을 수는 없다. 당당하게 싸우다 칼에 목이 잘려 죽을지언정……."

"어찌 적군이 내리는 사약을 마시고 죽어 조상 앞에 나설 수 있겠는가? 굶어 죽어 아귀가 될지언정……."

두 추장은 이렇게 나오는 대로 말을 씹어뱉으며 마음을 다잡았다. 그런 말들이 서로에게도 위안이 되어 허공에서 눈이 마주칠 때 더욱 이를 악물며 다짐이라도 하듯 고개를 끄덕거리곤 했다.

그렇게 만 사흘을 넘겼을 때였다. 배가 몹시 고픈데다 졸음이 와서 꾸벅꾸벅 졸던 합랍 추장의 귀에 들쥐들의 찍찍대는 소리가 들려왔다. 문득 눈을 뜨니 달빛이 고요히 내리비치는 가운데 발치에 놓인 미숫가루가 든 토기에 들쥐 서너 마리가 들러붙어 있었다. 모두 주둥아리를 토기 속에 박고 온통 머리통이 미숫가루로 범벅된 채 쩝쩝거리며 먹어댔다.

'저러다 독이 몸에 퍼지면 저놈들이 하나둘 배를 까뒤집고 죽겠지.'

합랍 추장은 가만히 지켜보기로 했다. 옆에 잠든 목곤 추장을 깨우지 않은 것은, 그 기척에 놀라 들쥐들이 달아나면 죽는 모습을 볼 수 없을 것이기 때문이었다. 그러나 들쥐들은 토기에 담긴 두 그릇의 미숫가루를 다 먹고도 죽지 않고 더욱 기가 살아서 찍찍댔다. 그 소리에 목곤 추장도 깨어난 모양이었다.

"사약이 아닌 모양입니다."

목곤 추장이 귓속말로 속삭였다.

"그대도 보고 있었군!"

"고구려왕 담덕이 저 그릇 속의 음식으로 우리를 시험해본 모양입니다."

"그러게나 말일세."

들쥐들은 그릇을 깨끗이 비운 후 어디론가 사라졌다. 달도

서산으로 넘어가고 다시 짙은 어둠이 자작나무 숲을 무겁게 찍어 눌렀다. 들쥐들의 만찬 현장을 본 두 추장은 이제 도무지 배가 고파 견딜 수가 없었다.

새벽어둠이 걷히고 동녘에서 해가 솟을 무렵, 고구려군 감시병이 다시 미숫가루가 담긴 토기를 가져다 두 추장의 발치에 놓았다. 그들은 마치 약속이라도 한 듯 각자 토기를 끌어당겨 허겁지겁 미숫가루 탄 물을 마시기 시작했다. 게 눈 감추듯 그릇을 싹 비운 그들은 서로를 바라보며 입맛을 다셨다.

고구려 감시병들은 두 추장이 미숫가루 먹는 걸 본 후 곧 그들을 태왕 담덕 앞으로 끌고 갔다.

"그래 사약을 마셔본 기분이 어떠한가?"

담덕의 물음에 목곤 추장이 무릎을 앞으로 당기며 말했다.

"먹고 죽는 한이 있더라도 한 그릇 더 주시오. 배가 등창에 가서 달라붙었소이다."

"먹고 죽은 귀신이 때깔도 좋다니, 어서 가져오시오."

허기를 메우기 위해 맛도 생각하지 않고 허겁지겁 미숫가루 물을 들이마신 합랍 추장도 체면이고 뭐고 다급하게 외쳤다.

"이자들에게 물에 탄 미숫가루를 가져다주거라. 좀 더 맛이 나도록 꿀도 듬뿍 넣어 영양 보충이 되도록 하라."

담덕은 졸개들에게 그렇게 명하고 나서, 눈두덩이 쑥 들어가 해골 같은 두 추장의 얼굴을 안쓰러운 눈길로 바라보았다.

다시 미숫가루가 든 그릇을 말끔히 비운 두 추장은 입맛을 다시며 담덕을 바라보았다.

"이제 우리를 어찌할 셈이오?"

합랍 추장이 물었다.

"먼저 미숫가루를 먹어본 소감을 듣고 싶소."

담덕이 두 추장을 번갈아 바라보았다.

"오늘 아침에는 배가 고파 정신없이 먹기에 바빴는데, 방금 다시 먹어보니 맛이 아주 좋았소. 죽 같은데 금세 뱃속이 든든해졌소."

목곤 추장이 손으로 자신의 배를 쓸어내리며 대답했다.

"그럴 테지. 이곳에선 날씨가 추워 농사가 잘 안 되지만, 우리 고구려 남쪽 땅에선 논농사가 잘 되어 쌀을 많이 생산하고 있소. 쌀과 기장과 수수 등을 섞어 미숫가루를 만든 것인데, 간편하게 물에 타 마시면 쉽게 끼니를 해결할 수 있소. 그대들이 말린 고기를 물에 불려 먹는 것과 다를 바 없소. 들으니, 그대들은 말을 귀히 여긴다고 하던데……. 가뭄이 들어 먹을거리가 귀할 때 곡물을 구하기 위해 그 말들을 부여나 선비들에게 넘겨줄 것이 아니라 우리 고구려와 정식으로 거래를 하는 것이 어떻겠소? 우린 곡물 대신 미숫가루를 제공하리다."

담덕의 이 같은 말을 두 추장은 곧바로 알아들었다.

"지난봄에 고구려 대상으로부터 말들을 빼앗은 것에 대해 사과부터 드립니다. 아직 그 말들은 부여나 선비에게 넘기지 않고 우리가 잘 기르고 있으니 되돌려드리겠소."

합랍 추장은 '항복'을 그런 식으로 표현했다.

"말을 넘기되 우리 고구려에선 그대들에게 많은 양의 미숫가루를 베풀어 기근을 면하도록 해주겠소. 다만 말을 기르던 양민들 가족 3백여 구를 딸려 고구려로 보내시오. 그리고 각 부락 추장의 자식들 또한 인질로 삼을 것이오. 이는 더 이상 그대들이 마적 떼가 되어 약탈을 일삼는 행위를 막고자 함이오. 그리고 우리 고구려 대상들은 앞으로 초원로를 통해 저 서역까지 자유롭게 내왕할 수 있도록 곳곳에 역마를 조성해, 상인들을 위한 숙식 제공과 아울러 말과 마차를 마련해 기동력에 보탬이 되도록 할 것이오."

태왕 담덕은 이렇게 숙신의 합랍과 목곤 두 추장과 담판을 지었다.

고구려 군사들은 숙신 세력의 항복을 받고 나서 서역으로 가는 초원로 개척에 나서기로 했다. 그리고 숙신 정벌의 길잡이로 삼았던 동부의 군사들에게는 돌려받은 말 2백여 두와 생구 3백, 그리고 인질로 삼은 각 부락 추장의 자식들을 이끌고 책성으로 돌아가도록 명했다.

이때 담덕은 동부 군사의 수장에게 다음과 같이 당부했다.

"동부욕살 고연제 장군에게 일러 저들 숙신의 3백 인에게는 태백산 깊은 산골짜기에 장뇌삼을 심어 기르도록 하라. 심마니들이 어렵게 캐는 산삼보다 장뇌삼을 많이 기르면 우리 고구려의 귀중한 특산물이 될 수 있을 것이다."

숙신족은 골이 깊고 숲이 우거진 내흥안령을 삶의 터전으로 삼고 살아왔다. 따라서 담덕은 그들이 태백산에서 장뇌삼을 기르는 일에도 크게 어려움을 느끼지 않을 것이라고 판단했다. 장차 초원로를 개척하게 되면 태백산에서 나는 장뇌삼이 서역과 교역을 하는 고구려의 특산품이 될 것으로 믿어 의심치 않았다. 물론 인삼이 주요 교역품이 되겠지만, 장뇌삼이 상등품으로 인정을 받게 되면 인삼의 상품 가치도 그만큼 올라갈 것이라 생각하고 내린 조치였다.

말 타고 초원로를 달리다

1

시르죽은 들풀들이 이슬에 흠뻑 젖어 짙은 적갈색으로 변했다. 밤에는 한층 더 지상과 가까워진 별들이 해맑은 어린아이의 눈동자처럼 빛났고, 아침이 되자 그 빛이 어디론가 자취를 감추고 푸른 하늘이 높게 떠오르면서 말갛게 얼굴을 씻은 해가 들판 가득 금빛 햇살을 쏘아대고 있었다. 이슬이 마르면서 적갈색의 풀들이 회갈색으로 변하고, 하늘은 마치 깊이 모를 호수처럼 짙푸른 물빛으로 출렁이고 있었다. 파도를 타듯 유선형으로 몸동작을 그리며 달리는 말 위에서 바라본 하늘이 그랬다. 문득 얼굴을 치켜든 고구려 기마병들에겐 마치 천지가 뒤바뀌어 자신들의 몸이 깊은 늪처럼 하늘로 빨려들어가는 듯한 착각을 느끼게 하였다.

북방 초원을 달리는 말들의 좌우로는 간간이 병풍처럼 침엽수림 지대가 펼쳐져 있기도 했다. 소나무·잣나무·가문비나무 등의 침엽수들은 하늘을 향해 꼿꼿한 직립 자세를 유지하고 있었다.

동쪽에서 서쪽으로 말을 달리고 또 달리면서, 태왕 담덕은 참으로 세상이 크고도 넓다고 생각했다. 끝없이 펼쳐진 초원도 그렇지만, 까마득히 높은 창공의 군청색 하늘은 시공을 초월한 듯 태고의 신비함을 느끼게 해주기에 충분했다. 그런 자연의 모습은 마냥 평화로웠다. 그러나 그런 자연 속에 사는 인간 세상은 약육강식의 아귀다툼으로 인해 전쟁이 끊일 사이 없이 일어나고 있었다.

'인간 세상에 평화는 언제 올 것인가?'

담덕은 달리는 말 위에서 그런 생각을 하고 있었다. 양수가 기예단 풍물놀이 때 선소리로 넣던 '대동세상'이 다만 꿈속의 꿈만은 아닐 것이라고 믿고 싶었다.

털 빛깔이 유난히 흰 담덕의 애마는 마치 검푸른 바다를 유영하듯 몸을 물개의 동작처럼 놀려대고 있었다. 말의 네 다리가 마치 공중에 떠 있는 듯했고, 뒷덜미의 갈기는 맞바람을 맞아 부드럽게 휘날렸다.

담덕은 달리는 백마 위에서 심호흡을 했다. 삽상한 바람이 그의 폐부로 깊이 빨려들었다. 문득 오래전 유랑을 할 때 서역으로 가는 길에서 거친 고비사막을 보고 느꼈던 세상에 대한 경이로움이, 이곳 북방 초원에서는 또 다른 의미로 다가와 신선한 충격을 주었다. 낮은 능선을 넘으면 또 그만한 능선이 나왔고, 좌우로 병풍처럼 둘러쳐진 침엽수림 지대는 끝도 없이 나타났다. 그리고 가는 곳마다 도처에 사람이 살고 있었다. 계절의 변화와 토양의 질에 따라 사람들의 사는 모습도 각양각색이었다.

담덕은 오래전 사부 을두미로부터 세상 공부를 할 때, 원래 고구려는 북방 민족이라고 들었던 기억을 떠올렸다. 말을 타고 초원지대를 누비며 유목을 하던 민족이 차츰 남쪽으로 내려와 정착하면서 농경문화를 일구어 나라의 기틀을 다졌다고 했다. 그것이 단군의 조선이 되었고, 그 자손들이 갈라져나와 부여와 고구려를 건국하였다는 것이다. 고구려 남쪽의 백제와 신라와 가야가 또한 그러했다. 대부분 북방 민족이 남하하여 정착하였고, 남쪽 바다를 건너온 해양 세력과 더불어 나라의 기틀을 세웠다고 볼 수 있었다. 특히 남쪽 바다를 낀 신라와 가야가 그러하였다.

이처럼 반도에 사는 각 나라가 대부분 북방 세력이므로, 현재 고구려 북방의 초원지대에 사는 사람들도 같은 피를 가진 민족이라는 생각을 담덕은 새삼스럽게 하고 있었다. 그래서 초원을 누비면서 곳곳에 정착해 사는 그들의 생활 모습을 보는 느낌이 담덕으로서는 남다를 수밖에 없었다. 침엽수림 지대의 정착민들이 일군 너른 평원의 전토에는 추수를 끝낸 뒤 빳빳하게 서 있는 수숫대들이 쉬쉬쉿, 소리를 내며 바람결에 흔들리고 있었다.

담덕은 사막과 초원에 사는 사람들이야말로 자연에 순응하며 그에 걸맞은 삶과 풍속을 영위해나간다고 생각했다. 풀 한 포기 살기 어려운 죽음의 사막에서 대상들은 굽이 넓고 튼튼한 다리를 가진 낙타의 등에 잔뜩 물품을 실어 날랐다. 그러나 낮은 둔덕과 둔덕이 잔잔한 물결처럼 출렁이는 초원에선 말들이 끄는 수레가 짐을 나르는 이동 수단으로 제격이었다. 사막의 길보다 초원의 길이 교역하는 대상들에게는 한결 유리하다는 생각을 하게 된 것도 바로 그러한 이유 때문이었다.

해삼위에서 내흥안령과 호림에 이르는 지역의 숙신 세력을 굴복시키고 나서, 태왕 담덕은 추장들과 협의를 거쳐 그들의 거주지역에 대상들이 머물 수 있는 역참을 설치하기로 하였다. 따라서 추동자가 이끄는 흑부상들 중 그곳 지리에 밝은 자들을 선발해 역참 설치 및 관리 업무를 맡겼다. 그리고 중원에서 양수의 기예단과 함께 온 수레바퀴 장인을 뒤에 남겨, 김슬갑을 비롯한 대장장이와 목수들로 하여금 수레 만드는 일에 전력을 다하도록 하였다.

보병들 중 일부 군사들 역시 목수들을 도와 역참을 건설하는 일을 돕도록 남겨놓았다. 그들은 목수들과 함께 밀림지대에서 목재를 구해왔다. 빽빽하게 숲을 이룬 침엽수 중에는 죽은 나무들이 많아 집을 지을 때 쓸 기둥감이나 서까래로 더없이 좋았다. 모두 꼿꼿하게 올라간 아름드리 나무들이 바로 곁의 침엽수들과 하늘 보기 경쟁을 하다 뒤처지면 자연적으로 고사목이 되었다. 침엽수의 이파리들은 햇빛을 보지 못하면 죽을 수밖에 없었다. 나무들 사이에서도 생명을 다투는 경쟁이 치열했던 것이다. 다행히도 1년 이상 적당히 마른 고사목은 곧바로 집을 지을 때 목재로 쓰기에 알맞아, 따로 살아 있는 나무를 베어 말리는 데 애써 시간을 들일 필요도 없었다. 고사목을 베어다 도끼로 다듬어 기둥을 세우고 들보를 얹은 다음, 통나무로 벽체를 만들어 서까래를 걸친 후 너와로 지붕을 엮으면 훌륭한 집이 완성되었다. 침엽수림지대에 사는 거주민들은 바로 그런 통나무집을 짓고 살았다. 역참이라고 해서 크게 다를 것은 없었고, 그 주변에서 쉽게 구할 수 있는 목재를 이용하다 보니 거주민들의 통나무집보다 규모가 좀 큰 건물을 여러 채 마련하는 것으로 족했다.

담덕이 구상한 초원로의 역참제도는 국내의 역참과는 좀 다른 형식을 갖추었다. 국내의 역참은 주로 군사용으로 정보 전달에 목적을 둔 말의 운용에 있었지만, 초원로는 대체로 교역을 하는 대상들이 이용하게 되는 시설이므로 고단한 여로에 충분히 휴식을 취하며 숙식할 수 있는 객사를 필요로 했다. 더불어 교역품을 실어 나르는 말과 수레도 자유롭게 활용하는 체계를 갖추어, 대상들이 교역을 하는데 불편이 없도록 철저하게 준비하라는 지시를 내려놓았다.

한편 서역의 대상들을 위하여 고구려 태왕을 상징하는 태극무늬의 구리패를 만들어, 초원로 어느 지역에서든 그것만 보여주면 무사통과할 수 있도록 하는 편의를 제공키로 하였다. 삼태극은 아주 오랜 옛날부터 하늘을 믿는 북방 민족들 간에 토속신앙을 바탕으로 상징화시킨 대표적인 문장이었다. 하나의 원 속에 세 가지 무늬가 휘돌아가는 형태를 이루는 삼태극이 새겨진 그 구리패는, 끈을 매달아 허리에 찰 수 있도록 하여 '요패腰佩'라고도 불렸다.

담덕이 구상한 초원로 역참제도는 지역민들과 협업하는 것을 철칙으로 삼았다. 따라서 역참에서는 그곳을 지나가는 대상들로부터 통과세를 받아, 그 지역에 사는 거주민들에게 일정 소득이 돌아갈 수 있도록 했다. 그 소득은 은화 혹은 거주민들이 원할 경우 곡물이나 특산품으로 대신할 수 있었다. 또한 역참을 이용하여 그 지역 특산물을 사고파는 장소로 활용하는 방안도 모색하였다. 뿐만 아니라 흑부상 요원들과 군사들을 남겨 역참의 관리와 방호 책임을 맡도록 했으며, 그 밖의 필요 인력은 현지 거주민들을 고용하는 것을 원칙으로 하였다. 역참에 고용된 현지 거주민 중 우두머리를 한 명 뽑아 고구려 흑부상 요원들과 같은 대우를 해주어 불만이 없도록 하는 세심함도 보여주었다.

초원로를 통해 서역으로 가는 고구려군의 진군 속도가 느린 것은, 그들이 지나가는 곳의 거주민들을 설득하여 역참을 설치하는 데 많은 시간이 소요되었기 때문이다. 서역까지 가는 초원로는 긴 여정인 관계로 역참과 역참의 거리를 조정하기 쉽지 않았다. 국내에서는 말이 하루나 이틀 정도 달릴 수 있는 거리마다 역참을 설치했지만, 국경을 벗어난 북방 초원로는 평탄한 길이 아닌데다 장거리이므로 짧게는 사흘 길게는 닷새 정도 걸리는 곳마다 역참을 설치하기로 했다. 그것도 허허벌판의 초원지대나 황무지는 곤란하였고, 침엽수림이 우거진 지역의 거주민들이 부락을 이루고 사는 곳을 역참 설치 장소로 물색하였다.

이러한 초원로의 역참 설치 계획에 따라, 고구려 원정군은 두 부대로 나누어 서역을 향해 천천히 진군하고 있었다. 먼저 선발대로 태왕 담덕이 이끄는 기마군단과 양수의 기예단이 앞서 달려가며 역참 설치 장소를 물색하는 데 심혈을 기울였다. 그리고 후발대는 대장군 우적이 이끄는 보병부대, 추동자와 흑부상들, 김슬갑과 수레장인을 위시한 목수들이 미리 정해진 장소에 역참을 설치하면서 뒤따랐던 것이다. 따라서 역참 건설은 서역으로 가는 초원로 곳곳에서 동시다발적으로 이루어지는 대역사가 아닐 수 없었다.

고구려 원정군은 주로 소흥안령산맥 북단의 흑룡강 줄기를 따라 진군했다. 물 빛깔이 검은색을 띠고 있어 '흑수'라고도 불리는 이 강줄기를 따라 형성된 협곡과 침엽수림 지대에는 곳곳에 말갈족들의 주거지도 있었다. 그래서 이들을 일러 '흑수말갈'이라고 불렀다. 이들 부락에는 각기 촌장이 있어, 각종 대소사를 관장하였다.

따라서 고구려 원정군이 숙신 세력을 제압한 이후 서쪽으로 갈수록 이따금씩 나타나는 소규모 집단 부락과 초지를 따라 이동하는 유목민들을 만날 수 있었을 뿐, 그들의 진군을 막는 무력 집단은 별반 보이지 않았다. 여름은 짧고 겨울이 길어서 사람 살기에는 기후조건이 크게 좋지 않았으므로, 그 지역은 일정 세력 집단의 땅이라고 굳이 경계를 짓기도 불분명했다. 다만 오랜 가뭄이 계속되어 흉년이 들면 마적 떼가 출몰해 평온한 부락을 쑥대밭으로 만들어놓을 때가 있었으므로, 3천을 헤아리는 고구려군이 나타나자 그들은 잔뜩 겁부터 집어먹었다.

담덕은 군사들에게 엄명을 내려 절대 정착촌의 부락민들에게 민폐를 끼치지 않도록 했다. 만약 부락민들의 인명을 해치거나 부녀자를 희롱하는 행위, 강제로 재산을 약탈하는 파렴

치한 행동을 할 때는 지위고하를 막론 참수시킨다는 전시 체제의 군령을 그대로 적용했다. 따라서 군사들이 정착민들에게 양젖을 구할 필요가 있을 때에는 각자 휴대하고 있던 미숫가루를 주고 물물교환을 하도록 했다. 바로 초원로 개척의 목적이 서로에게 필요한 물건을 나누어 양자 모두 공평하게 이익이 돌아가도록 하는 정상적인 거래 관계를 형성하는 데 있었기 때문이다.

고구려 원정군은 태왕 담덕의 왕당군 중 하나인 말갈부대가 주력군이었으므로, 흑수말갈의 부족과도 통하는 바가 많았다. 특히 개마고원 말갈부락 사냥꾼마을에서 호랑이 사냥으로 잔뼈가 굵은 두치가 부대장이었으므로, 흑수말갈의 부락 촌장들과 어렵지 않게 소통하였다. 더구나 그들의 생활 풍습이 대동소이하여 문화적으로도 더욱 친화적인 관계를 맺을 수 있었다.

태왕 담덕이 애써 선발대인 고구려 기마군단에 양수의 기예단을 참여시킨 것도 초원로 구간에 사는 부족들과 문화적 동질성을 교감토록 하기 위한 전략이었다. 따라서 고구려 기마군단이 흑룡강 일대에 사는 정주민 부락에 도착하면 가장 먼저 양수의 기예단이 전통 공연을 하게 되어 있었다. 고구려의 동맹축제 때 주로 공연되던 탈춤과 각종 기술을 보여주는 교예는 현지의 부락 주민들로부터 큰 공감을 얻어내는 데 성공했다. 그도 그럴 것이 고구려는 일찍이 북방 지역에서 유목 생활을 하던 철기문화를 가진 민족이 남하해서 정착한 집단이므로, 전통예술에 있어서는 초원지대의 소수민족들과 크게 다르지 않았다.

해삼위를 떠나 서쪽으로 진군한 지도 어느덧 달포를 넘겨, 초겨울로 접어들었다. 말들은 평원을 달리고 늪지대를 돌아 저 멀리 까마득한 지평선을 향해 질주했다. 저녁이 되면서 기온이 내려가자 안개가 들판을 자욱하게 점령했다. 안개 속을 헤치고 달리다 보니 큰 호수가 나왔고, 그 주변으로는 자작나무 숲에 안긴 부락들이 형성되어 있었다. 곡선을 이룬 호숫가를 따라 산자락의 골짜기에 부락들이 곳곳에 들어앉아 있었는데, 마치 콩깍지처럼 오목조목한 모양의 띠를 이룬 형태였다. 두세 집이 모여 사는 곳부터 큰 규모의 경우 수십 호를 헤아리는 부락도 있었다.

태왕 담덕은 일단 기마부대의 진군을 멈추고 그 부락들 인근의 자작나무 숲에서 야영하기로 했다. 안개가 한 치 앞을 내다볼 수 없을 정도로 너무 짙어 더 이상 달리기도 곤란했고, 호숫가에 자리 잡은 큰 부락이 있어 그곳에 새로운 역참을 세우기 위해 촌장과 협상해볼 참이었다.

선발대인 고구려 기마부대는 2백 남짓했는데, 금세 호수를 낀 큰 부락에 소문이 퍼진 모양이었다. 마을 장정과 아낙네들이 등에 짐을 지우거나 머리에 이게 하여 먹을거리들을 가지고 왔다. 나이가 많이 들어 보이는 사람이 촌장인 듯하였다. 양고기며 떡들이 싸리로 엮은 바구니마다 가득가득 채워져 있었다.

"먼 길을 오느라 얼마나 수고가 많으셨습니까? 이제 가을걷이를 끝내고 날을 잡아 시월 상달 축제를 준비하느라 마을 사람들이 바쁩니다. 농부들에겐 연중 팔월 한가위 다음으로 큰 축제인데, 이렇게 우리 부락을 찾아주신 귀한 손님들께 약소하나마 먹을거리를 좀 가져왔습니다."

촌장이 태왕 담덕에게 깊이 허리를 숙였다. 촌장 옆에는 젊은이가 서 있었는데, 그가 고구려말로 통역해주었다.

촌장의 말이 끝나기 무섭게 장정과 아낙 들은 가지고 온 먹을거리들을 고구려 기마부대 앞에 내려놓았다.

"우리 군대가 오는 걸 어떻게 아셨소?"

담덕은 군사들의 숙영 준비가 한창일 때 찾아온 부락 촌장과 그 남녀 무리 들을 보고 놀라움을 금치 못했다.

"벌써부터 태왕 폐하께서 군사들을 이끌고 온다는 소문을 듣고 기다리고 있었습죠. 그동안 나름 준비랍시고 하긴 했는데 기대에 미치지는 못할 것이옵니다."

초로에 들어선 듯 머리와 수염이 희끗거리는 촌장은 젊은 태왕 담덕 앞에 연신 허리를 굽히며 낮은 자세로 임했다. 아마도 마적 떼가 자주 출몰하면서, 외방의 강한 세력 앞에 먼저 굴복하는 자세를 배운 모양이었다. 그러한 세력들이 약탈을 일삼고 부락을 불태우기 전에 미리 재물을 내놓고 머리부터 숙이는 것이 손해를 적게 보는 일임을 그들은 익히 알고 있었던 모양이다.

"우리 고구려군은 절대로 민폐를 끼치지 않습니다. 그러므로 가져오신 먹을거리는 받을 수 없습니다."

"네에? 약소하나마 농부들이 한 해 동안 피땀 흘려 기른 양을 잡아 고기를 마련했고, 또한 올해 추수한 햇곡으로 수수팥떡도 빚어 왔습니다."

"그러니 더욱 받을 수 없다는 것입니다. 우리 고구려군은 약탈을 일삼는 마적 떼와는 다릅니다. 먹은 셈 칠 터이니 도로 가져가세요."

담덕이 이같이 냉담한 표정으로 나오자, 촌장은 더욱 허리를 숙이며 간청하는 태도로 말했다.

"고구려군에 대한 소문은 익히 들어 알고 있습니다. 이것은 우리들의 조그만 성의 표시입니다."

"대체 그러한 소문은 어디서 어떻게 들으셨습니까?"

담덕은 아까부터 매우 궁금하던 것을 묻지 않을 수 없었다.

"요즘과 같은 추수철엔 마적 떼가 자주 출몰해 약탈을 일삼고 아녀자를 붙잡아갑니다. 그래서 초원지대라 멀리 떨어져 있지만 부락끼리 연락하는 체계가 갖추어져 있사옵니다. 태왕 폐하께서 고구려군대를 이끌고 온다는 소식도 그래서 미리 듣고 있었던 것이옵니다."

촌장의 이 같은 대답에, 담덕은 일리 있는 말이라고 생각했다.

"노인장 말씀을 들으니 이해가 갑니다. 우리 고구려는 저 서역의 나라들과 교역을 하기 위해 초원로를 개척하는 중입니다. 교역은 서로 특산품을 거래하는 것입니다. 따라서 가져오신 먹을거리를 받고, 답례로 우리도 가지고 온 물품을 드리기로 하겠습니다."

담덕은 졸개들에게 명하여 본국에서부터 대량으로 준비해 온 미숫가루 중 몇 자루를 부락 사람들에게 전해주도록 했다.

"태왕 폐하, 이런 은혜를 베푸시다니 정말 감사하옵니다. 때마침 내일이 망일望日(보름)이라 상달 축제가 있는 날이니 정식으로 초대하고 싶사옵니다."

촌장은 감읍한 나머지 허리를 몇 번씩이나 굽혔다.

"고맙습니다. 우리도 기예단을 이끌고 왔으니 축제 마당에서 한바탕 놀이 공연을 할 수 있도록 해주십시오."

담덕은 문화 교류를 할 수 있는 좋은 기회라고 생각했다.

촌장과 부락민들이 돌아가고 나서 담덕은 기마부대의 야영 준비가 어떻게 되었는지 점검하기로 하였다. 주변에 적이 없더라도 군대의 야영은 최대한의 안전을 기하기 위해 임시 경비초소까지 마련하여 철저한 경계에 임하는 것을 원칙으로 하고 있었다. 전쟁터에서는 물론이고 평상시에도 군대에서 경계 태세는 그만큼 중요했다. 간혹 사나운 짐승들의 공격이 염려되기도 했기 때문이다.

이때 문득 담덕은 모처럼 군사들을 동원해 훈련을 겸하여 사냥을 시켜보기로 했다. 다음날 부락에서 시월 상달 축제가 열린다고 하니 그들에게 사냥한 짐승들을 잡아 고기를 대접하는 것도 좋지 않을까, 하는 생각이 들었다.

이미 고구려군이 야영하는 밀림지대에 캄캄한 어둠이 내려앉았고, 나뭇가지 사이로 보름을 하루 앞둔 둥그런 달이 떠올라 지상을 밝게 비추었다. 캄캄한 하늘엔 무수한 별무리가 초롱초롱 눈망울을 번뜩이고 있었다. 밤이 되면서 기온이 내려가자 으스스한 바람이 갑옷 사이를 들추며 여지없이 살 속으로 침투해 들어왔다.

2

몸통이 거의 한아름씩이나 되는 자작나무의 숲이 직립 자세로 짙푸른 하늘을 찌르고, 바람도 별로 없는데 높은 가지 끝에 매달린 이파리들이 수선스레 팔랑대고 있었다. 작은 바람결에도 간단없이 몸을 뒤집는 자작나무 이파리들은 이미 연노란색으로 물들어 하늘대다가 하나둘 갈색으로 변하며 낙엽을 지우고 있었다. 바람이 불면 나무 이파리들이 우수수수 낙엽비로 떨어지면서 앙상한 나목으로 변해, 그 가지들이 공중에서 그물처럼 서로 얽혀 하늘에 망사 옷을 입혀놓은 것처럼 보였다.

고구려군대는 군사 훈련을 겸한 사냥을 하기 위하여 끝없이 펼쳐진 자작나무 밀림지대를 통과해 높은 산정으로 올라갔다. 산 위에서 내려다보니 그 아래 바다처럼 넓은 호수가 반짝 빛났다. 호수의 잔물결이 고기비늘처럼 일어서며 햇살에 투사되었다. 그 은빛으로 빛나는 물결은 끝 간 데를 모르게 출렁이고 있었다.

고구려군은 그곳 지형에 익숙하지 않았으므로 현지 거주민을 안내자로 삼아 사냥에 나서고자 한 것인데, 촌장이 태왕 담덕에게 스무 살 조금 넘은 자신의 아들을 추천했다. 전날 저녁에 촌장 옆에서 고구려말로 통역을 해준 바로 그 젊은이였다.

"이 호수 이름이 뭔가?"

담덕이 물었다.

"예전부터 백해白海 또는 북해北海라 불렀사옵니다."

촌장 아들의 말에 담덕은 의아스러운 눈길을 던졌다. 얼마 전 추동자로부터 얼핏 백해에 대하여 들은 바 있지만, 직접 대하고 보니 궁금한 게 너무 많아 다음과 같이 묻지 않을 수 없었다.

"허면 호수가 아니고 바다란 말인가?"

"바다처럼 넓다는 뜻입니다. 겨울이 되면 꽝꽝 얼어 그 위로 짐을 잔뜩 실은 우마차가 다녀도 깨지지 않습니다. 1년에 거의 절반 가까운 긴 겨울 동안 눈까지 쌓여 녹지 않으므로 '백해'라 부릅니다. 또한 물길이 북쪽 바다로 빠져나가는데, 그래서 바다처럼 넓은 이 호수를 '북해'라고도 합니다."

"과연 바다처럼 넓고도 넓군!"

담덕은 끝 간 데를 모르게 펼쳐진 호수를 둘러보며 벌어진 입을 다물지 못했다.

"그러하옵니다. 이 호수로는 인근 사방에서 수백 갈래의 작은 물줄기들이 모여드는데, 물이 빠져나가는 곳은 오직 한 군데 큰 강뿐입니다. 그래서 많은 물이 고여 이만큼 큰 호수가 형성된 것으로 알고 있사옵니다."

촌장의 아들은 고구려 말을 아주 능숙하게 하였다. 한때 고구려 대상들을 안내하여 서역까지 다녀오기도 했는데, 그때 의사소통을 하려다 보니 자연스레 고구려 말을 익힐 수 있었다는 것이다.

"육지에 이렇게 큰 호수가 있다니!"

담덕은 태백산 천지를 볼 때와는 또 다른 감동이 가슴 저 밑바닥에서부터 징소리처럼 둔중하게 울려오는 것을 느낄 수 있었다.

"이 지역에선 옛날부터 여러 종족들이 살았었다고 합니다. 한때는 흉노족이, 또 흉노족에서 갈라져나온 거란족이, 그리고 금산(알타이산)에 터전을 두고 세력을 키워나갔던 돌궐(투르크)족의 갈래인 탑탑이塔塔爾(타타르)족이 이곳 북해 인근까지 진출한 적이 있었답니다. 그때부터 북해를 '바이칼호'라고도 불렀는데, 탑탑이족의 말로 '풍요로운 호수'란 뜻이라고 하옵니다."

촌장 아들이라 그런지 학식도 남다른 것 같았다. 그의 말에 의하면 부친은 부락에서 유일하게 경서를 익힌 식자로 알려져 있었는데, 아들에게도 어린 시절부터 글을 가르쳐 북해에 얽힌 역사도 함께 배웠다고 했다.

"가만, 탑탑이라면? 양탑탑, 아니 양 단장의 조상이 탑탑이족이라 들은 적이 있는데……."

담덕이 바로 곁에 서 있는 기예단장 양수에게로 고개를 돌렸다.

때마침 양수도 촌장 아들의 설명을 들으면서 감개에 젖은 얼굴로 호수를 바라보고 있다가 태왕의 목소리에 짐짓 놀라 긴장한 얼굴이 되었다.

"네, 맞습니다. 흑부상 단장 추동자가 자주 입버릇처럼 시생을 놀리는 게 '양탑탑'이옵니다. 시생의 선조가 탑탑이족이었다고 해서 그리 부르는 것이지요."

양수는 조금 겸연쩍은 표정으로 말했다. 고구려에서 '탑탑이'는 '타타르족'을 폄하해서 부르는 비칭이기 때문이었다.

"양 단장, 저 큰 호수를 보니 고향에 온 느낌이 들겠구먼!"

"네, 폐하! 그러하옵니다. 어쩐지 처음 보는 호수지만 낯설지 않아 보였는데, 북해의 역사에 대해 들으면서 저절로 몸에서 전율이 느껴졌습니다."

양수는 다시 고개를 돌려 호수를 바라보았다.

담덕은 자신이 태백산 천지를 처음 볼 때의 느낌을, 지금 양수가 북해를 보고 그렇게 표현한 것이라고 생각했다. 그 역시 천지를 대할 때 천둥의 진동이 몸속을 뚫고 지나가는 듯한 전율에 깊은 감화를 받았던 기억을 떠올렸다.

"기왕이면 북해에 대해 더 알려주시게."

담덕은 타타르의 말로 '바이칼'이 '풍요로운'이란 의미를 가지고 있다는 말에 더욱 궁금증이 일어났다.

"네, 폐하! 바이칼호수는 특히 물이 맑아 낮은 곳의 경우 바닥이 다 내려다보일 정도인데, 사람이나 동물들의 식수원으로 쓰여 그 주변에 서식하는 생물들이 많습니다. 물속에는 오만가지 고기들이 살고 있으며, 호수를 둘러싼 주변의 산에는 빽빽한 자작나무가 숲을 이루어 동물들의 서식지로 매우 적합하다고 하옵니다. 이 산자락도 그런 곳 중의 하나로 담비·수달·고라니·사슴 등에서부터 불곰과 백호 등 맹수들도 많이 살고 있사옵니다."

촌장 아들의 설명이 끝나자, 담덕은 이제 서서히 사냥을 시작할 때가 되었다고 생각했다. 북해를 보고 넋을 잃어 잠시 사냥하러 온 것을 잊고 있었던 것이다.

"자, 사냥을 시작하자! 양수 단장과 기예단 풍물패, 그리고 몰이꾼으로 나선 군사들은 지금 이곳에서 좌우의 능선으로 갈라져 꽹과리를 치고 소리를 질러 사냥감을 계곡 쪽으로 유도하라. 그리고 사냥의 명수들은 각자 계곡의 마땅한 길목을 찾아 매복해 있다 달려 내려오는 짐승을 향해 활을 쏘고 창을 던져라!"

이와 같은 담덕의 명령이 떨어지자 고구려 군사들은 일사불란하게 움직였다.

그날 고구려 군사들이 사냥을 해서 잡은 것은 날짐승, 들짐승 모두 합해 수십 마리나 되었다. 군사 2백이 나누어 먹기에는 다소 부족했으나, 날이 곧 어두워질 것 같았으므로 그것을 들고 부락으로 가서 거주민들과 시월 상달 축제에 참여하기로 했다.

축제가 열리는 부락은 북해에서 가까운 산자락의 소나무와 자작나무가 우거진 숲속에 자리 잡고 있었다. 쭉쭉 하늘을 향해 곧게 솟은 나무숲 사이로 난 길을 지나가자 마치 삼태기처럼 생긴 산자락 끝에 들어앉은 아늑한 마을이 나타났다. 남서향인 데다 좌우의 나지막한 산 능선이 뻗어 있어 바람을 가려

주는 역할을 하고 있었다. 겨울이 길은 데다 바람까지 몹시 부는 기후이므로 그곳에 사는 사람들에게는 좋은 안식처가 되어 주었다.

담덕은 호위군사와 양수의 기예단까지 수십 명을 이끌고 부락을 방문하였는데, 그날 잡은 사냥감을 모두 촌장에게 내놓았다.

"태왕 폐하! 제 자식 놈에게서 들었사옵니다. 우리 부락의 축제를 위해 오늘 잡은 사냥감을 모두 가지고 오셨다고요."

전날 만났던 촌장이 담덕을 축제 자리의 상석으로 안내했다.

"예상했던 것보다 수확이 적습니다. 약소하지만 축제 음식에 조금이나마 보탬이 되었으면 합니다."

담덕은 자리에 앉아 축제 마당을 둘러보았다.

부락 앞의 너른 뜰에 마련된 축제 마당은 한껏 들뜬 분위기였다. 마당은 거주민들이 다 모여서 즐길 수 있을 만큼 넓었는데, 사람들이 둘러선 주변 탁자에는 먹을 것들이 푸짐하게 올라와 있었다. 특별히 마련한 듯 담덕이 앉은 자리에는 호수에서 잡은 온갖 물고기들로 만든 요리와, 그리고 직접 기른 양이며 염소 등 가축을 잡아 마련한 육고기 산적이 그득하였다. 술이며 떡과 과일도 상다리가 부러질 정도로 차려져 있었다.

어느 사이 보름달이 하늘 높이 떠서 축제 마당을 환하게 비추었다. 주위에 어둠을 밝히기 위해 많은 횃불을 세워 놓았지만, 보름달의 밝기에는 미치지 못하였다. 그래서 달빛이 마당 가득 출렁이는 가운데 먹고 마시는 축제 분위기는 한껏 달아오른 느낌이었다.

곧 본격적인 시월 상달 축제가 시작되었다. 하늘에 제사를 지내는 제천의식이 중심이 된 일종의 추수감사제 축제라고 할 수 있었다. 담덕이 새삼 놀라움을 금치 못한 것은 부락 거주민들이 보여준 민속놀이가 고구려와 매우 흡사하다는 것이었다. 그러고 보니 거주민들의 얼굴 생김새만 보고는 고구려 사람과 구별이 잘 안 될 정도 닮아 있었다. 대체로 평평한 얼굴에 툭 튀어나온 광대뼈하며, 낮은 코에 가는 눈 등이 결코 낯설지 않아 친근감을 느끼게 했다.

더욱 놀라운 것은 한창 축제가 어우러지는 중간에 아녀자들이 색동옷을 입고 나와 서로 손을 잡고 빙글빙글 돌며 춤을 추는 장면이었다. 바로 강강수월래였다. 발음은 고구려 말과 정확하게 일치하지 않았으나 그 곡조와 다섯 자로 된 반복되는 후렴구는 거의 비슷하였다.

"양 단장, 저건 강강수월래라는 민속놀이가 아니오?"

담덕이 바로 옆자리에 앉아 축제 행사를 유심히 바라보고 있는 양수에게 물었다.

"맞사옵니다. 아마도 우리 고구려는 북방 민족이라 이곳 사람들과도 전래되는 민속놀이를 공유하고 있는 것 같사옵니다. 지금은 백제 땅이 된 옛 마한 지역에서도 전통축제로 강강수월래 놀이를 즐긴다고 들었사옵니다."

"백제도 우리 고구려의 후예들이 세운 나라이니 크게 이상할 것은 없는 노릇이지만, 이곳 북해 인근 부락에서 강강수월래 민속놀이를 즐긴다는 사실은 매우 놀라운 일이 아니오?"

담덕은 흥미로운 눈길을 축제 마당으로 던진 채 양수에게 동의를 구하였다.

"듣기에 우리 고구려도 북방에서 철기문화를 가지고 내려온 민족이라고 합니다. 시생이 기예단을 이끌고 저 중원을 비롯하여 서역까지 다니면서 들은 기억으로는 우리 고구려 민족의 시원은 오늘 산정에서 본 북해, 즉 바이칼이라는 호수라고 하였사옵니다. 아까 낮에 폐하께서도 시생의 조상이 탑탑이족이라고 하셨듯이, 천산 밑에는 아직도 탑탑이족들이 많이 산다고 합니다. 그들의 말로 '투르크'라고 하는데, 그곳에 사는 사람들에게 들은 얘기이옵니다. 시생은 그 말에 공감하옵니다. 북방 민족은 많은 갈래가 있지만, 이합집산이 이루어지면서 서로 섞이고 피를 나누어 같은 문화권을 형성하고 있다고 추측되옵니다."

양수는 그동안 자신만이 가지고 있던 생각을 담덕에게 털어놓았다.

"음, 일리 있는 얘기요. 그런데 우리 기예단에서는 답례로 어떤 민속놀이를 보여줄 생각이시오?"

"북방 민족은 하늘을 섬기는 전통을 가지고 있습니다. 우리 고구려에 '선녀와 나무꾼' 이야기가 전통적으로 내려오고 있는데, 아마 이곳 사람들에게도 공감이 될 듯하여 준비했사옵니다. 이야기를 말이 아닌 춤으로 엮었으므로, 이곳 사람들도 공연만 보면 금세 이해할 수 있을 것이옵니다."

양수가 말을 마칠 즈음, 강강수월래 민속놀이도 끝났다.

"이젠 우리 고구려의 민속놀이를 보여줄 차례가 되었군요."

담덕이 촌장에게 말했다.

그동안 담덕과 양수가 이야기하는 것을 촌장은 옆에 앉은 아들의 통역을 통해 다 듣고 있었다.

"태왕 폐하 덕분에 모처럼 좋은 공연을 보게 되었습니다. '강강수월래'란 민속놀이를 고구려에서도 즐긴다는 이야기를 듣고 적이 놀랐습니다."

촌장의 말을, 그의 아들이 담덕에게 고구려말로 들려주었다.

"그러게 말입니다. 아무튼 양 단장, 공연을 시작하도록 하시오."

담덕의 말을 듣고 양수는 기예단을 이끌고 축제 마당 가운데로 나갔다.

'선녀와 나무꾼'은 등장인물이 많지 않았으므로 양수가 직접 나무꾼으로 분장을 하고 나왔다. 그리고 기예단의 칠선녀가 출동하였는데, 그중 가장 미모가 뛰어난 신녀 출신의 여자가 나무꾼의 아내 역할을 맡았다. 나머지 단원들은 소도구 준비로 공연을 도왔다.

공연 중간중간 촌장과 부락 거주민들 사이에서 환호와 함께 박수 소리가 이어졌다. 내용 중 그들과 공감하는 부분이 있었던 것이다. 나무꾼 역을 맡은 양수가 닭의 머리로 된 탈을 쓰고 하늘을 향해 목을 놓아 우는 것으로 공연이 막을 내리자, 관객이 된 부락민들은 다시 박수를 치며 환호했다.

이때 촌장이 담덕에게 말했다.

"저 부락민들이 환호하는 걸 보셨지요? 방금 보여주신 '선녀와 나무꾼'이라는 탈춤 공연은 우리 부족의 백조 신화와 너무 닮은 데가 있사옵니다. 이야기의 구조가 매우 흡사합니다. 그래서 모두들 공감해서 열띤 박수를 보내는 것이옵니다."

"허어? 그래요? 백조 신화라면?"

담덕은 촌장의 이야기에 매우 고무된 표정이었다.

"얘야, 태왕 폐하께 우리 부족의 '백조 신화'에 대해 자세히 들려드리도록 해라."

촌장이 아들에게 말했고, 고구려말을 잘하는 그는 담덕에게 백조의 이야기를 들려주었다. 때마침 공연을 끝내고 자리로 돌아온 양수도 그 신화의 내용에 귀를 기울였다.

"우리 부족은 부랴트족이라고 부릅니다. 우리 부랴트족의 대표적인 신화가 백조 이야기라고 할 수 있습니다. 하늘에서 백조 세 마리가 목욕을 하러 지상에 내려와 날개옷을 벗자 젊은 여자들로 변모했습니다. 그것을 본 사냥꾼이 날개옷 하나를 감추었습니다. 목욕이 끝난 후 두 여인은 백조가 되어 하늘로 올라갔지만, 한 여인은 날개옷을 찾지 못해 지상에 남을 수밖에 없었습니다. 사냥꾼은 그 여인과 오래도록 살면서 열한 명의 자식을 낳았습니다. 이제는 안심하고 사냥꾼이 날개옷을 꺼내 아내에게 보여주자, 아내는 그 옷을 입고 백조로 변신해 하늘로 날아갔습니다. 우리 부랴트족들은 그 사냥꾼을 하늘의 신을 섬기는 최초의 무당으로 인식하고 있습니다."

촌장 아들의 말을 듣고 나서 담덕은 느끼는 바가 많았다.

"오, 백조를 믿는 민족이로군! 우리 고구려 건국 신화에 보면 동명성왕의 아버지 해모수가 하늘에서 오룡거를 타고 내려올 때, 고니를 탄 백 명의 수행자를 대동했다고 합니다. 우리 고구려에서는 백조를 '고니'라고 하지요."

담덕의 말이 끝나자 이번엔 양수가 나섰다.

"백조 이야기는 북방지역에 널리 퍼져 있는 것 같사옵니다. 저 서역의 북방지역에도 백조를 숭상하는 문화가 있사옵니다."

"하하, 핫! 사실 우리 인간들은 모두 하늘의 자손이 아닌가?"

담덕은 실로 오랜만에 즐거운 시간을 가져 매우 유쾌한 기분이 되었다.

"혹시 백조 신화를 공연으로 감상하시려면 내일 바이칼 가운데 있는 올혼섬으로 안내해 드리겠사옵니다. 그 섬엔 우리 부랴트족이 특히 신성시하는 곳이 있습니다. 때마침 그곳에서 오늘부터 추수감사제의 일환으로 굿놀이판이 열리고 있는데, 사흘간 계속됩니다. 그 굿놀이판과 더불어 '백조의 신화' 공연도 펼쳐지고 있지요."

촌장 아들도 한껏 공연 분위기에 동화되어 신바람이 난 모양이었다.

"이곳에서 우리는 후발대인 보병들이 올 때까지 기다려야 하니, 바이칼호수도 돌아보고 굿놀이판 공연도 보면 되겠군!"

담덕은 모처럼 마음의 여유를 찾은 김에 맘껏 한가로움을 즐기고 싶었다.

"올혼섬은 호수 가운데 있어 배를 타고 들어가야 하옵니다. 내일 아침 태왕 폐하를 모실 배를 나루터에 준비해 놓도록 하겠사옵니다."

그러면서 촌장이 직접 담덕의 일행을 올혼섬으로 안내하겠다고 나섰다.

3

다음날 새벽, 담덕은 호위무사와 양수의 기예단까지 50여 명을 이끌고 부랴트 부락의 촌장이 배를 대기시켜놓은 마을 앞 나루터로 나갔다. 새벽안개가 자욱하게 끼어 시야를 가렸으므로 그 넓은 호수가 잘 보이지 않았다. 밀려온 파도가 물가에서 흰 포말을 일으킬 때마다 스르륵 척, 스르륵 척, 자갈 구르는 소리가 났다. 물에 쓸리는 자갈끼리 부딪쳐 만들어내는 그 소리의 조화는 수천 년, 아니 수억 년 이상 시공을 초월한 신화의 세계를 연출하고 있는 듯했다. 안개에 가려져 있었으므로 바이칼호수는 더욱 신비롭게 느껴졌다.

태왕 담덕 일행은 곧 배를 타고 부랴트 부락 촌장 부자의 안내를 받아 바이칼호수의 안개 속을 헤쳐나갔다. 얼마 지나지 않아 차츰 안개가 걷히면서 동녘에서 해가 떠오르기 시작했다. 햇살이 비치자 물은 더욱 투명해 보일 정도로 맑았는데, 섬 가까이 다가간 배 안에서 내려다본 호수의 밑바닥은 부드러운 물결이 자갈과 바윗돌을 쓰다듬으며 무지갯빛으로 출렁이고 있었다.

드디어 붉은빛이 감도는 섬의 나루터에 배를 대었다. 바로 올혼섬이었다. 바이칼호수 한가운데 남북으로 길게 놓인 절해

고도로, 나무가 별로 없이 온통 바위산으로 이루어져 있었다. 촌장의 아들 설명에 의하면 '올혼'은 부랴트 말로 '나무가 많지 않다'는 뜻이라고 했다.

배에서 내리자 붉은 바위산이 먼저 눈앞에 펼쳐졌다. 그리고 들판 곳곳에는 말뚝처럼 박힌 나무 기둥에 오색 천들이 잔뜩 매어져 바람에 펄럭이고 있었다.

"저건 오방색이 아닌가?"

담덕은 놀라움을 금치 못했다. 고구려 군사 깃발도 동·서·남·북·중앙의 오방을 상징하는 색깔들로 이루어져 있었다. 즉 중앙은 황색 바탕에 삼족오가, 동은 청색 바탕에 청룡이, 서는 백색 바탕에 백호가, 남은 적색 바탕에 주작이, 북은 흑색 바탕에 현무가 그려진 깃발들이었다. 이 깃발의 색들이 바로 오방색인데, 올혼섬 들판의 나무 기둥에 매어진 오방색 천들을 보자 가슴이 뭉클해지면서 하늘의 어떤 기운이 정수리를 지나 등골을 타고 내려가는 듯한 기분에 휩싸였다. 그것은 서늘하면서도 뜨거운, 말로 표현하기 어려운 냉과 열의 기운이 혼합된 그런 느낌으로 다가왔다. 육신이 아닌 정신으로 반응하는 혼돈의 일체감 같은 것이라고 해야 옳았다.

"저것은 세르게鄂博(오보)라고 하는데, 모두 열세 개의 기둥으로 이루어져 있사옵니다. 우리 부랴트 사람들 사이에선 저 기둥에 대고 기도하면 소원이 이루어진다고 믿습니다."

촌장 아들의 설명이었다.

"사람 키의 두 길은 됨직한 기둥인데, 모두 열세 개인 것에는 무슨 의미가 숨겨져 있나요?"

기예단장 양수가 물었다.

"부랴트 사람들은 13을 행운의 숫자로 생각합니다. 그 연원은 잘 모르겠는데, 어제 말씀 드린 백조 신화와 관계가 있는 것 같습니다. 천상에서 백조가 내려와 날개옷을 잃어버리는 바람에 사냥꾼과 결혼한 선녀, 그리고 이들 부부의 사이에서 태어난 11명의 자식들을 모두 합치면 13이라는 가족 숫자가 나오지요."

"아무래도 저 세르게라는 것은 우리 고구려의 성황당과 비슷한 역할을 하는 것 같군! 저 기둥들이 바로 '당산나무' 아니겠는가?"

바람에 펄럭이는 세르게에 한동안 눈길을 주고 있던 담덕이 누구에게랄 것도 없이 무심코 말했다.

"시생도 바로 그런 생각을 하였사옵니다. 이곳은 무당이 하늘의 신을 모시기 위해 굿을 하는 신당 같은 곳이 아니겠습니까? 옛날부터 풍습으로 내려오던 소도蘇塗 같은 역할을 하는 곳이란 생각이 듭니다."

양수는 담덕을 향해 말하고, 다시 촌장 아들에게 고개를 돌려 물었다.

"바로 맞추셨습니다. 여기서 더 바닷가 쪽으로 가면 신성한 산이 나옵니다. 그곳에 오늘 축제가 벌어지는 행사장이 마련되어 있사옵니다."

담덕 일행은 촌장 부자의 길 안내를 받아 바이칼호수의 성지라고 일컫는 올혼섬의 불함산不咸山(부르칸산)에 이르렀다. 부랴트 말로 '부르칸'이라고 하는데, '밝은' 또는 '붉음'이란 뜻으로 통한다고 했다. 불함산은 산이라고 하기보다는 붉은빛을 띤 두 개의 바위로 이루어져 있었는데, 물안개가 피어올라 그것을 감싸고 도는 광경은 매우 신비로운 세계를 연출하고 있었다.

이때 담덕은 촌장 아들의 설명을 접하면서 문득 어린 시절 을두미 사부에게 들었던 기억을 떠올리지 않을 수 없었다. 그는 천지가 있는 태백산의 옛 이름이 '불함산'이었다는 것을 분명히 기억하고 있었다. 어찌하여 두 지역의 산 이름이 같을 수 있는지 처음에는 잘 이해가 되지 않았으나, 그곳에서 무당들이 벌이는 굿놀이 행사를 통해 조금은 그 동질성을 이해할 수 있을 것 같았다.

부르칸산은 부랴트족의 신성한 성지였다. 이곳에도 역시 13개의 세르게가 호수의 수면을 향해 일렬로 서 있었으며, 오방색의 무복을 걸친 무당들이 출현해 굿거리 행사를 한창 진행하는 중이었다.

부랴트족의 무속 행사는 고구려 무당들의 굿거리와 흡사했다. 천신의 내림을 받은 무당의 신기 들린 표정, 북과 피리의 소리에 맞춰 몸을 움직이는 춤동작, 입에서 뿜어져 나오는 사설 가락 등은 담덕이 보기에 낯설지 않은 모습이었다. 을두미 사부는 고구려가 북방 민족으로 부여를 거쳐 남쪽으로 내려와 국가를 건설하였다고 했다. 바이칼호수의 불함산과 천지의 불함산이 같은 이름으로 불린 것은 우연의 일치라고 볼 수 없다고 생각했다. 연어의 모천회귀 본능처럼, 사람도 생태적으로 태고의 조상이 살던 터전에 대한 향수를 지니고 있었다. 그래서 북방에서 남쪽으로 내려와 새로운 터전을 잡고 나서도 전에 살던 곳의 이름을 버리지 않고 썼다.

바이칼호수의 불함산이 천지의 불함산이 되었고, 나중에는 그 산이 태백산으로 바뀌었다. 그리고 한겨울에는 그 산이 흰 눈으로 덮여 오래도록 녹지 않으므로 사람들이 '백두산白頭山'이란 별칭으로 부르기도 했다.

올혼섬의 부르칸산 앞에서 무당들의 굿거리 행사가 끝난 후, 오후에는 바로 그곳에 새로운 무대가 설치되어 백조의 신화를 주제로 한 공연이 펼쳐졌다. 무대 배경은 부르칸산과 바이칼호수의 자연을 그대로 활용하고 있었는데, 다만 두 개의 큰 나무 기둥을 세워 그 가로대 위에 세 가닥의 줄을 걸어놓았다. 그리고 그 앞에는 천이 드리워져 무대를 가려놓고 있어 관객에게 매우 궁금증을 불러일으키게 하였다. 나무 기둥이 높은 관계로 가림막은 그 중간까지밖에 올라오지 않아, 그 위의 가로대와 밧줄이 그대로 드러나 있었다.

"저 나무 가로대에 걸쳐진 밧줄은 무슨 용도일까? 그네뛰기라도 하려는 것일까?"

담덕은 혼잣소리처럼 중얼거렸다.

"아마도 줄이 세 가닥인 것을 보면 하늘에서 백조 세 마리가 내려올 때 사용하기 위한 공연 보조용 장치인 것 같사옵니다."

기예단장 양수는 밧줄의 용도를 이미 짐작하고 있었다.

"으음, 그럴듯한 얘기요!"

드디어 공연이 시작되고 무대 앞에 가려졌던 천이 걷혔다. 그러자 양수의 말처럼 날개옷을 걸친 여신 세 명이 밧줄에 매달린 두레박을 타고 천천히 내려왔는데, 그것은 마치 하늘에서 백조가 하강을 하는 것처럼 보였다.

여신 세 명이 무대 위에서 날개옷을 벗고 목욕하는 장면을 보여주면서 본격적인 공연이 시작되었다. 거의 속살이 비칠 듯한 비단 천으로 된 흰옷을 걸친 채 여신들은 마치 백조처럼 춤을 추었다. 소매 끝의 여린 손들은 하늘을 향하고, 발끝은 땅위에 꼿꼿하게 서서 가는 허리로 휘돌아갔다. 그런 춤사위는 백조가 호수의 수면에 두 발을 담근 채 긴 목을 하늘로 향하고 조용하면서도 날렵한 자세로 유영하는 모습을 연상케 하였다.

공연은 전날 촌장 아들이 설명해준 내용 그대로 연출되고 있었다. 백조의 날개옷을 감춘 사냥꾼의 모습은 마치 오전에 굿거리 공연하던 무당을 연상케 하였다. 그 옷차림이며 춤사위가 그러했다. 군장 사회에서 무당은 우두머리로서 지배자 역할을 하였다. 바로 사냥꾼이 백조의 날개옷을 감춰 여신과 결혼해 11명을 자식을 거느리게 된 것은 부랴트족의 최초 군장인 무당을 상징한다고 볼 수 있었다. 오랜 옛날 제정일치 시대의 군장은 바로 정치적인 지배자이면서 천제를 지낼 때 제사장, 즉 무당 역할까지 겸했기 때문이다.

백조의 신화 공연 마지막 장면은 푸른 천이 천막처럼 공연장을 덮은 가운데, 사냥꾼의 아내인 여신이 날개옷을 입고 두레박을 탄 채 천막 가운데 뻥 뚫린 구멍을 통해 하늘로 올라가는 것이었다. 푸른 천의 천막은 바로 하늘을 뜻했다. 이때 사냥꾼과 11명의 자식들은 천막 아래 빙 둘러서서 방금 여신이 사라진 구멍의 하늘만 허망하게 바라보고 있었다.

"전설에 의하면 사냥꾼이 죽고 나서 열한 명의 자식들은 각기 부락을 하나씩 맡아 군장이 되었답니다. 그때부터 부랴트족이 11개의 갈래로 나누어져 살게 된 것이랍니다."

촌장 아들의 이 같은 설명에, 담덕은 비록 신화지만 그럴듯하다고 생각했다. 공연이 막을 내리고 나서도 담덕은 그 자리에서 한동안 움직일 줄 몰랐다. 그는 민족의 정체성 문제를 깊이 생각하고 있었다. 바이칼호수는 여러 민족이 이합집산하면서 생활 근거지로 삼았던 곳이 틀림없었다. 그의 조상들도 바이칼호수에서 살다 부여 땅으로, 다시 부여에서 남쪽으로 내려와 고구려를 세웠다는 전설적인 이야기가 사실처럼 다가오는 순간이었다.

4

부랴트족 부락에서 추수감사제를 지낸 지 채 보름이 지나지 않아 겨울이 성큼 다가선 느낌이었다. 아침저녁으로 제법 날씨가 쌀쌀해져 밤이 되면 호수의 물이 얼기 시작했다. 북서풍이 몰아치는 한밤중에는 호수에서 꽝꽝, 얼음 어는 소리가 들려올 정도였다. 이젠 낮에도 호수의 수면을 덮은 얼음이 녹지 않아 날이 갈수록 그 두께를 더해가고 있었다.

태왕 담덕은 기마부대를 선발대로 삼아 초원지대를 거쳐 오면서 밀림지대를 만나면 그곳에서 반드시 사냥을 하곤 했다. 이는 군사들의 훈련을 겸한 먹을거리 확보도 목적이었지만, 그 인근 부락 정착민들에게 은근히 겁을 주기 위한 전략이기도 했다. 그런 이중 효과를 노려 사냥한 덕분에 또 하나 얻은 것이 있다면 짐승 가죽의 확보였다. 일단 사냥감을 획득하면 고기는 먹고 가죽은 기름기를 제거하는 과정을 거쳐 잘 말려 갈무리해두도록 했다. 날씨가 추워지자 사냥으로 얻은 짐승 가죽은 군사들의 몸을 보호하는 방한복이 되고, 덮고 잘 이불로도 요긴하게 쓰였다. 한 번도 겪어보지 못한 북방의 겨울이라 단단히 대비하지 않으면 모두 얼어 죽을 판이었다. 그것이 군사들을 이끌고 서역으로 가는 노정에 가장 큰 근심거리이자 어려움이었다.

바로 그 무렵, 대장군 우적과 말갈부대 장수 두치가 이끄는 고구려의 후발대가 도착했다. 그들은 초원지대의 정착민들이 사는 부락 곳곳에 역참을 설치하면서 이동을 해왔다. 따라서 군사들뿐만 아니라 대상단의 대인 하명재와 행수 호자무 일행, 그리고 추동자가 이끄는 흑부상들까지 더하여 대부대를 이루고 있었다.

담덕은 그동안 부랴트족이 사는 부락에서 통역을 맡았던 촌장의 아들을 서역으로 가는 노정의 길잡이로 삼았다. 촌장이 적극적으로 권했고, 당사자인 그의 아들도 자원을 하였다. 촌장 아들의 이름은 부랴트 청호布里牙特 窓였다. 촌장의 아들은 어려서부터 까마득히 먼 거리까지 내다볼 정도로 시력이 좋았다. 인체 중 눈이야말로 집의 창문이라 할 수 있는데, 그런 뜻에서 이름을 '창窓'이라고 지었다. 부랴트어로 '청흐'로 발음이 되어 그렇게 불리고 있었다.

담덕은 '청흐'를 그냥 발음하기 좋게 '창'이라 부르기로 했다. 창이 고구려 말을 잘했으므로, 후발대가 도착해 긴급회의를 열 때 특별히 참석시켰다.

창이 회의 석상에 얼굴을 보이자, 먼저 호자무가 아는 체를 하였다.

"오, 너는 부랴트 청호가 아니냐?"

"아, 호자무 행수님! 여기서 뵐 줄은 꿈에도 몰랐습니다."

창이 반가워하며 호자무를 향해 허리를 몇 번씩이나 굽혔다.

"음, 호 행수도 이 부랴트 청년과는 구면인 모양이군!"

담덕이 호자무를 바라보았다.

"네, 태왕 폐하! 전에 명마를 구하기 위해 서역으로 갈 때 한 번 동행한 적이 있었사옵니다. 아주 까마득히 먼 곳까지 바라보는 눈을 가졌으니, 초원지대에서는 최고의 길잡이라 할 수 있지요."

"이번에도 우리가 서역으로 가는 노정에 이 청년을 길잡이로 삼을 작정입니다. 그래서 이 회의에 특별히 참석시킨 것이니, 제장들은 궁금한 것을 기탄없이 질문하세요. 앞으로의 노정은 추운 겨울의 이동이므로 월동준비를 철저히 해야 하는데, 그것이 무엇보다 걱정되기 때문입니다."

담덕은 회의 석상을 좌우로 죽 둘러보았다.

"그동안 초원지대 곳곳에 역참을 설치하면서, 그곳을 관리할 최소 병력을 남겨두고 왔습니다. 그래도 우리 군의 전체 병력은 2천 5백이 넘습니다. 앞으로 서역까지는 많은 노정이 남아 있고, 특히 겨울철이 되어 군사를 움직이기가 쉽지 않습니다. 더구나 북해, 즉 바이칼호수 서쪽으로는 곳곳에 돌궐 세력이 포진하고 있어 숙신에 못지않은 위험한 적을 상대해야 합니다. 방한 대비는 물론, 만약의 경우 적과 충돌했을 때의 전략도 사전에 철저히 세워놓아야 할 것이옵니다."

대장군 우적의 말이었다.

역참을 설치하는 곳마다 고구려군의 일정 병력을 남겨둔 것은 자체 방어를 위한 목적 때문이었다. 아울러 역참 인력에 필요한 식량을 확보하기 위해 소규모지만 둔전 형태로 경작까지 할 수 있도록 했다. 적어도 한 역참에 30여 명의 군사와 관리를 맡은 흑부상들을 배치하였으며, 현지 부락민의 고용인까지 하면 50명 가까운 인력이 종사하는 체제를 갖추었다.

"이곳에서부터 서역으로 가는 지리는 청호가 잘 알고 있으니 일단 그의 의견을 들어보도록 하시지요."

창과 서역을 다녀온 경험이 있는 호자무가 말했다.

"앞으로 '청호'는 우리가 부르기 쉽게 '창'라고 했으니, 그렇게 호칭을 통일하도록 합시다. 호 행수의 말대로 우선 창의 말부터 들어보도록 하지. 이곳에서 우리 고구려군이 서역으로 가는데 가장 걸림돌이 되는 것은 무엇이겠는가?"

담덕의 말에 창이 미리부터 생각을 가다듬고 있었던 듯 곧바로 의견을 냈다.

"바이칼호수를 지나 서역으로 가는 도중에 있는 가장 까다로운 적수는 우제돌궐牛蹄突闕(투르크족의 한 갈래)입니다. 아직 큰 세력을 갖추지는 못했으나 서역을 오가는 대상들을 노려 약탈을 일삼는데, 이방인의 경우 함부로 죽이기를 예사로 합니다. 얼굴과 몸은 사람이나 다리 아래는 소의 발처럼 생겼는데, 사람을 사로잡으면 그 발로 짓이겨 죽인다는 소문이 나서 서역을 오가는 대상들이 잔뜩 겁을 집어먹고 있사옵니다. 그 사람들의 맨발을 본 적이 없어 실제 소의 발처럼 생겼는지는 모르겠는데, 무릎 위까지 올라오는 가죽 장화를 신은 모양은 정말 뭉툭한 발톱이 소처럼 두 갈래로 갈라져 있어 그 무지막지한 발로 사람들을 마구 짓밟아 죽인다는 것입니다."

"우제돌궐이라? 돌궐족은 익히 들어봤는데, 우제돌궐은 처음 듣는군. 대체 사람이 소의 발과 같은 가죽 장화를 신는다는 것부터가 이상한 일 아니오?"

담덕은 믿지 못하겠다는 듯 창을 응시했다.

"우제돌궐만 이상한 것이 아니옵니다. 우제돌궐에서 더 북쪽으로 가면 구국狗國이라고 있사옵니다. 그들 스스로 늑대의 후손이라고 하며, 몸은 사람인데 머리는 개의 형태를 취하고 있답니다. 머리에 개의 탈을 쓰고 있는 것이지요."

창의 말에 회의 석상은 갑자기 웃음바다가 되고 말았다.

"세상에 소의 발에, 개의 머리라?"

마동이 먼저 낄낄대고 웃었다.

"미개인들이 아니고서야 어찌 그런 형상을 하고 있단 말인가?"

담덕도 너털웃음을 참지 못했다.

"그들도 뭔가 남다른 사연을 갖고 있을 것이옵니다. 부여에도 예전부터 마가馬加니 우가牛加니 해서 가축 이름으로 관직명을 정하지 않았습니까? 우리 고구려에도 '우제점법'이라는 것이 있사옵니다. 예를 들면 전쟁이 났을 때 길흉을 판단하는 점술로, 소를 죽여 굽이 합해져 있으면 길하고 갈라져 있으면 흉하다고 생각했지요. 우제돌궐 역시 그와 비슷한 풍습이 있는 것이 아닌가, 하는 생각이 듭니다. 일종의 토속신앙 아니겠습니까? 우리 고구려가 곰을 숭배하듯이 말입니다. 구국이란 나라의 족속들이 개의 머리를 하고 있다는 것 역시, 그와 같은 동물 숭배 사상과 연관이 있다고 판단됩니다."

이렇게 말한 것은 대장군 우적이었다. 그는 한때 부여에서 무명선사로부터 무술을 배웠고, 그 이후 떠돌이 무사로 세상을 두루 섭렵하면서 들은풍월로 종족들에 대해서는 남달리 일가견을 갖고 있었다.

"흐음, 대장군 말씀에도 일리가 있다고 생각합니다. 고구려에도 우제점법이 풍습으로 전해져 내려오고 있는 것을 보면, 우리와 우제돌궐과의 정체성도 생각해볼 문제인 것 같습니다. 어디 한 번 우제돌궐 세력과 직접 부딪쳐보도록 하십시다."

담덕의 호기심이 발동했다.

"그렇다고 가볍게 볼 문제는 아닌 것 같사옵니다. 우제돌궐의 경우 사로잡은 사람을 멍석으로 말아 눕혀놓고 소가 지나가게 하여 밟지 않으면 목숨을 살려주고, 만약 소가 밟게 되면 가차 없이 죽인다고 하옵니다."

창이 겁먹은 눈길로 회의 석상을 두루 둘러보며 말했다.

"일단 우제돌궐로 가기 전에 장차 다가올 추위에 대비하여 월동준비를 철저히 해야 할 것이오. 특히 우리 군대에서 사용하는 천막의 경우 겨울철에는 이곳 북방의 추위를 감당하기 어려우니, 유목민들이 이동하면서 조립해 사용하는 천막을 준비할 필요가 있습니다. 천으로 된 천막이 아닌, 짐승 가죽으로 만든 튼튼한 천막이라야 추위를 막을 수 있을 터인데……."

마침내 담덕은 겨울로 접어들기 시작하면서 가장 걱정하던 문제를 거론하였다.

"저 중원에선 파오包라고 하는데, 이곳 유목민들은 '게르'라고 하옵니다. 대부대가 사용하려면 무수히 많은 게르가 필요한데, 갑자기 구하기란 쉬운 일이 아니옵니다."

창은 난감한 표정을 지었다.

"우린 여기까지 오면서 역참 건설을 한 목수들이 있다. 그 목수에게 게르를 제작하도록 하면 될 것이다."

담덕은 그동안 궁리해두었던 계획을 털어놓았다.

"태왕 폐하! 목수들이 갑자기 우리 군대가 필요로 하는 게르를 다 만들기는 쉽지 않을 것이옵니다. 요긴하게 쓰일 것을 예상하고 국내성을 떠날 때 금괴를 싣고 온 것이 있사옵니다. 일단 군사들을 풀어 사방에 흩어져 있는 유목민들로부터 금붙이를 주고 당장 급하게 쓰일 게르를 사들이는 것도 한 방법이 될 것이옵니다. 그러는 사이 목수들이 게르를 보고 그 구조대로 제작하면 본격적인 겨울 추위가 닥치기 전에 우리 군사가 활용할 만큼의 분량을 충분히 확보할 수 있을 것이옵니다."

이렇게 나선 것은 대인 하명재였다.

"역시 외숙, 아니 하 대인께선 대상단을 이끄는 대인답게 준비를 철저히 하셨군요."

담덕은 하명재를 '외숙'이라고 불렀다가 공석의 자리임을 인식하고 얼른 '하 대인'으로 바꾸었다.

다음날부터 고구려군은 모두 게르 제작에 전력을 쏟았다. 인근 유목민들 중 게르 제작 전문가를 불러 참여시키는 한편, 군사들이 구해온 나무로 목수들은 일정 규격에 맞게 기둥과 벽체와 지붕에 해당하는 조립형 구조물을 만들었다. 그러기를 한 달, 유목민들에게 직접 구매해온 것과 새로 만든 것까지 무려 2백여 채의 게르가 준비되었다.

5

날씨는 이미 한겨울로 접어들어 북해의 호수가 꽝꽝 얼어붙었다. 코가 매울 정도로 북서풍이 몰아쳤지만, 태왕 담덕은 고구려 원정군의 진군을 강행하였다. 추위를 견디는 것도 실전 훈련이었다.

호수가 단단하게 언데다 눈까지 수북하게 덮였으므로 고구려군은 호수를 돌아 우회할 것도 없이 곧바로 빙판 위로 진군했다. 기마대가 앞장섰고, 그 뒤를 보병이 뒤따랐다. 그리고 맨 뒤에는 보급부대를 비롯하여 상단과 목수들까지 합류해 기백을 헤아리는 수레의 행렬이 이어졌다. 그 많은 수레에는 식량을 비롯하여 해체한 게르까지 묶여 가득가득 실려 있었다.

얼음이 언 호수는 대부분 눈으로 덮인 상태였으나, 한낮에는 강렬한 햇빛에 녹아 빙판이 그대로 드러나는 곳도 더러 있었다. 따라서 눈 쌓인 호수 위를 행군하다 빙판길을 지나가는 군사 대열은 그야말로 장관을 이루었다. 특히 빙판 위로 진군할 때는 길게 늘어선 군대 행렬이 이중으로 보였는데, 그 대칭의 구도가 오색의 물결을 이루어 자못 두 배 이상 웅장한 느낌을 주었다. 군사들의 어깨 위로 하늘을 찌를 듯 곧추선 창과 오색으로 펄럭이는 깃발 그림자가 거꾸로 호수 밑을 수놓으면서 현실과 가상의 만남 같은 기이한 형상으로 비쳤다. 그것은 또한 그대로 꿈과 현실의 재현이라고도 할 수 있었으며, 고구려의 현재와 미래를 한 화면에 담은 몽환적인 그림의 상징처럼 보이기도 했다.

고구려 원정군이 호수를 건너 얼마쯤 지나가자 작은 개천이 보였다. 북해로 흘러드는 지류인데, 그 개천은 물이 얼지 않고 수면 위로 김이 무럭무럭 솟아나고 있었다. 바닥에 깔린 돌들이 모두 주황색이었으며, 물속에서 가스가 뿜어져 나오고 있었다. 바로 노천에 그대로 흐름을 드러낸 유황온천이었다.

"이 온천은 물이 뜨거워 달걀을 넣어두면 익을 정도입니다."

창이 담덕에게 설명했다.

"여기서 잠시 휴식을 취하며 추위를 달래야겠군!"

담덕도 꽝꽝 언 호수의 빙판과 눈 위를 건너오면서 발이 시려 모닥불이라도 피워 말리고 싶을 정도였다.

"하지만 우제돌궐 근거지와 가까운 지역이라 경계를 철저히 해야 하옵니다."

창은 그러면서 눈을 가늘게 뜨고 주위를 천천히 둘러보았다.

"그것 참 마침 잘되었군! 어차피 한 번은 만나 겨뤄봐야 할 터이니, 그들 스스로 나타나면 환영할 일 아니겠는가?"

담덕은 의외로 태연하였다.

유황 냄새가 나는 개천은 길게 이어져 있었고, 담덕은 군사에게 각자 온천욕을 겸하여 얼굴과 손발까지 닦을 수 있도록 휴식 시간을 충분히 주었다. 추위에 꽁꽁 언 손발을 녹이는 데는 온천물이 최고였다.

군사들은 너도나도 온천물로 덤벼들었다. 이때 담덕은 그 주변 숲속에 기마군단의 일부를 매복시켜 주위를 경계토록 했다. 이미 우제돌궐 가까이 왔다는 창의 말을 듣고, 일부러 군사들에게 온천욕을 즐기라고 한 것이었다. 즉, 적군을 끌어들이기 위한 유도 작전의 일환이었다. 자유롭게 온천욕을 즐기는 듯 행동하되 적에 대한 경계를 게을리하지 말도록 휴식을 취하는 군사들에게도 특히 주의를 주었다.

유황천에서 온천욕을 즐기고 달걀까지 삶아 먹으며 고구려 군사들이 한창 여유를 부리고 있을 때, 드디어 숲속 어디선가 휘파람 소리가 들리더니 화살이 빗발치듯 날아왔다. 우제돌궐 군사들의 공격이 시작된 것이었다.

"적이 나타났다! 빨리 전열을 갖추어라!"

말갈부대를 이끄는 장수 두치가 졸개들을 향해 다급하게 소리쳤다.

와아, 와! 와아!

북쪽 숲속에서 우제돌궐 군사들이 떼를 지어 달려오며 외치는 소리였다. 정말 소의 발처럼 생긴 가죽 장화를 신은 그들은 눈밭을 헤치며 거침없이 달려왔다. 들판은 햇볕에 눈이 녹았으나 숲속은 쌓인 눈이 그대로 있었다. 그들은 산비탈의 눈 위를 미끄러지면서 활을 쏘기 위해 멈추었다 달리고, 숨을 돌린 후 다시 멈추어서 활을 겨누었다. 입으로는 연신 이상한 소리를 지르고 휘파람을 불어댔다. 고구려군이 유황천에서 온천욕을 즐기는 것을 알고, 그들은 아무런 의심도 하지 않고 전속력으로 달려오고 있었다.

그러나 이때 좌우 숲속에 매복하고 있던 고구려의 기마군단이 뛰쳐나오며 우제돌궐 군사들의 앞길을 가로막았다.

우우, 우! 우우!

우제돌궐 군사들의 외치는 소리가 공격할 때와 달랐다. 고구려 기마군단의 출현에 갑자기 겁을 집어먹은 그들은 몸을 돌려 달아나기에 바빴다. 그러나 기마군단의 속도는 그들보다 빨라 도중에 포로가 된 자들이 부지기수로 늘어났다.

포로들에게 오라를 지우는 사이 우제돌궐의 나머지 군사들은 능선의 고갯길을 넘어 줄행랑을 놓았다. 고구려 기마군단도 뒤따라 고개를 넘었다.

그런데 바로 그 순간, 고개 양쪽 산등성이에서 눈덩이들이 데굴데굴 굴러내려왔다. 양지는 눈이 녹아 갈색이었으나 산 뒤쪽 음지는 눈이 그대로 쌓인 상태였고, 그 눈 더미 속에 다른 우제돌궐 군사들이 매복해 있었던 것이다. 흰털로 된 짐승 가죽옷을 입고 있어서 눈과 맞춤한 보호색을 띤 매복 군사들은 눈썰매를 타듯 산비탈을 미끄러져 내려왔다. 무리를 지어 내려오는 그 모습은 마치 눈덩이가 데굴데굴 굴러내리는 듯하여 갑자기 터진 눈사태를 방불케 하였다.

고구려 기마군단은 일단 추격을 멈추고 양쪽 산등성이에서 굴러내려오는 눈덩이 같은 우제돌궐 군사들과 대적해야만 하였다. 그런데 이때 고개를 넘어 도망치던 적들이 다시 돌아서서 고구려군을 공격해왔다. 졸지에 세 방향에서 공격을 당한 고구려군은 주춤주춤 뒤로 물러나지 않을 수 없었다.

바로 그때 온천욕을 하며 여유를 부리는 척하던 고구려 보병들이 재빠르게 무장을 한 후 전열을 갖춰 추격해왔다. 우제돌궐 군사들에게 뒤로 밀리던 기마군단도 다시 돌아서서 총공격을 감행하였다.

"될 수 있으면 적을 죽이지 말고 사로잡아라!"

태왕 담덕이 백마 위에서 외쳤다.

"끝까지 추격하라! 적의 추장을 사로잡을 때까지!"

말갈부대 장수 두치도 목이 터져라 외쳐댔다.

이제 양군은 두 갈래로 나뉘어져 싸우게 되었다. 고구려 기마군단은 먼저 쫓던 우제돌궐 군사들을 사냥감 몰이하듯 추격하였고, 뒤따라온 보병은 고개 양쪽 산등성이에서 내려오는 우제돌궐의 군사들을 맞아 육박전을 벌였다. 피아를 구분할 수 없을 정도로 서로 엉켜 창으로 찌르고 칼로 베는 어지러운 난투극이 벌어져, 그 주변의 흰 눈밭은 금세 시뻘건 피로 물들었다.

싸움은 오래가지 않았다. 고구려 군사들이 강하게 밀어붙이자 많은 우제돌궐 군사들이 무기를 버리고 항복하였다. 용케 싸움터에서 벗어난 자들은 제각기 흩어져 어디론가 자취를 감추었다.

고구려 군사들은 사로잡은 포로들을 앞세우고 우제돌궐 근거지를 찾아나섰다. 곧 깊은 산속에 제법 규모를 갖춘 석성이 나타났다. 석성 문루에 추장인 듯한 자가 자루 긴 창을 들고 나타나 고구려군을 향해 뭐라고 외쳐대고 있었다.

"저 작자가 대체 무슨 소릴 주절거리고 있는 것인가?"

담덕이 옆에 있는 창에게 물었다.

"포로들을 풀어주면 관대하게 용서하여 돌아가게 해주겠지만……. 헛, 참! 저 작자가 하는 말을 그대로 옮기자니……."

"괜찮다. 저 작자의 말을 그대로 읊어보거라."

담덕은 빙그레 웃었다.

"그, 그렇지 않으면 모조리 도륙해 고기를 날로 씹어 먹겠다고 합니다."

창이 좀 멋쩍은 듯 낯을 붉혔다.

"저 작자가 추장인 듯한데……. 음, 포로가 된 졸개들의 목숨이 아깝거든 순순히 항복하든가 성을 나와서 당당하게 1대 1로 한 판 겨뤄보자고 하라. 대장부라면 제 목숨을 걸고 졸개들을 구하는 것이 의로운 일 아니겠느냐고."

담덕의 말을 창이 통역해 전했다.

"우하하, 핫! 그대가 제법 의로움을 아는구나. 좋다. 성문을 열 터이니, 포로들을 모두 들여보내라. 다만 너희 군사들의 접근을 막아야 하니, 성문에서 멀리 떨어진 곳까지 물러나 있도록 하라. 그러면 내가 곧 성 밖으로 나가 정식으로 겨루겠다."

추장의 말을 담덕은 믿었다.

"그대가 성문을 열고 나오면, 포로들을 들여보내주겠다."

"좋다. 혼자서도 네놈들을 무서워할 내가 아니다."

우제돌궐 추장은 단신으로 말을 탄 채 성문을 열고 나왔다.

담덕은 약속대로 곧 군사들을 성에서 멀리 떨어진 곳까지 후퇴시키고, 사로잡은 우제돌궐 포로들을 성안으로 들어가게 하였다.

추장은 포로들이 성안으로 안전하게 들어가는 것을 지켜본 후, 온통 빛이 새카만 흑마를 타고 고구려군 진영을 향해 달려왔다.

"생각보다 담이 큰 자로군! 어쩌나 보려고 약속을 했다만, 감히 단신으로 나서다니!"

담덕은 혼잣소리로 중얼거렸다.

우제돌궐 추장이 가까이 다가오자 백마 위에서 담덕이 번쩍 손을 들어올렸다. 상대편도 말의 속도를 늦추며 손을 들어 화답했다.

"네가 우두머리냐? 당당하게 우두머리끼리 한 판 붙자. 나와 결투해서 지면 조용히 물러가라."

추장이 담덕과 어느 정도 거리를 두고 말을 세운 후 일갈했다.

"만약 그쪽이 지면 어찌하겠는가?"

담덕도 당당하게 나갔다.

"여기까지 군사를 몰고 온 것을 보면 뭔가 목적이 있을 것이다. 그대의 요구를 들어주면 될 것 아닌가?"

추장도 자못 기세등등하게 결기를 내세웠다.

"좋다. 반드시 약속을 지킬 수 있겠는가?"

"물론이다. 나는 두말을 하지 않는다. 어서 덤벼라!"

추장은 담덕을 향해 자루 긴 창을 겨누며 공격 자세를 취했다.

"폐하! 소장이 저 거만하기 짝이 없는 놈의 버릇을 고쳐놓겠나이다."

마동이 소리치며 나서려고 하자, 담덕이 손을 내저으며 곧 달려나가려는 그를 제지하였다.

"저 작자와 약속을 한 것이니 나서지 말거라. 저 작자의 말대로 우두머리끼리의 싸움이다. 약속대로 저 작자를 상대해 당당하게 이겨야 우리가 요구 조건을 제시할 수 있다."

담덕은 말에 박차를 가하였다.

곧 기묘한 양상의 전투가 벌어졌다.

성루에선 우제돌궐 군사들이 추장의 사기를 돋우기 위해 외치는 소리가, 드문드문 흰 눈이 쌓인 적갈색 벌판에선 고구려 군사들이 태왕 담덕을 응원하는 소리가 허공에서 부딪쳐 산야로 메아리쳤다. 거기에다 뿔 나팔과 북소리가 한데 어우러져 얼어붙은 허공조차 잔뜩 긴장한 듯 하늘까지도 더욱 짙은 감청색으로 빛나고 있었다.

담덕은 환두대도를, 우제돌궐 추장은 장창을 들고 서로를 향해 달려들었다. 흰 눈과 적갈색으로 얼룩덜룩한 땅을 박차며 백마와 흑마가 마주 달려왔고, 서로 아슬아슬하게 옆으로 지나칠 때 환두대도와 창이 허공에서 부딪치며 강한 쇳소리를 냈다.

순식간에 십여 합을 싸웠으나 좀처럼 승패가 나지 않았다. 담덕은 환두대도를 휘두르며 상대의 목을 노렸고, 추장은 장창으로 찌르며 상대의 가슴을 공격했다.

환두대도와 장창은 그 무기의 장단점이 각기 달라, 서로 무술이 뛰어나면 쉽게 결판을 내기 어려웠다. 칼은 상대에게 최대한 접근해야만 목을 칠 수 있고, 장창은 비교적 거리를 두고 상대를 찔러야 가슴을 꿰뚫을 수 있었다. 따라서 담덕은 백마를 최대한 흑마 가까이 접근시켜 칼을 휘두르려고 했으며, 추장은 그 반대로 어느 정도 거리를 두면서 장창으로 찌를 기회를 노렸다. 그러다 보니 서로 비껴갈 때 방어하느라 칼과 창이 부딪쳐 불꽃을 일으키는 싸움이 될 뿐 좀처럼 상대의 허점을 발견하기 어려웠다.

이때 담덕은 체력적으로 자신이 우세하다는 것을 활용해 상대를 최대한 지치도록 만드는 전략을 썼다. 말을 타고 싸우는 결투에서는 애마를 자유자재로 부릴 줄 아는 쪽이 유리하게 되어 있었다. 말과 말끼리도 승부를 겨루는 입장이라, 달리면서 순간적으로 주인의 마음을 잘 읽는 말이 주도권을 쥘 수 있었다. 즉 말과 주인이 한 호흡으로 보조를 맞추어야만 상대를 공격하는데 유리하면서 최대한의 안전을 도모할 수 있었다. 숨소리 하나 미세한 몸짓 하나로도 말은 순간적으로 주인의 의도를 알아차려 방향을 바꾸고, 뒤로 돌아서고, 껑충 뛰어오르고, 낮게 머리를 숙이면서 싸움을 주도해나갔다.

추장은 무릎까지 올라오는 가죽 장화를 신었는데, 정말 소의 발굽 모양으로 가운데가 갈라져 있었다. 그런 발굽이 금빛으로 빛났다. 발굽만이 아니라 식식거리며 대들 때 쉬는 숨소리도 황소의 그것을 닮았다. 투구 위에 솟은 두 개의 뿔 모양 때문에 더욱 그런 느낌이 들었다.

오십여 합을 싸웠는데도 승부는 가려지지 않았다. 양쪽 군사들은 손에 땀을 쥐며 태왕과 추장의 대결을 지켜보았다. 이제는 말들이 지쳐 입으로 게거품을 물며 달렸다. 말들이 엇갈리며 허공에서 창칼이 부딪쳐 강한 쇳소리를 낼 때마다 양쪽 군대들의 함성이 하늘로 메아리쳤다.

담덕은 두 말이 스칠 때 상대의 얼굴에서 지친 기색을 보았다. 이제는 결판을 내야만 할 때라고 생각했다. 결투를 오래 하다 보니 서로의 땀이 튀어 공중으로 흩어졌다. 땀으로 얼룩진 추장의 투구는 턱에 맨 가죽끈이 헐거워져 머리 위에서 비뚤어졌지만, 미처 그것을 고쳐 쓸 여유도 없었다.

이때 담덕은 추장의 창을 쳐내지 않고 고개를 숙여 더 가까이 접근하면서 칼로 목을 겨누는 척하다가 조금 헐거워져 덜렁대는 투구 끈을 잘랐다. 그 바람에 비뚤어졌던 투구가 아예 머리 위에서 한쪽으로 홱 쏠려 돌아갔으나, 추장은 미처 그것을 바로 잡지 못했다. 이때 담덕이 환두대도를 칼집에 넣고 잽싸게 어깨에 메고 있던 각궁을 들어 몸을 꼬면서, 이른바 배사법으로 추장을 향해 화살을 쏘았기 때문이다. 화살은 정확하게 황소 머리처럼 뿔이 난 투구를 맞추어 땅바닥으로 떨어뜨렸다. 졸지에 머리에서 투구가 벗겨진 추장은 순간 당황하지 않을 수 없었다. 어찌나 화살이 빠른지 창으로 튕겨내지 못하고 헛손질을 했다. 순간, 앞머리를 빡빡 밀고 뒷머리만 댕기처럼 꼬아 늘어뜨린 추장의 변발이 드러났다.

담덕은 다시 활 대신 환두대도를 빼어들고 당황한 추장을 향해 달려들었다. 그의 칼이 공기를 가르며 상대의 머리를 스치는 찰나, 추장은 미처 창으로 막을 겨를도 없어 급히 허리를 꺾으며 말 등에 납작 엎드렸다. 그러는 바람에 땋아 늘였던 변발의 뒷머리가 공중으로 솟구쳤다가 담덕이 다시 재빨리 휘두르는 칼에 중간이 싹둑 잘려 땅으로 떨어졌다.

이때 방향을 돌린 추장은 문득 말을 세운 채 창을 내던지며 왼손을 번쩍 들어올렸다. 항복하겠으니 공격하지 말라는 뜻이었다. 담덕도 환두대도를 칼집에 꽂고 천천히 말을 몰아 추장에게 다가갔다.

말에서 내린 추장이 무릎을 꿇었다. 그의 일그러진 표정은 목숨을 구걸하고 있었다. 담덕도 말에서 내려 애써 눈밭에 떨어진 창을 주워서 건네며 추장의 손을 잡아 일으켜주었다. 창을 짚고 일어서는 그의 표정은 묘하게 일그러진 채 웃고 있었다.

시끄럽게 소리치던 성루의 우제돌궐 군사들은 갑자기 조용해졌고, 들판의 고구려 군사들은 창칼로 하늘을 찌르며 만세를 불렀다. 잠시 후 성루에서는 우제돌궐 군사들 사이에 대체 이 사태를 어찌해야 할지 몰라 웅성대는 소리가 들려왔다. 다시 말에 올라탄 추장은 성루 가까이 달려가 우제돌궐 군사들을 향해 뭐라고 큰소리로 외쳤다.

우왕좌왕하던 성루의 우제돌궐 군사들은 갑자기 몸이 얼어붙은 듯 직립 자세를 유지했고, 설왕설래하던 소리들도 침묵 속으로 가라앉았다. 그러자 추장은 다시 말을 돌려 고구려 군사들에게로 달려왔다. 그는 달려오면서 중간에 떨어진 자신의 투구를 찾아 머리에 쓰는 여유도 부릴 줄 알았다.

그런 추장을 바라보고 담덕이 옆에 있는 창에게 물었다.

"대체 추장이 뭐라고 했기에 성루의 적들이 조용해진 것인가?"

이때 창은 추장이 우제돌궐 군사들에게 말하듯이 흉내를 내며 그대로 뜻을 전했다.

"섣부르게 준동할 생각 말라. 나의 생명은 우리의 신이 지켜줄 것이다. 약속했으니 마땅히 저들의 요구를 들어주어야 한다. 무엇을 원하는지 들어보고 오겠다. 절대 성문을 열고 나서지 말라."

그 말을 전해 들은 담덕은 빙긋이 웃었다.

"과연, 추장다운 말이로군!"

추장이 다가오자 담덕은 말머리를 나란히 하고 군사들의 선두에 서서 유황온천이 있는 고구려 본대의 진영으로 향했다. 단신으로 추장이 고구려 군대를 따라나서게 된 것은, 담덕이 투구 끈과 변발을 자를 때 그 자신의 목숨을 노린 것이 아님을 이미 알아차렸기 때문이다. 목을 칠 수 있는 절호의 기회가 두

번이나 있었으나 상대는 한껏 여유를 부렸다. 그것이 결투하는 장수로서 못내 불쾌하기는 했으나, 돌이켜 생각하면 그 때문에 자신의 귀한 목숨을 보전할 수 있었던 셈이다. 그래도 추장은 상대에 대해 믿음 가는 구석이 있긴 하지만 은근히 두려운 마음을 갖고 있어 다음과 같이 물었다.

"대체 나를 어찌하려는 것이오?"

말머리를 같이한 추장이 담덕의 옆얼굴을 바라보았다.

"잘 대접하려는 것이니 같이 갑시다."

담덕이 앞을 바라본 채 말했다.

그러자 추장은 누런 이빨을 드러낸 채 흐흥거리고 웃었다. 절반이나 잘린 변발을 투구 속에 숨긴 그는 숯처럼 짙은 수염을 턱에 매달고 있었다. 굵은 눈썹도 호랑이 코털처럼 몇 가닥이 길쭉하게 뻗쳐 있어 범상치 않은 인상이었다.

유황온천이 흐르는 개천까지 왔을 때, 그곳에 남아 있던 고구려 군사들은 한창 게르를 조립하고 있었다. 태왕의 게르는 이미 완성되어 있었는데, 우선 그곳으로 우제돌궐 추장을 안내하였다.

게르 안에는 다탁이 마련되어 있었고, 담덕은 대장군 우적과 대인 하명재를 대동하고 우제돌궐 추장과 마주 앉았다. 그리고 바로 옆에 창이 앉아 통역을 하였다.

때마침 모두들 배도 꺼져 허기가 졌으므로 꿀을 탄 미숫가루가 한 사발씩 각자의 앞에 놓였다. 그때서야 담덕은 추장이 신고 있는 가죽 장화를 자세히 볼 수 있었다. 장화의 앞머리가 정말 소의 발톱처럼 두 갈래로 갈라져 있었다. 그것이 유난히 눈에 띄는 것은 그 발톱 부분이 금빛으로 빛나고 있었기 때문이다.

"과연 듣던 대로 소의 발톱 모양이로군! 추장, 그 신발을 벗어볼 수는 없습니까?"

담덕이 물었다.

"천벌 받을 소리! 우리 우제돌궐에서는 금기시 된 일이오."

추장은 목소리를 높였다.

"그런데 왜 그런 소의 발톱 모양을 한 장화를 신는 것입니까?"

"신의 계시외다. 우리는 외방인에게 절대 발을 보여주지 않소. 천벌이 내리기 때문이오. 우리가 사는 곳에서 더 동북 쪽으로 가면 개를 신봉하는 나라가 있는데, 그 사람들은 개머리 탈을 뒤집어쓰고 있소. 그들 또한 외방인에게 얼굴 모습을 보이면 천벌이 내린다고 하여, 절대로 개머리 탈을 쓴 가죽을 벗지 않고 있소."

이렇게 말하는 추장의 얼굴은 진지했다. 담덕뿐만 아니라 그를 지켜보던 다른 사람들도 짐짓 웃으려고 하다가, 그 진정이 느껴지는 말투에 그만 소리를 안으로 삼켰다.

그때 담덕은 소의 발톱이나 개의 머리로 위장한 것이 그들만의 전통 의식이면서 외방인들에게 겁을 주기 위한 전략 같다는 생각이 들었다.

"아무튼 출출하니 어서 앞에 놓인 미숫가루나 들고 이야기하십시다."

담덕은 먼저 그릇째 들어 미숫가루 탄 물을 마셨다. 다른 사람들도 그것으로 출출한 배를 채우기에 급급했다.

다만 한 사람, 우제돌궐 추장만은 멀뚱거리며 다른 사람들의 모습만 쳐다보고 있을 뿐이었다.

"어서 마셔보시오."

그릇을 다 비우고 난 대장군 우적이 추장을 향해 손짓으로 권했다.

그때서야 마지못해 그릇을 조금 기울여 맛을 보더니, 나중에는 단숨에 비워버렸다.

"추장! 맛이 어떠하오?"

담덕이 빙그레 웃으며 물었다.

"먹을 만하구먼! 대체 이것이 무슨 음식이오?"

"미숫가루라 하오. 저 남쪽에선 농사가 잘되어 쌀이며 보리, 귀리 등 농작물을 키워 이렇게 가루로 만들어서 먹기도 합니다. 주식으로 할 땐 밥을 지어 먹고, 먼 길을 떠날 땐 이렇게 가루로 만들어 간편하게 요기를 할 수 있도록 하지요. 유목민족이 멀리 이동할 때 말안장 밑에 고기를 넣어 말렸다가 물에 불려 먹는 육포와 같은 간편식이라 할 수 있습니다. 추장이 돌아갈 때 말 등에 한 짐 실어 보낼 테니 일족끼리 나누어 들어보시오."

"아니, 나를 볼모로 잡아두는 게 아니고 바로 보내주시겠단 말씀이오?"

추장은 눈을 휘둥그레 떴다.

"추장을 여기까지 대동한 것은 우리 고구려와 우제돌궐 간에 협상할 것이 있어서요. 그 협상만 잘되면 바로 보내드리겠소."

"협상이라면?"

"앞으로 우리 고구려 대상들이 초원로를 통해 서역까지 자주 행상을 다닐 것이오. 그동안 간간이 우제돌궐이 고구려 상단을 건드렸다 들었소. 우리 군대가 여기까지 온 것은 그러한 불미한 일이 다시는 일어나지 않도록 하기 위해서요. 이제까지 적대적이었던 것을 우호적인 관계로 돌려 서로 이득이 돌아오도록 하자는 것입니다. 우리의 이러한 제안을 받아들일 의향이 있으신지요?"

담덕은 구체적으로 인근에 역참을 설치해 어떻게 운영하고, 그것이 고구려와 우제돌궐 쌍방에게 어떤 형식으로 이득이 돌아갈지 자세히 설명했다. 역참에서는 서로 필요한 것을 물물교

환할 수도 있으며, 원한다면 우제돌궐의 특산물을 고구려 대상들이 서역까지 가는 길에 팔아줄 뿐만 아니라 필요한 것을 구해서 전해주겠다는 약속도 했다.

우제돌궐 추장으로서는 하등 반대할 이유가 없었다. 따라서 흔쾌히 협상에 응했고, 앞으로 고구려의 우군이 되기로 맹세하였다.

제4장

계륵 작전

1

한창 겨울이 깊어지면서 태왕 담덕은 서역으로 향하는 원정행을 일단 멈추었다. 엄동설한이란 말이 있을 만큼 고구려 국내성의 겨울도 추웠지만, 북방 초원지대의 추위는 오줌을 눌 경우 땅에 떨어지기 무섭게 곧바로 얼어버릴 정도로 극한의 한파가 맹위를 떨쳤다. 그런 추위에도 불구하고 군대의 철칙은 언제 어느 때나 경계 임무를 완벽하게 수행해야만 했다. 그러므로 맹추위에도 경계는 한 치의 빈틈이 있어서는 안 되는 사안이었다.

담덕은 휘하 장수와 군사 들에게 철저하게 경계 임무를 수행하라는 엄명을 내렸다. 그리고 잠자리에 들기 전에 반드시 호위무사들과 함께 몸소 군대의 막사와 임시 초소를 두루 점검하였다. 각 예하 부대의 장수들에게 맡겨두어도 될 일이지만, 가장 중요한 것이 경계임을 실제 행동으로 보여주려는 것이었다. 백 마디 말보다 한 번의 행동이 더 교육적 효과가 있었다.

특히 조심할 것은 술이었다. 혹한을 견디기 위해선 불이 필요하지만, 몸을 덥혀주는 술도 어지간한 추위는 잊게 해줄 수 있었다. 군사들은 유목민들에게서 구한 마유주를 마시며 추위를 견뎌내곤 했다. 그래서 술을 마시고 경계를 서다 졸음이 와서 쭈그려 앉았다가 그대로 동사하는 경우도 간혹 발생했다. 그 개인으로서는 개죽음이지만, 만약 그때 적들이 기습하면 군대 전체가 큰 피해를 보는 사태가 벌어질 수도 있는 사안이었다. 경계를 철저히 해야 하는 이유가 거기에 있었다.

한편 태왕의 막사를 지키는 경계 임무는 호위무사들이 맡고 있었다. 호위무사는 마동과 수빈을 포함하여 30여 명이었다. 그들이 밤새 교대해가면서 막사 주위를 철저히 지켰다.

경계 태세를 점검한 후 막사로 돌아와 잠자리에 든 담덕은 쉬 잠을 이루지 못했다. 막사 안에는 벌겋게 달아오른 잉걸불이 큰 질그릇의 화로에 담겨 어둠을 밝혀주고 있었지만, 이불깃을 뚫고 바늘 끝처럼 파고드는 스산한 바람까지 막아주지는 못했다.

'반드시 금산까지는 가야 한다. 금산만 넘으면 거기가 천산

산맥으로 이어지는 서역의 시작이 아닌가?'

담덕은 이불 속에서 이를 악물었다. 그가 북방지대의 맹추위에도 불구하고 초원로 개척에 힘쓰는 이유는 고구려의 대상단을 위한 목적만 갖고 있는 것이 아니었다. 초원로 상의 북방 세력들을 우군으로 만들어놓으면, 그 남쪽의 부여는 자연적으로 고구려의 세력권 안에서 벗어나기 어려운 지경에 놓이게 되어 있었다. 부여는 고구려에 있어서 모용 선비 다음으로 가장 큰 적이었다. 장차 고구려 서북방 변경의 안정을 도모한 후에는 동북방의 부여를 공략할 계획이었다. 초원로 개척으로 소흥안령 너머 흑룡강 줄기를 따라 중요 지점마다 역참을 설치해놓으면 자연적으로 부여는 고립될 수밖에 없었다. 더구나 역참을 위주로 하여 그 인근의 북방 세력들이 고구려와 우호적 관계를 맺으면 부여는 우물 안 개구리 신세를 면키 어려웠다.

그래서 부여를 완전히 굴복시키고 나면, 자연적으로 고구려에서 서역으로 가는 새로운 무역의 길을 개척하게 되는 것이었다. 굳이 숙신족이 사는 해삼위 등을 거치지 않더라도 말을 타고 부여 땅을 통과해 초원지대를 거쳐 금산까지 지름길로 달려갈 수 있었다.

이렇게 다방면으로 여러 갈래의 길이 뚫린다면 서역과의 교역은 더욱 활성화될 것이고, 그러한 상업 활동을 통하여 담덕은 고구려를 더욱 부강한 국가로 만들 수 있다고 자신했다. 그는 먼저 경제로 부국을 만들고, 그 다음에 강병을 구축하는 것이 옳은 순서라고 생각했다. 이렇게 부국강병의 나라로 만들면 주변의 적들이 함부로 넘볼 수 없는 대고구려가 되는 것이었다.

이런저런 생각으로 부심하다가 막 잠이 들려는 중, 담덕은 막사 밖에서 들려오는 밭은기침 소리를 들었다. 그 소리의 여운이 그의 잠을 한순간에 쫓아내버리고 말았다. 가녀린 목청으로 보아 호위무사 수빈의 기침 소리임을 금세 알 수 있었다.

담덕은 벌떡 일어나 막사 입구로 나섰다. 전부터 밤에 막사 경계를 서는 것은 남자 호위무사들에게 맡기도록 했는데, 수빈은 자신의 고집을 절대로 꺾지 않았다.

막사 문 입구에서 담덕이 조용히 말했다.

"수빈아! 잠시 들어오너라."

"아니, 태왕 폐하! 주무시지 않고 어인 일로……?"

수빈은 채 말을 끝내기도 전에 다시 기침을 매달았다.

"들어와 잠시라도 몸 좀 녹이거라."

"아닙니다. 방금 보초 교대를 했습니다."

담덕이 소매를 잡아끌려고 하자, 수빈이 슬며시 뿌리치며 부동자세를 취했다.

"이렇게 추울 줄 알았으면, 너를 국내성에 두고 오는 건데……."

담덕의 솔직한 마음이었다.

"태왕 폐하! 그런 말씀 하지 마십시오. 이 목숨은 폐하의 것입니다. 세상에 간이나 심장을 떼어 놔두고 다니는 사람 봤습니까? 폐하 곁을 떠나는 것은 곧 죽음을 의미합니다."

수빈은 완강히 버티었다.

"네 말이 맞다. 몸의 일부인 장기는 그 주인의 말을 듣는다. 잠시 들어가자."

담덕은 호주머니에 넣고 있던 수빈의 손을 애써 빼내 잡아끌었다.

"하지만……."

"이런, 이런! 얼마나 추웠으면 호주머니 속에 넣고 있어도 손이 꽁꽁 얼고 말았구나!"

담덕은 억지로 수빈을 막사 안의 화로 곁으로 데리고 갔다.

벌겋게 달아오른 잉걸불을 가운데 두고 담덕과 수빈이 마주 보고 서서 불을 쬐었다. 허공에서 서로의 눈이 마주치자 수빈 쪽에서 먼저 고개를 숙였다.

고개를 숙인 채 불빛만 바라보는 수빈의 얼굴은 금세 벌겋게 달아올랐다. 담덕이 느끼기에 그것은 단지 잉걸불의 뜨거운 기운 때문만은 아닌 것 같았다.

"고개를 들어보거라!"

담덕이 말했지만 수빈은 수그린 고개를 들지 못했다. 벌겋게 달아오른 얼굴도 그렇지만, 두 눈에 그렁그렁 눈물이 맺혀 있어 수빈은 도무지 얼굴을 들 수 없었다.

"폐, 폐하! 아닙니다!"

수빈의 목소리는 울먹임으로 변해 있었다.

"뭐가 아니라는 거야? 고개를 들어보라니까."

담덕이 재차 말했을 때, 참다못한 수빈은 고개를 수그린 채 막사 밖으로 뛰쳐나가고 말았다.

"이런, 이런! 더 몸을 녹일 수도 있었던 것을……."

담덕은 막사 문에서 막 사라지는 수빈의 뒷모습을 바라보며 크게 후회했다. 자신이 자꾸 말을 시키는 바람에 수빈이 차마 눈물을 보이기 싫어 뛰쳐나갔다는 것을 깨달았기 때문이다.

수빈의 눈물에 담긴 의미를, 담덕은 어렴풋이 짐작할 수 있을 것 같았다. 고마움과 연민, 여러 가지 복잡한 마음의 얼개가 뒤섞여 눈물로 아롱지는 바람에 수빈이 그 앞에서 제대로 고개를 들 수 없었던 것이라고 생각했다.

담덕은 침소에 들어서도 한동안 몸을 뒤척이며 쉬 잠들지 못했다. 수빈이 은근히 자신을 연모하고 있다는 사실을 일찍부터 알고 있었기에, 일부러 마동을 끌어들여 부부의 연을 맺게 하고 싶었다. 그래서 한두 번 마동을 가까이하게 만들어 관계를 진전시켜보려고 했지만, 수빈이 극구 반대를 하는 바람에 포기하고 말았다. 남녀 관계란 서로의 복잡한 심사가 엇갈리는 가운데, 애증의 농도에 따라 달라지는 실로 미묘한 갈등 구조를 갖고 있었다.

2

태왕 담덕이 한겨울의 엄동설한에도 불구하고 금산으로의 진군을 고민하고 있을 때, 뜻밖에도 대흥안령 너머 거란 비려부를 관리하는 처려근지 선재가 담덕의 군영을 찾아왔다. 흑부상의 연락망을 통해 늘 소식을 접하고 있었으므로, 선재는 초원로를 개척하는 고구려의 군대가 어디쯤에 군영을 조성하고 있는지 잘 알았다.

"태왕 폐하! 거란 비려부 처려근지 선재가 인사 올립니다."

선재가 허리를 깊이 꺾었다.

"오, 이런 곳에서 장군을 만나다니. 정말 뜻밖이오."

담덕은 물론 대장군 우적도 선재를 반갑게 맞았다. 그들은 오래전 부여 땅 산속 도장에서 무명선사로부터 무술을 배운 선후배로 호형호제하는 사이였다. 이미 그때부터 잘 알고 있던 담덕의 호위무사 마동과 수빈도 선재를 보자 연일 맹위를 떨치는 추위조차 잊은 듯 화색이 도는 얼굴로 그를 맞았다.

선재는 휘하에 기마군사 기십 명을 대동하고 있었다.

"태왕 폐하! 소장은 북위의 소식을 갖고 왔사옵니다."

"북위라면 탁발규의?"

담덕은 문득 선재가 가져온 탁발규의 소식이 궁금했다.

"네, 폐하! 북위의 사신단은 태왕 폐하께서 초원로 개척 중임을 알고, 일단 거란 비려부를 다스리는 군영이 있는 염수로 찾아와 소장에게 북위 황제의 서찰을 전하였사옵니다. 그래서 소장은 북위 사신단을 염수에 묶어두고 이렇게 태왕 폐하께 달려온 것이옵니다."

담덕은 선재가 전하는 북위 황제 탁발규의 서찰을 받았다.

흑부상의 보고를 듣고 태왕도 진즉에 탁발규가 도성을 평성으로 옮긴 직후 황제의 제위에 올랐다는 사실을 알고 있었다. 서찰을 읽고 나서 담덕이 천천히 입을 열었다.

"후연이 골육상쟁으로 인해 갈팡질팡하자, 이번에는 탁발규가 서쪽 경계에 있는 선비족 중의 하나인 토욕혼吐谷渾을 치겠다는 의도로군! 우리에게 토욕혼 북부에 있는 유연柔然을 겁박해달라는 것인데……."

담덕은 짧게 한숨을 토해냈다. 그동안 양수겸장으로 북위의 탁발규와 맺은 인연을 무시할 수 없는 데다, 이제 초원로 개척의 마지막 지점이 될 수 있는 유연과의 협력 관계를 도모하고자 하는 전략을 짜고 있는 중이었던 것이다.

"유연을 겁박해달라니요?"

대장군 우적이 눈을 크게 뜨며 태왕과 선재를 번갈아 바라보았다.

"탁발규의 발상이 놀랍구먼! 토욕혼과 유연은 우호 관계를 맺고 있는데, 북위가 토욕혼을 칠 경우 유연이 군사 원조를 하면 졸지에 앞뒤로 적을 맞게 되겠지요. 그래서 아군이 유연을 겁박하여 토욕혼에 원군을 보내지 못하게 하겠다는 것 아니겠습니까? 선재 장군께선 어떻게 생각하시오?"

담덕은 이미 북위 사신단으로부터 탁발규가 왜 서찰을 보냈는지 짐작하고 있을 것으로 알기에 우선 선재에게 물었다.

"네, 폐하! 이미 탁발규는 태왕 폐하께서 북방 초원로 개척을 위해 서쪽으로 계속 군사를 진군시키고 있는 것을 잘 알고 있사옵니다. 곧 금산으로 향할 것인 바, 그 인근의 유연에 겁을 주어 토욕혼을 돕지 못하도록 해달라는 요청이옵니다. 북위는 사실상 처음 성락을 도읍으로 정했을 당시 그 서쪽의 토욕혼 세력을 주요 경계 대상으로 삼고 있었사옵니다. 그러다가 이번에 평성으로 도읍을 옮겨 후연을 압박하면서, 다른 한편으로는 서쪽 경계의 토욕혼이 걱정되었던 것입니다."

"흐음, 대체 토욕혼은 어떤 나라인데, 탁발규와 적대관계에 있다는 겁니까?"

담덕은 토욕혼이 고구려와 멀리 떨어져 있는 나라여서 크게 관심을 두지 않았으나, 탁발규가 경계의 대상으로 삼을 정도라니 자못 궁금하지 않을 수 없었다. 중원에서 서역으로 가는 길목에 토욕혼이 있다는 사실과, 그들이 모용 선비와 같은 혈족이라는 것 정도만 알고 있을 뿐이었다.

이때 대장군 우적이 나섰다.

"태왕 폐하! 토욕혼을 세운 자는 원래 모용선비로 모용토욕혼이라 불렸사옵니다. 바로 전연을 세운 모용외의 이복동생입니다."

대장군 우적은 한때 떠돌이 무사로 부여와 고구려는 물론, 그 변방의 여러 나라를 두루 섭렵한 적이 있었다. 당시 그는 선비의 근거지인 요서 지방을 돌면서 토욕혼에 대한 이야기도 들었던 것이다.

전연을 세운 모용외는 선비족의 한 갈래인 모용선비의 추장으로 극성棘城(요녕성)에 도읍을 정하였다. 이때 이복형제인 모용외와 모용토욕혼 사이에 갈등이 생겨 끝내는 숙적관계가 되고 말았다. 당시 모용외에게는 모용황이란 아들이 있었는데, 백전백승의 명장으로 이름을 날렸다. 모용토욕혼이 반기를 들자, 모용외는 아들 모용황에게 군대를 주어 반군을 토벌토록 하였다. 결국 모용토욕혼은 모용황의 군대에 혼찌검을 당한 후, 더 이상 추격하지 못하도록 아예 멀리 서쪽 변경으로 도망쳐 자신의 이름을 딴 '토욕혼'이란 나라를 세웠다.

"모용 씨라면 토욕혼도 결국 우리 고구려의 숙적이 아니겠소?"

담덕은 모용 씨의 피가 몸속에 흐르고 있다면 토욕혼 역시 토벌 대상으로 생각했다.

"지금은 모용시비가 제7대 토욕혼왕으로 있사옵니다. 북위의 탁발규가 평성으로 도읍을 옮기자, 그 기회를 노려 세력을 크게 강화하고자 성락을 위협하고 있는 모양이옵니다. 같은 피를 나눈 모용 씨인 후연이 몰락 위기에 처하자, 그 반대편에서 북위에 위협을 가해온 것으로 판단됩니다. 같은 혈족인데다, 후연이 멸망하면 토욕혼 역시 방심할 수 없기 때문입니다. 북위의 동쪽과 서쪽에서 모용 씨들이 압박을 가하는 것이 그들의 살길이라 판단한 모양입니다. 따라서 탁발규는 토욕혼의 도발을 결코 좌시할 수 없는 입장인데, 그 북쪽의 고비사막과 금산을 근거지로 삼고 있는 유연 세력이 또한 가세할까 두려워 태왕 폐하께 도움을 요청하는 것이옵니다. 만약 북위군이 토욕혼을 공격할 때 유연이 그 후미를 친다면 앞뒤로 적을 맞아 곤란한 지경에 빠질 우려가 있기 때문이옵니다. 탁발규가 우리 고구려에 지원 요청을 하는 것은 폐하와 전부터 작전으로 활용한 '양수겸장'의 전법을 계속 이어가자는 의도이옵니다. 북위군 40만이 후연의 도성 중산을 쳤을 때 우리 고구려가 요동성을 탈취한 것을, 탁발규는 그런 전략 덕분이었다고 판단한 모양입니다. 따라서 이번에 북위군이 토욕혼을 칠 때 고구려군이 어떤 방법으로든 유연을 묶어두어 준동치 못하도록 하길 원하는 것이옵니다. 평성 동남쪽의 후연 도성을 지키는 용성 군사들 때문에 북위는 성락으로 많은 군사를 보낼 수 없으므로, 우리 고구려로 하여금 유연을 막아달라는 것 아니겠습니까?"

이러한 우적의 말에, 담덕은 어느 정도 일리가 있다고 생각했다.

담덕은 원래 초원로 개척의 노선 상에 있는 유연을 우방으로 만들고 싶었다. 그래서 그 인근에 역참을 설치하여 고구려 대상들이 마음 놓고 금산을 넘어 서역을 오갈 수 있도록 하겠다는 생각을 갖고 있었다. 그런데 만약 탁발규의 요청을 들어주게 된다면, 졸지에 유연과 고구려는 숙적 관계가 되고 말 것이었다. 참으로 난감한 문제가 아닐 수 없었다.

"대체 유연은 어떤 나라요?"

담덕이 다시 우적에게 물었다.

"유연은 유목민족으로 목골려가 세운 나라인데, 그는 원래 탁발 씨의 경마잡이를 하던 노예 출신이었다고 하옵니다."

당시 목골려는 탁발 씨로부터 도망쳐 고비사막에서 세력을 키우기 시작했는데, 정식으로 '유연'이란 나라 이름을 붙인 것은 그의 아들 거록회 때부터였다. 탁발규가 북위를 건국했을 때, 유연은 철불흉노 유위진부劉衛辰部와 손을 잡고 시시때때로 위협을 가함으로써 적대적 관계가 되었다.

"유연을 세운 자가 탁발 씨의 노예였다면, 탁발규가 크게 두려워할 상대는 아니라는 생각이 드는데……."

"소장도 그 점을 이상하게 생각하고 있사옵니다. 지금 유연의 왕은 온흘제인데, 오래전에 북위의 탁발규에게 공략당해 수시로 금붙이며 미녀를 공납했다고 합니다. 그 이후 온흘제는 병들고 연로하여 아들 사륜에게 국상의 지위를 주어 정사를 맡긴 채 뒤로 물러나 앉았는데, 아직 그다지 세력이 강하지 않아 나라의 기틀을 제대로 갖추고 있지는 못한 상태이옵니다. 그래서 고비사막과 금산 인근의 험악한 지대에서 더 이상 벗어나길 저어하고 있는데, 거친 땅에다 기후조건도 사람이 살기에 어려움이 많은 지역이라 점차 세력을 키워 고비사막보다 더 좋은 초원지대의 땅을 찾아 영토를 넓히려고 하는 중이옵니다."

대장군 우적의 말이 끝나기 무섭게 담덕이 다시 질문을 던졌다.

"그런데 어찌하여 탁발규가 유연에 대해 그렇게 신경을 곤두세우는 것입니까?"

"탁발규는 군사를 부리는 데 있어 타의 추종을 불허하는 노련한 군주이옵니다. 이번에 소장은 그것을 느꼈사옵니다. 약한 적도 경계를 철저히 하는 주도면밀한 성격임을, 우리에게 유연을 겁박해달라는 요청으로 확실히 알게 되었습니다."

"흐음, 일리가 있는 말씀이오. 성격이 활달하고 거친 듯하지만, 그 내면에는 매사 신중을 기하면서 함부로 군사를 움직이지 않는 용의주도함이 있는 자란 생각을 오래전부터 하고 있었소. 반드시 이길 수 있는 상황이 아니면 40만 대군도 움직이지 않던 탁발규가 아니오? 그가 상산에서 오래도록 군대를 묶어 둔 채 중산을 치지 않은 것은 다 이유가 있었던 것이오. 모용수가 죽은 후 태자 모용보가 제위에 올랐으나 후연이 결국 내부 혼란을 겪게 되리라는 것을 탁발규는 잘 알고 있었기 때문이오. 그래서 탁발규는 상산에서 미륵 부처가 되어 꼼짝도 안 하고 있으면서, 다른 한편으로는 중산으로 몰래 세작들을 보내 모용보를 시기하는 다른 모용 씨들이 반역을 꾀하려 한다는 사실을 미리 감지하고 있었음에 틀림없소. 그런 정보를 얻고 나서야 비로소 40만 대군을 움직여 중산으로 쳐들어갔던 것이오."

이번에는 선재가 나섰다.

"폐하의 말씀처럼, 탁발규는 정보의 중요성을 잘 알고 있는 자이옵니다. 사방에 온갖 세작들을 심어놓고 있음에 틀림없사옵니다. 우리 고구려 지역에도 북위의 세작들이 암암리에 활동하고 있으리라 생각되옵니다. 태왕 폐하께서 초원로 개척을 나섰으며 현재 유연 근처까지 진군했다는 사실을 알고 있었기에, 소장이 있는 염수에까지 사신을 파견한 것 아니겠사옵니까? 사실상 염수에서 이곳까지는 직선거리로 크게 멀지 않사옵니다. 말을 타고 초원 평야를 달리면 불과 며칠 사이에 도달할 수 있는 거리에 불과하옵니다."

"일리 있는 말씀이오. 우리 고구려는 북위와 선린관계를 계속 유지해나가야만 합니다. 후연이 몰락할 때까지는 북위가 견제 세력으로 우군이 되어줄 것이기 때문입니다. 그런데 우리는 초원로 개척을 위하여 현재 북위와 적대적 관계를 갖고 있는 유연과 우호 관계를 정립할 필요가 있습니다. 우리 고구려와 북위 관계를 놓고 볼 때 유연은 계륵과도 같은 존재가 아니겠소? 우리나 북위나 모두 유연을 공략해 일거에 속국으로 만들 능력이 있지만, 그 관리가 쉽지 않아 힘들인 만큼 효과를 거두기 어렵습니다. 그렇다고 가만히 놔두면 손이 닿지 않는 등에 난 부스럼처럼 무척 성가신 일이니, 탁발규가 우리 고구려에 도움을 요청한 것 아니겠습니까? 북위군 사정은 그렇다 치더라도 아군 역시 이러지도 저러지도 못할 처지에 놓여 있는 상황인데, 굳이 방법을 찾는다면 닭갈비를 버리지 않고 그 맛을 즐기는 길을 모색해야 한다고 생각합니다만……."

담덕의 얼굴에 엷은 미소가 번졌다. 문득 떠오른 생각이지만, 그는 자신의 순발력을 믿었다. 그리고 그것을 제장들에게 물어 최종 결단을 내리고자 하는 것이었다.

"폐하, 북위와 유연 모두에게 득이 되도록 하는 계륵의 전략이 있다는 말씀이옵니까?"

우적이 눈을 번뜩였다.

"그렇습니다. 우리 고구려가 두 가지 이득 모두를 취하는 방법입니다. 북위와 유연으로 동시에 사신을 파견하기로 하는 것이 어떻겠습니까? 북위를 도우면서 유연이 우리 고구려에 우호적으로 나올 수 있도록 하려면, 이중 작전을 짤 수밖에 없습니다. 대장군 말씀대로 '계륵 작전'이라 명명하면 좋을 그런 전략입니다."

담덕은 마침내 자신의 생각을 굳혔다.

"북위와 유연으로 동시에 사신을 파견해서, 어떻게 우리 고구려가 두 가지 이득을 취할 수 있다는 말씀인지요? 소장으로서는 아직 감을 잡을 수 없사옵니다."

우적은 어느 정도 이해가 되면서도 어떻게 이중 작전을 써야 두 나라에 오해를 주지 않으면서 협력 관계를 유지할 수 있을 것인지 내심 고민하지 않을 수 없었다.

"일단 우적 대장군께서 무술이 뛰어난 날랜 군사로 1백여 기의 철갑기병을 선발해 북위에 사신으로 가주셔야겠습니다. 그리고 유연에는 따로 사신을 보내 병 주고 약 주는 작전을 구사할 생각입니다."

"병 주고 약 주는 작전이라 하시면?"

이번에는 선재가 담덕을 향해 의문의 눈길을 던졌다. 선뜻 '계륵 작전'의 명확한 의도를 알 수 없었기 때문이다.

"북위에 보내는 1백여 기의 고구려 철갑기병은, 탁발규가 토욕혼에 북위군 원정을 보낼 때 동참케 하려고 합니다. 우리 고구려군은 일당백의 철갑기병이므로 북위군과 연합하여 토욕혼을 무찌르는 데 큰 공을 세울 수 있을 것입니다. 소수정예로 그 백 배에 해당하는 기대효과를 노리는 전략입니다. 그러는 한편 유연에는 사신을 통해 서찰을 보내 우리 고구려군 철갑기병이 북위군을 도와 토욕혼을 치러 갔다는 사실을 알리려고 합니다. 그 사실을 안 유연은 함부로 토욕혼을 돕기 위해 감히 북위군의 후미를 공격할 수 없을 것입니다. 만약 그렇게 되면, 이곳에 있는 우리 고구려군이 유연을 칠 것이기 때문입니다. 북위의 탁발규가 우리에게 유연을 공격해달라고 했습니다. 그러나 우리가 초원로 개척을 위하여 유연과 우호 관계를 유지하고 싶다고 한다면 북위도 그 조건을 들어주지 않을 수 없을 것입니다."

"기발한 작전입니다. 정말 유연에게는 병 주고 약 주는 격이 되겠군요."

선재가 무릎을 쳤다.

"소장이 북위군을 돕기 위해 1백여 기의 철갑기병을 이끌고 가는 것이 유연에게 병이라면, 초원로 개척을 위한 고구려와의 우호 관계는 약이 된다는 말씀이로군요."

우적도 이해가 간다는 듯 한참 동안 머리를 주억거렸다.

담덕은 제장들의 일치된 의견을 이끌어내는데 성공하여, 북위와 유연 두 나라로 동시에 사신단을 파견한다는 최종 결정을 보았다. 아무리 좋은 전략도 군주 혼자서 결단해 추진하게 되면 독단으로 흐르기 쉽지만, 부하들의 의견을 들어 판단을 내리면 사후 어떤 결과가 빚어지더라도 크게 불만이 없을 것이었다. 그는 소수의견도 존중할 줄 알았으며, 다수의 긍정만이 합리성을 확보하는 첩경이라고 생각했다.

다음날, 대장군 우적은 사신단의 정사로서 북위로 출발하는 1백여 기의 철갑기병을 가려 뽑았다. 그리고 예전에 평성에 간 적이 있는 추동자를 부사로 삼아 길 안내를 삼기로 했다.

"이것은 동부욕살 고연제가 선물한 태백산 장뇌삼이오. 북위의 탁발규에게 보내는 것이니, 소중히 간직하고 가시오."

담덕은 북위로 가는 사신단 부사 추동자에게 비단보에 싼 장뇌삼을 주었다.

"보약을 좋아하는 북위 황제의 입이 떡 벌어질 것 같사옵니다. 근자에 들은 이야기로는 한식산을 자주 든다고 하옵니다. 병을 고칠 뿐만 아니라 정신을 상쾌하게 만들어주는 보약인데, 일시적으로 심신을 안정시켜 주면서 환각 증상을 일으키기도 한다고 전해 들은 바 있사옵니다."

추동자의 말을 담덕도 어디선가 들은 기억이 있었다.

"허허, 헛! 탁발규가 장뇌삼도 아주 좋아하게 될 것이란 생각이 드는군. 한식산은 마약 성분이 있어 중독될 우려가 있으나, 우리 고구려 장뇌삼은 해로움이 전혀 없고 몸을 보하는 명약임을 알려주도록 하시오."

담덕은 내심 탁발규가 건강을 유지하여 오래 살기를 바랐다. 후연이 멸망하기 전까지 북위가 건재해야만 고구려는 서북방의 안정을 꾀할 수 있기 때문이었다. 그래서 이번에 평성으로 도성을 이전하면서 칭제를 정당화한 탁발규에게 장뇌삼을 선물하는 것은, 그의 건강을 위해서도 아주 좋은 일이라고 생각되었다.

"폐하! 한 가지 청을 드릴 것이 있사옵니다."

추동자가 앞으로 한 발 나서며 말했다.

"무엇이오?"

"흑부상과 기예단 몇 명을 이번 북위로 가는 사신단과 동행토록 해주시면 좋을 듯싶사옵니다."

"그들이 필요한 이유는?"

"방금 떠올린 생각인데, 북위군을 따라 고구려 철갑기병이 토욕혼을 치러 갈 때 요긴하게 쓰일 데가 있을 것 같사옵니다. 고구려 철갑기병이 토욕혼 군사들을 무찌를 때 기예단은 서역 지리에 밝으므로 길잡이 역할을 할 수 있고, 또 흑부상들은 그 후방에서 유연 쪽과 가까운 마을을 돌면서 고구려 철갑기병이 토욕혼을 크게 무찔렀다는 소문을 낼 필요가 있다고 생각합니다."

"그것 참, 좋은 생각이오."

태왕 담덕은 자신의 무릎을 쳤다.

"그쪽 마을 사람들에게 고구려 철갑기병의 위력에 대한 소문을 내놓으면, 반드시 유연의 사륜이 보낸 세작들의 귀에 들어갈 것입니다."

"흐음, 세작들의 입을 통해 그 정보가 유연의 사륜에게 전달되면, 쉽게 우리 고구려와 교린 관계를 맺으려고 들 것이란 얘기로구먼!"

"우리 기예단 중에 서역 말을 잘하는 자들이 몇 명 있으니 그들을 데리고 가면 좋겠습니다."

추동자의 의견에 기예단장 양수도 동조하고 나섰다.

"좋은 생각이오. 그렇게 하도록 하시오."

"기왕이면 양수 단장도 사신단에 합류하면 좋을 듯싶습니다."

추동자가 제의하였다.

"양 단장 생각은 어떠시오?"

담덕이 양수를 바라보았다.

"이제 초원로 개척도 막바지이므로 기예단의 역할도 끝났다고 생각됩니다. 북위로 가는 사신단에 합류시켜주시면 기꺼이 토욕혼을 칠 때 길 안내를 맡겠사옵니다. 토욕혼은 중원에서 서역으로 가는 길목에 있으므로 시생이 여러 차례 왕래한 바 있사옵니다."

양수도 오랜만에 사막을 보고 싶은 마음이 간절했다. 뼈를 깎는 북방의 추위를 견디면서 자연스럽게 뜨거운 태양열에 대한 그리움도 싹텄던 것이다.

"좋도록 하시오. 북위로 가는 사신단에 추동자와 양수 두 단장을 부사로 삼도록 하겠소. 두 사람은 각자 수하들 중 사신단에 참여시킬 요원들을 선발토록 하시오."

담덕은 양수 단장의 마음을 충분히 이해하였다.

일단 태왕 담덕의 명령이 떨어지자, 추동자와 양수는 곧 사신단에 합류할 수하들을 각기 5명씩 뽑았다.

3

태왕 담덕은 북위로 떠나는 사신단과 함께 선재가 염수로 돌아갈 때, 그로 하여금 호위무사 수빈도 함께 데리고 가도록 부탁하기로 했다. 선재는 명색이 수빈의 의붓아버지이기도 했던 것이다.

그래서 담덕은 먼저 수빈을 불렀다.

"모친이 보고 싶겠지? 이번에 부친과 함께 염수로 가서 쉬도록 해라."

담덕은 여자의 몸으로 혹독한 추위를 오래도록 견뎌야 할 일이 걱정되어, 수빈을 먼저 염수로 보내기로 마음먹었다.

“아닙니다. 호위무사의 책무는 폐하를 곁에서 지키는 일입니다. 부탁입니다. 제발 폐하 곁을 떠나지 않게 해주십시오.”

수빈은 며칠 전 밤중에 태왕 막사 경계를 서고 있을 때, 담덕이 막사로 자신을 이끌어 화로의 잉걸불을 쬐게 했던 일을 떠올렸다.

“이건 어명이다. 겨울이 지나 봄이 되면 우리도 군사를 이끌고 염수로 갈 예정이다. 그때 합류토록 하라. 더 이상 억지를 부리면 화를 낼 것이다.”

담덕은 고집불통인 수빈의 성격을 잘 알기에 단호하게 말했다. 대장군 우적과 함께 북위로 가는 사신단도 고구려 철갑기병이 토욕혼을 무찌르고 나면 염수로 철수하여 담덕이 이끄는 고구려군과 합류토록 했다는 이야기를 듣고 나서야, 결국 수빈도 마지못한 듯 그들을 따라 나섰다.

북위로 가는 사신단이 떠나고 나서 담덕은 곧 하명재를 정사로, 호자무를 부사로 삼아 유연으로 가는 사신단을 꾸렸다. 고구려 상단의 대인과 행수를 사신단으로 보낸 것은 겸사겸사로 금산 일대에 새로운 역참을 세울 마땅한 터를 알아보게 하기 위해서였다. 유연의 실제 통치자 사륜이 허락만 한다면, 곧바로 금산으로 진군하여 역참을 세울 생각이었다.

처음에 유연왕의 아들 사륜은 고구려 사신단을 의심하였다. 겉모습은 사신단으로 꾸몄지만, 그것은 유연을 공략하기 위한 선발대일지도 모른다고 생각했기 때문이다.

사륜은 일단 고구려 사신단을 역관에 머물게 한 후 장고에 들어갔다. 북위가 성락에서 평성으로 도성을 옮긴 후 일단 유연은 한시름 놓을 수 있었다. 그러나 워낙 탁발규가 동에서 번쩍 서에서 번쩍 군사들을 휘몰고 다니며 예측불허의 전략을 구사하기 때문에 하시라도 방심은 금물이었다. 당장 코앞에 닥친 고구려군도 문제지만, 언제나 눈엣가시 같은 북위군의 노림수를 간과할 수 없었다.

전부터 고구려와 북위가 상호 교린 관계를 맺고 후연을 양측에서 위협하고 있다는 사실을 사륜도 잘 알고 있었다. 만약 이번 고구려 사신단의 파견이 그와 같은 담덕과 탁발규가 유연을 상대로 벌이는 양동작전의 일환이라면, 이는 결코 좌시할 수 없는 일이었다.

일단 사륜은 고구려 사신단이 가져온 태왕 담덕의 서찰부터 읽어보았다. 거기에는 분명 고구려 철갑기병 1백여 기를 파견, 북위군과 함께 토욕혼을 공략하기로 했다고 적혀 있었다.

'고작 1백여 기의 철갑기병으로 북위군을 돕는다? 고구려군이 무슨 용병이라도 된단 말인가? 그리고 북위가 고구려군에게 용병을 청할 만큼 군사력이 약하단 말인가? 이는 분명 탁발규와 담덕 사이에 뭔가 꿍꿍잇속이 있는 모양이다. 북위와 고구려가 후연을 위협하듯이 토욕혼과 우리 유연을 대상으로 양

동작전을 펼치겠다는 것인가?'

사륜의 머리는 빠르게 돌아갔다. 계속 자기 자신에게 질문을 던지면서, 담덕의 서찰에 쓰인 내용을 거듭거듭 꼼꼼하게 점검하고 있었다. 도무지 담덕의 의중을 알 수 없어 가닥이 잘 잡히지 않았지만, 토욕혼을 치러 가는데 북위와 고구려가 합동작전을 편다는 사실을 애써 밝히고 있는 것은 은근히 유연을 떠보겠다는 심사임에 틀림없었다. 적국에 비밀로 해야 할 사실임에도 불구하고 서찰을 통해 공개적으로 밝히는 것은, 앞으로 유연이 어떻게 나오는지 두고보겠다는 의도가 분명하였다. 그런데다 금산 밑에 고구려 대상들이 오갈 때 사용할 역관을 만들겠다니, 이는 주먹으로 겁박하면서 다른 한편으로 도움을 달라고 악수를 청하는 도무지 앞뒤가 맞지 않는 수작이 아닐 수 없었다.

사륜은 젊은 나이지만 의외로 생각이 깊었다. 일단 시일을 두고 머리를 굴리면서, 고구려 사신단의 태도를 예의 주시해 보기로 했다.

"여봐라! 역관에 머물고 있는 고구려 사신단을 후히 대접하되, 감시를 철저히 해서 쥐새끼 하나 빠져나가지 못하도록 하라."

사륜은 역관의 관리와 그곳의 경계 업무를 맡은 군장에게 단단히 일렀다. 그는 고구려 사신단을 역관에 오래도록 묶어두는 한편, 그 사이 밀사를 토욕혼에 파견하여 은근히 북위를 위협하도록 하면 담덕과 탁발규의 전략이 무엇인지 알 수 있을 것이라고 생각했다. 토욕혼과 유연이 그다지 가까운 사이는 아니지만, 두 나라 다 북위를 경계로 삼고 있으므로 위기일 때는 서로 돕는 우호적 관계를 유지하고 있었다.

토욕혼에 밀사를 파견하고 나서 사륜은 칭병을 대고 고구려 사신단의 알현을 차일피일 미루었다. 밀사가 토욕혼의 소식을 갖고 돌아올 때까지 그들을 자국에 묶어두기 위한 전략이었다. 겉으로 드러난 이유는 그러했지만, 졸지에 고구려 사신단은 인질이나 다름없는 신세가 되고 말았다.

명색이 고구려 사신단 정사인 하명재는 칭병하며 만나주지 않는 사륜의 숨은 의도를 알지 못해 노심초사하고 있었다. 매일 양고기와 마유주로 진수성찬을 차려 과분한 접대를 받았지만, 유연 군사들의 철저한 감시로 도무지 역관 밖을 한 발짝도 벗어날 수가 없었다.

"태왕 폐하께서 소식을 기다리고 있을 터인데, 대체 이를 어찌하면 좋겠는가?"

정사 하명재가 부사 호자무에게 물었다.

"지금으로선 묘수가 잘 보이지 않습니다. 저들의 물샐틈없는 경비를 뚫고 나갈 수 있는 길은 말을 두고 맨몸으로 눈밭과 얼음판을 기어서 가야 하는데, 이런 한파 속에서는 도중에 냉동 인간이 되고 말 것입니다. 단 한 가지 방법은 우리 사신단 전체가 무력으로 역관을 탈출하는 것인데, 이는 태왕 폐하께서 원하시는 바가 아니므로 실행 불가능한 일이 아니겠습니까?"

"참으로 난감한 일이로세."

"인내심의 싸움 같습니다. 다행히도 저들이 비록 우리 사신단을 역관에 묶어놓기는 했으나 접대에 소홀함이 없으니, 가까이 있는 고구려군에 대한 두려움이 크기에 그런 것 아니겠습니까? 유연으로서는 한 가지 믿는 구석이 있습니다. 겨울은 길고 이들의 군대는 추위에 강합니다. 그에 비하면 우리 고구려군은 처음 겪는 맹추위이므로 긴 겨울을 견뎌내기 어렵습니다. 그것이 걱정입니다."

"결국 사륜과 밀고 당기는 심리 싸움을 해보는 수밖에 없다는 얘기로군!"

하명재도 호자무의 말에 이의를 달지 못했다. 백번 옳은 소리였다. 역관에 머물면서 계속해서 사륜을 만나게 해달라고 요청하는 길밖에 다른 도리가 없었다.

한편 태왕 담덕은 유연에 보낸 사신단과 연락 두절이 되자, 다른 방안을 세우기로 했다. 군사들의 훈련을 겸한 겨울 사냥에 나서기로 한 것이었다. 눈이 하얗게 뒤덮인 겨울 산야에서의 사냥은 처음이므로, 고민 끝에 우제돌궐 추장에게 협조를 요청하기로 했다.

담덕의 명을 받은 두치는 기마대 십여 기를 이끌고 길 안내를 맡은 부랴트족 추장 아들 창과 함께 우제돌궐 성곽을 찾아갔다. 고구려군과 합동작전으로 겨울 사냥을 해보자는 제의에 우제돌궐 추장은 흔쾌히 따라나섰다.

흰색 털옷으로 중무장을 한 1백여 군사들을 대동한 우제돌궐 추장은 곧 고구려군의 진영에 도착하였다.

"명색은 겨울 사냥이지만, 목적은 따로 있습니다. 군사 훈련을 겸한 사냥도 즐기고, 은근히 유연을 겁박하는 전략이지요. 그러니 우제돌궐 군사들은 눈 위에서 사냥감을 몰면서 크게 함성을 질러주면 됩니다. 그러면 우리 고구려군이 계곡의 길목을 지키고 있다가 화살을 날려 짐승들을 잡도록 하겠습니다."

담덕은 우제돌궐 추장에게 솔직하게 자신의 전략을 털어놓았다.

"무슨 말씀인지 알겠습니다. 유연에 크게 의심이 들지 않도록 하면서 겁을 주자는 것이로군요. 사실 그동안 유연과 우리 우제돌궐과는 크게 부딪칠 일이 없었습니다. 껄끄러운 관계는 아니라는 얘기지요. 단순히 사냥놀이에 참여하는 것이 우리 우제돌궐의 임무라면 기꺼이 협조하겠습니다. 그러나 그로 인하여 유연과의 관계가 소원해지는 걸 우리는 원치 않습니다."

우제돌궐 추장은 같은 북방 민족으로 유연과의 친연 관계를 애써 강조하고 있었다. 대놓고 태왕 담덕의 제의를 거부할 수 없었기 때문에 단순히 사냥에만 참여하는 것으로 알아달라는 애기였다.

"그 점이라면 염려 놓으세요. 우리 고구려와 우제돌궐의 우호적 관계처럼, 앞으로 유연과도 서로 협력하는 관계를 유지토록 할 생각입니다. 그러면 자연적으로 우제돌궐과 유연의 관계도 전보다 더 좋아질 것 아니겠습니까?"

다음날부터 고구려와 우제돌궐 군사들의 합동 훈련을 겸한 본격적인 사냥놀이가 시작되었다. 고구려군의 주요 병력과 우제돌궐 군사들은 사냥 몰이꾼이 되었다. 우제돌궐 군사들은 그 주변 지역 지리에 밝았고, 눈 위에서 달리는데 이력이 붙어 일당백의 실력을 발휘했다. 그들은 소의 발굽 같은 특이한 가죽 장화를 신고 미끄럼을 치듯 비탈길을 달렸는데, 그 모습은 마치 썰매를 타고 자유자재로 눈 위에서 묘기를 부리는 것 같았다. 그들은 눈 덮인 산등성이에서 휘파람을 불고 괴성을 질러대며 짐승들을 깊은 골짜기로 몰았다. 그 소리에 놀란 야생 순록·고라니·산양·사향노루 등을 비롯하여 심지어는 바위굴 속에서 잠을 자던 흰곰도 놀라 눈밭을 겅둥거리거나 구르듯이 골짜기 아래로 달려내려가기 시작했다.

골짜기 아래 길목을 지키던 고구려 군사들이 일제히 활을 쏘아 짐승들을 사냥했다. 가려 뽑은 명사수들이라 백발백중의 솜씨를 자랑했다. 이렇게 포획한 사냥감은 그날 바로 잡아 고기는 불에 구워 회식을 하였고, 가죽은 말려두었다가 옷감이나 잠잘 때 바닥 깔개로 활용키로 했다.

태왕 담덕은 점차 사냥터를 옮기면서 군대를 유연의 경계 지역 가까이로 이동시켰다. 그렇게 몇 차례 사냥을 빌미로 군대를 이동시키자, 유연의 사륜에게도 그 사실이 알려졌다.

"뭐라? 우제돌궐 군사들까지 동원되었다고?"

고구려군의 동태를 파악하기 위해 파견했던 세작들의 보고를 받고 사륜은 눈을 크게 떴다.

"명색은 사냥한다고 소문이 나 있으나, 실제로는 합동 군사훈련일 가능성이 높습니다. 더구나 사냥터를 옮긴다는 명목 하에 군사들을 조금씩 우리의 경계 지역으로 접근시키고 있습니다."

이와 같은 세작의 설명은 사륜의 간담을 서늘하게 만들어놓기에 충분했다.

"흐음……!"

사륜은 마음이 초조해졌다. 어찌하여 토욕혼으로 보낸 밀사는 감감무소식인지 그저 답답하기만 했다.

4

북위로 떠난 고구려 사신단은 유연에 보낸 사신단보다 열흘

늦게 평성에 도착했다. 초원로 개척에 동원된 고구려군이 주둔하고 있는 곳으로부터 거리상 유연은 가깝고 북위는 멀었다. 더구나 선재 일행과 동행하였으므로, 도중에 염수에 들러 하루하고 한나절 동안 늑장을 부리는 바람에 시일이 조금 지연됐다. 염수 소금대상 우신이 태왕의 사신단 대접을 소홀히 할 수 없다며 붙잡았기 때문이다. 사사롭게는 우신이 종친이라 오래전부터 그를 형으로 대우했으므로, 아우인 우적도 야박하게 거절할 수 없는 입장이었다.

고구려 사신단이라며 흑부상과 기예단 요원을 포함한 철갑기병 1백여 기가 평성으로 들이닥치자, 북위의 탁발규는 의외라는 표정으로 정사 우적을 쳐다보았다. 행상으로 꾸민 추동자의 흑부상들을 제외하고는 사신단 모두가 철갑기병으로 무장하고 있었다. 양수의 기예단도 무예에 능한 자들로 가려 뽑았으므로, 그들도 기회가 주어진다면 철갑기병 버금가는 역할을 충분히 할 수 있기 때문에 갑옷으로 무장시켰던 것이다.

"어찌 기마대를 이끌고 온 것이오?"

"고구려 태왕께서 북위군이 토욕혼 원정에 나설 때 선봉에 서라고 기마대를 보낸 것이옵니다. 일당백의 전투력을 가진 군사들 1백여 기를 가려 뽑았는데, 이번 기회에 우리 철갑기병들에게 선봉의 기회를 주신다면 토욕혼 군사들을 초전에 박살내 혼찌검을 주도록 하겠습니다. 그리하여 다시는 북위의 경계를 넘지 못하도록 하라는 것이 태왕의 특명이옵니다."

정사 우적의 말에 탁발규는 고개를 갸우뚱거리며 깊은 생각에 잠겼다.

'고구려 태왕에게 유연을 공격하라고 했더니, 기마대 1백여 기를 보내 토욕혼 공략의 선봉에 서겠다고?'

도무지 고구려 태왕이 무슨 마음을 먹고 기마대를 보냈는지 이해가 잘 되지 않았다. 탁발규는 아무래도 고구려에 보낸 북위 사신단이 자신의 뜻을 잘못 전달한 것으로 생각했다.

"짐이 용병을 보내달라고 한 적은 없는데……."

탁발규는 일단 고구려 사신단 정사 우적의 반응부터 살펴보기로 했다.

"용병이 아니고 지원군입니다. 우리 고구려 기마대는 토욕혼 정벌을 나서는 북위군을 지원하기 위해 온 것이옵니다. 그 외에 다른 뜻은 없으니 북위에선 전혀 부담을 갖지 않아도 되옵니다."

"용병이 아니고 지원군이라?"

탁발규는 우적의 반응을 보기 위해 일부러 강한 어조로 '용병'을 들먹여보았던 것이다. 용병은 일정 금액의 지불 조건을 갖고 고용한 외부의 군사를 의미하는데, 그것도 아니라니 도무지 고구려 태왕의 의도를 짐작하기 어려웠다.

"우리 고구려 기마대가 북위에 바라는 것은 없습니다. 다만 토욕혼에게 겁을 주어 유연의 기를 죽이기 위해 우리 태왕께서 일당백의 기마대를 보낸 것이옵니다."

우적의 말이 끝나자, 그때서야 탁발규는 바로 알아들었다.

"우하하하, 핫! 과연 고구려 젊은 군주의 지혜가 놀랍지 않은가? 짐도 이번 토욕혼 원정은 그저 겁만 주는 정도로 끝낼 생각이었소. 그래서 머나먼 원정길이므로 1만 이상 군사를 보내지 않을 작정이었는데, 우리 북위군의 뒤를 노릴 유연이 걱정돼서 고구려왕에게 사신을 보냈던 것이오. 북쪽에서 고구려 군대가 유연을 위협하면, 우리 북위군이 그 남쪽의 토욕혼을 공격하는데 그만큼 부담을 줄일 수 있기 때문이었소. 이는 우리 북위와 고구려가 그동안 양수겸장 작전으로 후연을 겁박하던 것처럼 유연에 위협을 가하자는 의도였는데, 고구려왕은 이번에 한 수 높은 장기의 실력을 보여준 것 아니겠소? 먼 곳에 있는 토욕혼을 치되, 그것을 빌미로 삼아 가까이 있는 유연과는 외교적으로 친연 관계를 유지하자는 고육지책임을 이제야 알 것 같소. 하긴 고구려왕은 기왕에 초원로 개척에 나선 마당이니, 금산 가까이 있는 유연과 원만한 유대관계를 가져야 서역과의 교역로를 연결하는데 어려움이 따르지 않겠지. 좋소이다. 고구려 기마대를 우리 북위의 토욕혼 경략 원정군 선봉으로 삼겠소."

이처럼 탁발규는 고구려 태왕 담덕의 전략을 예리하게 꿰뚫어 보았다.

"우리 고구려 태왕께서 보내신 선물입니다."

이번에는 사신단 부사 추동자가 금빛 비단으로 싼 태백산 장뇌삼을 내놓았다.

"호오, 낯익은 얼굴이로군! 전에도 사신단으로 와서 짐에게 고구려 인삼을 선물한 걸 기억하고 있소. 이번에도 인삼을 가져온 것이오?"

탁발규는 금세 입꼬리가 귀에 걸렸다.

"아니옵니다. 인삼보다 더 좋은 약효가 있는 태백산 장뇌삼이옵니다. 인삼은 밭에서 키우지만, 장뇌삼은 깊은 산속에서 오래도록 자라나서 그 효과가 산삼 못지않사옵니다."

흔쾌하게 선물을 받은 탁발규는 곧 고구려 사신들을 물러가게 했다.

이미 북위는 분무장군 장곤을 대장군으로 삼아 1만의 원정군을 토욕혼으로 출진시키기 위해 만반의 준비를 갖추고 있었다. 고구려의 철갑기병 1백여 기가 지원군으로 나선 데다 선봉에 서겠다고 자원하자, 북위 원정군의 사기는 그 어느 때보다 의기충천해 있었다.

토욕혼은 사막 가운데 자리 잡고 있었다. 북위의 서쪽 경계에서부터 서남쪽으로 고비사막이 형성되어 있었는데, 목축하기 좋은 초원지대를 찾다 보니 돈황을 지나 남쪽의 토번吐藩(티

베트) 경계까지 진출하였다. 토욕혼이 차지하고 있는 땅은 의외로 넓었다. 서쪽으로는 서역으로 가는 길목에 자리한 고창高昌(투르판) 이전까지, 북쪽의 유연, 동쪽의 북위와 경계를 이루고 있었다.

그러나 토욕혼은 열사의 땅인 고비사막이 대부분이라 사람이 살기 적합한 초원지대가 그다지 넓지 않아, 호시탐탐 동쪽 경계의 북위를 넘보곤 하였다. 군사적으로 강한 나라가 북위이므로, 토욕혼은 일단 유사시 유연과 군사적으로 연합작전을 펼 수 있도록 외교적 선린관계를 맺고 있었다.

마침내 북위의 원정군은 토욕혼 접경지대에 당도했다. 그곳은 돌과 모래가 어지럽게 널려 있는 거친 고비사막으로, 나무 하나 보이지 않았다. 간혹가다 돌밭 틈서리에 가시 많은 낙타풀만 잔뜩 먼지를 뒤집어쓴 채 자라나고 있을 뿐이었다. 까마득한 벌판이 끝없이 이어져 있어 지평선을 바라보며 무작정 말을 달려야만 했다. 도대체 나라와 나라 사이의 경계도 정확히 알 수 없었고, 적들이 어디에 주둔해 있는지도 짐작하기조차 쉽지 않았다.

우적은 사막의 노정에 익숙한 기예단장 양수와 대원들의 안내를 받으며 선봉에 서서 기마대를 이끌었다. 그 뒤를 이어 북위의 원정군이 따라붙었는데, 선봉에 선 고구려 철갑기병이 워낙 빨리 달려서 고비사막 평원임에도 불구하고 선두가 보이지 않았다. 모래바람이 불어왔으므로 시야가 흐려져 그렇기도 했지만, 고구려 철갑기병이 일으키는 먼지가 자우룩하게 공중으로 퍼져오르는 바람에 멀리서는 제대로 된 군대의 모습을 가늠하기 쉽지 않았다.

사막의 환경이 그랬다. 그러나 선봉에 선 고구려 철갑기병은 북위의 원정군을 기다리지 않았다. 최고의 속도로 말을 달려 토욕혼 지경 깊숙이 들어왔다고 느꼈을 즈음, 저 멀리 토성이 시야에 가득 잡혀왔다. 평지에 세운 토성은 진흙으로 쌓은 탑이나 벽을 연상시켰다.

고구려 철갑기병은 멀리 성채가 보이는 언덕에서 곧 뒤따라올 북위 원정군을 기다렸다. 일단 적의 성채에서 그리 멀지 않으면서 은폐가 용이한 언덕 뒤에 영채를 마련할 생각이었다. 오래지 않아 후발대까지 합류하자, 북위 원정군은 우적의 의견을 받아들여 1만 군대가 임시로 주둔할 수 있는 영채를 세우기로 했다.

영채가 완성되자 우적은 곧 선봉으로 고구려 철갑기병을 이끌고 전투준비에 들어갔다. 이때를 기하여 추동자는 흑부상 대원들을 이끌고 북쪽 유연 경계 지역으로 말을 달렸다. 초원지대에 사는 유목민 마을에 고구려 지원병이 북위 원정군과 함께 토욕혼을 공략하러 왔다고 소문을 내기 위해서였다.

추동자 일행의 말들이 흙먼지를 일으키며 멀어지는 것을 본 우적은 휘하의 고구려 철갑기병들을 향해 외쳤다.

"자, 드디어 토욕혼 성채가 보인다. 더 가까이 가면 적들이 화살을 쏘아대겠지만, 우리 철갑기병은 두려울 것이 없다. 최대한 빨리 말을 달려 적의 성채 안으로 육박해 들어가야 한다. 그래야만 적들이 화살 쏠 겨를도 없이 당황해 겁부터 집어먹고 도망치기 바쁠 것이다."

와, 와와!

이히히, 히힝!

철갑기병이 뿌연 먼지를 일으키며 질주하는 가운데, 고구려 군사들의 함성과 말 울음소리가 한데 섞여 토욕혼 토성으로 울려퍼졌다. 갑작스러운 기마대의 출현에 놀란 토욕혼 군사들이 방어 태세를 취하기 위해 갈팡질팡 허둥대는 모습이 시야에 들어왔다.

예상하던 대로 토욕혼 군사들의 화살이 토성으로부터 날아왔다. 그러나 고구려 철갑기병은 적의 화살을 두려워하지 않았다. 말의 머리부터 가슴과 앞발의 무릎까지 철갑을 둘렀으므로 화살을 맞아도 오히려 다시 튀어나갔다. 기병들 역시 미늘갑옷으로 무장한데다 화살이 날아올 때 말의 갈기에 얼굴을 붙이고 등에 납작 엎드려서 박차를 가했으므로 빨리 달리면서도 몸을 안전하게 보호할 수 있었다.

화살로 공격하기에는 고구려 철갑기병이 너무 토성 가까이

들이닥치자 진흙 기둥 사이에 숨어 있던 토욕혼 군사들이 흙벽을 타고 넘어와 공격을 가했다. 기병과 보병이 한꺼번에 쏟아져 나와 고구려 철갑기병과 대결하면서 토성 앞 벌판에선 피아를 구분하기 어려울 정도로 일대 혼전이 벌어졌다.

고구려 철갑기병은 일당백의 전투력으로 토욕혼 보기병들 사이를 뚫고 쐐기처럼 파고들어갔다. 토성은 따로 성문이 있는 것이 아니라, 성을 지키던 병사들이 튀어나온 흙벽 사이의 공간이 곧 성으로 들어가는 통로였다. 오래된 고성이라 보수를 하지 않아 곳곳의 벽체가 무너져 낮은 흙벽이 그대로 방치되어 있었는데, 바로 그곳이 성의 안팎으로 통하는 문 역할을 하였다.

"적들이 성 밖으로 나온 토벽과 토벽 사이에 길이 뚫려 있다. 앞을 가로막는 적들의 목을 치며 토성 안으로 진입하라. 나머지 적들은 뒤에 오는 북위군에게 맡기면 된다."

우적이 고구려 철갑기병들을 향해 소리쳤다.

토성은 생각보다 견고하지 않았다. 고비사막에서는 성을 제대로 쌓을 만한 돌이나 흙을 구하기가 어려웠기 때문이다. 거친 땅을 깊이 파고들어가서, 그 안에서 진흙을 퍼내 토성을 쌓았다. 그러므로 성안에는 자연히 지하로 땅굴이 생겨 군사 요새 역할을 하고 있었다. 토성 안은 어지러울 정도로 길이 얽혀 있었다. 진흙 기둥과 흙벽으로 이루어진 통로가 여기저기 어지럽게 뚫려 있어, 자칫하면 오도 가도 못하고 꼼짝없이 갇힐 수도 있는 형국이었다. 토성 중앙에서 방사형으로 길이 뻗어 있었는데, 곳곳에 함정처럼 지하로 내려가는 흙으로 된 계단이 나와 자칫 말을 타고 달리다가 그 아래로 굴러떨어질 위험도 있었다.

성 밖으로 나가 싸우다 북위 군사들에게 밀려 다시 성안으로 쫓겨 들어온 토욕혼 보병들은 지하 토굴로 숨어버려 자취를 찾기가 어려웠다. 그러나 기병의 경우 지하 토굴로 내려가기 곤란했으므로, 급히 동남쪽 문을 통과해 다시 성 밖으로 나와 도망치기 시작했다.

"토굴 속의 적들은 뒤따라오는 북위군에게 맡기고 우리는 달아나는 토욕혼 기병들을 추격한다."

핏물이 뚝뚝 떨어지는 칼을 높이 치켜들고 선봉대장 우적이 소리쳤다.

곧 토욕혼 기병들이 빠져나간 동남쪽 문을 통해 고구려 기병들도 토성을 벗어났다. 피아간에 기병대의 쫓기고 쫓는 추격전이 벌어졌다. 거친 고비사막의 모래 먼지 때문에 추격이 쉽지 않았다. 적의 기병들이 달리면서 말발굽으로 일으키는 먼지가 시야를 가리는 바람에 고구려 철갑기병들의 고충은 심했다.

토욕혼 기병들도 유목민족이므로 말을 달리면서 뒤를 돌아보고 활을 쏘는 '배사법'에 익숙한 편이었다. 그들이 도주하면서 쏘는 화살이 고구려 기병들을 향해 날아왔다. 구름처럼 모래 먼지가 번지는 가운데 느닷없이 날아오는 화살 때문에 고구려 철갑기병은 추격의 속도를 늦추지 않으면 안 되었다.

우적은 손을 들어 고구려 기마대를 잠시 세웠다.

"모래 먼지가 문제로군! 금세 입안에서 모래가 서걱서걱 씹히니, 추격하기 쉽지 않구나. 그러나 모래 먼지를 피해 우회해서라도 급히 말을 몰아 적의 도주로를 차단해야 한다."

때마침 토욕혼 기마대는 야트막한 언덕 너머로 자취를 감추었다. 먼지구름이 자우룩하게 일어나는 것을 보고 적들의 소재를 파악할 수 있었으나, 고구려 기마대는 언덕을 넘어가지 않고 다시 작전을 짰다.

"여기서 우회하다가는 적들을 놓칠 수도 있지 않을까요?"

문득 기예단장 양수가 우적에게 말했다.

"우리가 더 이상 추격하지 않으면 적들도 안심하고 태만해질 테지. 그때 우회로를 통해 적 가까이 다가가 기습하면 일망타진할 수 있지 않겠는가? 지금 맞바람이 불어 적을 추격하기가 쉽지 않다. 일단 언덕을 넘지 말고 우리가 추격을 포기한 것으로 알도록 만든 뒤, 왼쪽 길로 우회를 해서 적의 도주로를 끊어놓기로 하지. 바람을 등지고 앞에 나타난 적을 공격하면 아군에게 유리하지 않겠는가?"

우적의 말에 따라 고구려 철갑기병은 기민하게 움직였다. 양수도 군사작전에는 깊이 관여할 입장이 못 되므로 선봉대장의 의견에 따를 수밖에 없었다.

그러나 우회를 한 것이 잘못이었다. 고구려 철갑기병이 언덕 왼쪽으로 마구 달려 고비사막 평야 지대를 거쳐 토욕혼 기마대가 달아난 쪽으로 접근해갔으나, 적들은 그 어디에도 보이지 않았다. 흙먼지조차 일어나지 않아 갑자기 땅으로 꺼졌는지 하늘로 솟았는지 도무지 알 길이 없었다.

"낭패로구먼! 우리 군대가 이곳 지리에 어두우니 적들에게 유리할 수밖에."

우적이 한숨을 쉬고 있을 때, 기예단장 양수가 다시 나섰다.

"장군! 여기서 적들이 숨을 곳은 단 한 군데밖에 없습니다."

"단 한 군데라면 그곳이 어디인가?"

"저기를 보십시오. 이곳은 거친 고비사막인데, 저 고운 모래로만 이루어진 언덕은 확연하게 구분이 되지 않습니까?"

"이제 보니 그렇구먼!"

"저 굽이굽이 모래로 된 산을 이곳 사람들은 명사산鳴砂山이라 부릅니다. 모래가 움직이며 운다고 해서 붙여진 이름입니다. 이곳에서 명사산 능선을 따라 북쪽으로 가면 그리 멀지 않은 거리에 돈황이란 곳이 있는데, 그 절벽 밑에 부처를 모신 굴이 있습니다. 전진의 부견이 진흙으로 된 절벽에 무수하게 많은 굴을 파고 진흙으로 빚은 부처를 들어앉힌 곳입니다. 아마도 적들은 그곳까지 가지는 못했을 것이고, 이곳에서 가까운 저 명사산 능선 밑의 월아천月牙泉으로 숨어들었을 가능성이 큽니다. 돈황으로부터 남쪽 멀리 있는 곤륜산맥에서 눈 녹은 물이 지하로 스며들어 흐르다 명사산 밑에서 샘으로 솟구쳐오른 곳이지요. 대진에서는 흔히 '오아시스'라 불리기도 하는데, 사막 가운데 물이 있어 식물들까지 자라나므로 대상들에게는 좋은 휴식처가 되고 있습니다. 월아천은 고비사막과 모래사막 사이의 좁은 구렁에 숨어 있어, 이곳 지리에 밝지 않은 사람들은 그냥 지나치기 쉬운 곳입니다."

"허면 그대는 그곳으로 가는 길을 알고 있는가?"

우적이 물었다.

"말을 타고 사방을 달리며 이곳까지 오는 바람에 방향 감각을 잃어버리긴 했으나, 저 명사산 능선을 보니 월아천의 위치를 능히 짐작할 수 있을 것 같습니다."

"어서 그곳으로 우리 기마대를 안내하게!"

우적은 기예단장 양수를 앞세워 고구려 철갑기병을 월아천으로 이동시켰다. 만약 적들이 월아천에 숨어 있다면 서두를 필요는 없었다. 소리 없이 그곳으로 접근하여 적들에게 방어할 틈을 주지 않는 것이 최선의 전략이었다.

"이곳이 월아천 입구입니다. 만약 적들이 월아천에 숨어 있다면 이곳 말고는 빠져나갈 길이 없습니다. 보시다시피 고비사막과 모래사막 사이에 비탈이 심한 구릉에 있어 이곳이 월아천으로 들고나는 외통수 길입니다."

양수가 작은 소리로 우적에게 말했다.

"만약 월아천에서 적들이 휴식을 취하고 있다면 독 안에 든 쥐가 아니고 무엇이겠는가?"

우적은 고구려 철갑기병을 두 부대로 나누었다. 일단 한 부대는 월아천 입구를 틀어막고, 다른 한 부대는 적을 향해 공격해 들어가라고 명령했다.

정말 땅속으로 꺼진 줄 알았던 토욕혼 기마대는 월아천에서 말들에게 물을 마시게 하고, 군사들에게 나무 그늘에 앉아 더위를 식히도록 하고 있었다. 완전히 무장해제를 한 상태였으므로, 고구려 철갑기병은 곧바로 적들을 향해 급히 말을 몰았다.

월아천은 반달 모양으로 생긴 호수였는데, 고구려 철갑기병이 오른쪽으로 돌면서 추격하자 토욕혼 군사들은 미처 말에 오르지도 못한 채 우왕좌왕하면서 호수 왼쪽 길을 통해 계곡 입구로 달아나기에 바빴다. 그러나 고구려 철갑기병의 다른 한 부대가 입구를 막고 있었으므로, 결국 적들은 명사산을 넘어 도망치기 위해 말까지 버리고 제각기 사력을 다해 모래 비탈을 기어오르기 시작했다. 고운 모래가 흘러내리는 비탈을 오르기는 쉽지 않았다. 얼마만큼 있는 힘을 다해 오르다가 주르르 미끄러져 다시 바닥으로 곤두박질치곤 했다.

고구려 기병들은 아예 말에서 내려 모래 비탈의 바닥으로 미끄러져 내려온 적들을 창칼로 도륙하기에 바빴다. 피로 물든 시체는 월아천 모래 기슭에 무더기로 쌓였다. 적들은 자국 군사들의 시체를 층계삼아 마구 짓밟고 모래 언덕을 오르며 엉금엉금 기다시피 도망치기에 바빴다.

"우리도 모래 언덕을 넘는다. 끝까지 추격해 적들을 한 놈도 도망치지 못하게 하라!"

우적이 소리쳤다. 고구려 철갑기병은 이제 각자의 말들에게 월아천 물을 마시도록 고삐를 풀어둔 채, 죽어 엎어진 적의 시체들을 밟으며 모래 비탈을 오르기 시작했다. 자꾸 미끄러졌지만, 도망치느라 허둥대는 적들보다 그들을 쫓는 고구려 군사들은 한결 여유가 있었다. 더구나 월아천 입구를 막고 있던 철갑기병까지 합류해 모래 비탈을 기어오르면서, 밑에서는 앞에 오르는 군사들의 엉덩이와 등을 밀어주고, 위에서는 밑에서 올라오는 군사들의 손을 잡아 끌어주면서 모래 능선까지 올라갈 수 있었다.

모래 능선 위에서 우적은 적들 기십 명이 명사산 모래 언덕으로 미끄러지듯 허둥대며 달아나는 모습을 발견하였다. 능선 위에서 일렬로 늘어서서 달리는 그들은 자칫 한 발만 잘못 디뎌도 모래 비탈로 데굴데굴 구를까 두려워 뒤뚱거리며 몸의 중심을 잡기 위해 안간힘을 쓰고 있었다. 고운 모래라 발목까지 푹푹 빠졌으므로 마음만 조급했지 좀처럼 속도가 붙지 않았다. 그 모습은 아지랑이처럼 피어오르는 지열과 모래바람으로 인하여 마치 허수아비가 춤을 추고 있는 듯이 보였다.

쫓기는 자나 쫓는 자나 모래에 발목이 빠져 허우적대는 것은 마찬가지였다. 결국 우적은 토욕혼 패잔병들을 더 이상 추격하기 어렵다고 판단했다. 아무래도 적들은 모래사막을 걷는데 익숙하여 처음 겪는 고구려 기병들보다 한결 수월하게 도망칠 수 있었다.

"이제 추격을 멈추어라. 해가 지기 전에 영채로 돌아가야 한다."

우적은 모래 능선까지 올라온 고구려 군사들에게 명령을 내렸다.

처음 모래사막을 본 우적과 고구려 군사들은 한동안 능선에 서서 명사산의 바람 소리에 귀를 기울였다. 정말 바람결에 모래 우는 소리가 들리는 듯했다.

시르르, 시르르르르르!

능선과 능선 사이로 바람결에 모래가 날리며 여인의 굴곡진 젖무덤처럼 아름다운 둔덕의 선을 만들어냈는데, 멀리 눈을 들어보면 그것은 잔잔한 파도와 거센 물결이 한데 어우러져 흐르는 듯 보이기도 했다. 바람은 그렇게 고운 모래를 실어 나르며 새롭게 둔덕을 만들고 허무는 일을 예사로 하고 있었다. 하룻

밤을 자고 나면 둔덕의 모습이 달라질 만큼 모래사막은 시시각각으로 변모를 거듭하고 있었다.

5

"무엇이? 고구려 기병대가 토욕혼까지 달려가 북위 원정군 선봉으로 큰 공훈을 세웠다고?"

토욕혼 인근에 파견한 세작들로부터 고구려 철갑기병의 소식을 접한 유연왕의 아들 사륜은 놀란 가슴을 좀처럼 진정시키기 어려웠다. 얼마 전에 가까운 경계 지역에서 고구려와 우제돌궐 군사들이 합동으로 사냥한다는 소문을 듣고 그 대처 방법을 찾기 위해 고심하고 있었는데, 고구려 철갑기병의 토욕혼 경략 소식은 가슴을 저미는 뼈아픈 압박감으로 다가왔다.

생각다 못한 사륜은 역관에 묵고 있는 고구려 사신단을 다시 만나보기로 하였다. 벌써 두 달이 넘게 역관을 벗어나지 못한 채 갇혀 있던 정사 하명재는 아마도 고구려 태왕으로부터 어떤 조처가 취해진 모양이라며 반가운 마음으로 사륜과 독대를 했다.

"그동안 연일 맛난 음식과 술로 과분하고 호사로운 대접을 받아, 우리 고구려 사신단은 이 한겨울에도 살이 부옇게 쪄 도무지 추운 줄도 모르고 지냈습니다."

하명재의 이 같은 덕담 속에는 뼈가 들어 있었다. 고구려 사신단을 두 달 이상 역관 안에 가두어둔 저의가 무엇이냐는 힐책이었다.

"알타이 불곰은 여름에서 가을까지 사냥해서 잔뜩 배를 불린 후 굴속에 들어가 겨울잠을 잡니다. 이곳 겨울이 그만큼 추워 뭍짐승들조차 운신하기 힘들다는 것이지요. 아국이 어찌 고구려 사신단을 접대하는 데 소홀히 할 수 있겠습니까? 고구려에서는 알타이 동쪽 사면에 서역을 오가는 대상이 휴식처로 활용할 객관이 필요하다며 도움을 요청했는데, 잘 아시다시피 이러한 혹독한 겨울에는 움직일 수조차 없습니다. 봄이 오기를 기다리는 수밖에요."

사륜은 탁발규에게 굴복하여 금이며 철을 조공하던 부왕과 달리 점차 유연을 부흥시켜 북위의 간섭에서 벗어나고자 노력을 기울이고 있었다. 일찍이 유연의 실력자로 알려졌던 필후발을 제거하고 지휘 체계가 무질서한 유연 각 부를 통제하여 왕권을 확립한 것도 사륜이었다. 유연왕 온흘제는 아들의 그러한 과감성과 능력을 믿었으므로, 늙고 병들었다는 핑계로 나라 정사 일체를 맡겼던 것이다.

"허허, 헛! 유연의 역관은 불곰이 겨울잠을 자는 동굴에 비하면 천만 배는 훌륭하더군요. 객실이 너무 더워서 잠이 다 안 올 지경이었습니다."

하명재는 사륜이 '불곰'을 들먹이며 은근히 고구려 사신단을 비웃는 것 같아 이같이 되받아치지 않을 수 없었다.

뒷전으로 물러앉아 있지만 유연왕은 아직 온홀제였다. 그의 아들 사륜은 제2인자인 국상의 대우를 받고 있었지만, 엄연히 왕이 아님을 하명재도 모르지 않았다. 그는 그러한 정보를 두 달 남짓 유연의 역관에 머물면서 알게 되었다.

"고구려와 북위는 선린외교로 후연을 압박하고 있다 들었소. 사실상 이번엔 아국을 두 나라가 압박해올 것 같아 고심을 거듭하고 있소이다. 본의 아니게 오래도록 고구려 사신단을 역관에 머물게 한 점 사과드리는 바입니다. 고구려가 우리에게 도움을 요청한 것은 외교적으로 양면 작전을 쓰자는 것인데, 즉 북위와 아국을 우군으로 만들어 일거양득의 효과를 얻겠다는 것 아니겠소?"

사륜은 고구려 철갑기병이 북위 원정군의 선봉에 서서 토욕혼을 겁박했다는 사실을 머릿속으로 굴리며, 사신단 정사 하명재의 속내를 파악하기 위해 은근히 견제하는 질문을 던졌다.

하명재도 고구려 태왕 담덕의 전략을 눈치챈 사륜을 만만하게 볼 인물이 아니라고 생각했다. 정신을 바짝 차려야만 하였다.

"좋은 말씀입니다. 언제나 나라와 나라 사이에 선린관계가 성립되려면 서로에게 이득이 돌아가지 않으면 안 되겠지요. 우리 고구려와 북위가 그렇듯이, 이제 유연과도 이번 기회에 교류를 통한 상생 관계를 맺고 싶습니다."

하명재는 사륜에게서 무슨 말이 나올지 몰라 긴장된 눈길로 그의 입술을 쳐다보았다. 교류와 상생은 이미 국내성에서 고구려 원정군을 이끌고 떠날 때 태왕 담덕이 역설한 외교 전략의 천평칭 같은 것이기도 했다. 가운데 중대를 세우고 가로대 양측의 무게를 재는 저울의 균형 감각, 그것은 곧 교류와 상생의 원리와도 통했다. 교류를 통한 상업적 이득만 내세워 어느 한쪽으로 무게가 기운다면 진정한 상생이 아니었다. 또한 서로가 철저한 경계를 하여 선을 넘나들지 않고 각자도생하는 길도 상생은 될지 모르나 교류가 없어 문명의 발전 가능성을 기대하기 어려운 것이었다.

"오, 상생 관계라? 그것 참, 듣던 중 좋은 말이오. 알타이 산자락에 대상들을 위한 객관을 건설하도록 고구려의 요구 조건을 들어준다면, 귀국에선 아국에 무엇을 줄 것이오?"

"유연은 우리 고구려가 무엇을 주길 원하십니까?"

"더 이상 북위의 간섭을 원하지 않습니다. 그렇게 한다면 우리 또한 북위의 경계를 넘지 않을 것이오."

"일단 그 문제는 북위와 유연의 관계이므로, 우리 고구려로선 북위에 다시 의견을 물어 결정해야 할 문제입니다. 우리 고구려 태왕께 귀국의 사정을 잘 알려 북위가 더 이상 유연을 공격하지 않도록 부탁할 수는 있습니다. 그러나 그것은 북위의 군주가 결정할 문제이므로 우리 고구려로선 확답을 줄 입장이 못 됩니다. 그런 외교상의 문제보다 우리 고구려가 유연에 도움을 줄 수 있는 것이 무엇인지 의견을 주시면, 기꺼이 받아들일 준비가 되어 있습니다."

하명재로선 그 이상의 답변을 하기 어려웠다. 외교 문제는 태왕 담덕의 권한이므로 사신단 정사로 온 그가 관여할 사항이 아니었다.

"물론, 그렇겠지요. 아국의 입장이 그렇다는 것이니, 고구려가 북위를 잘 설득해주길 원하는 바입니다."

사륜으로선 고구려를 무시할 수 없었다. 그러므로 처음에는 큰소리를 쳤지만, 점차 목소리가 잦아들어 부탁하는 쪽으로 기울었다.

"시생은 장사꾼입니다. 오래전부터 초원로를 통해 서역의 말을 고구려로 들여오는 일을 했습니다. 그러므로 나라 정사보다는 장사에 관한 일이라면 이 자리에서도 답변을 드릴 수 있습니다."

하명재는 장사꾼의 기질을 발휘하여 협상의 자리에선 실리 위주의 이야기로 좁혀가야만 성사 가능성이 있다는 것을 잘 알았다.

"우리가 알타이 동쪽 산자락에 대상들이 묵을 객관 설치를 허락한다면 고구려는 아국에 어떤 보답을 할 것이오?"

사륜도 하명재의 말을 알아들었다.

"장사꾼, 특히 대상들은 나라와 나라 사이의 교역을 주로 하지 않습니까? 저 서역의 제국들과 유연이 교역하는 것을 적극 도와드릴 수 있습니다. 유연과 서역의 특산물을 교역하는 일을 우리 고구려 대상들이 대리로 해줄 수도 있습니다."

"알타이 너머에는 투르크족(돌궐)들이 산재해 무리를 이루고 사는데, 그 추장들이 대상들을 자주 괴롭힌다고 들었소. 우리 유연의 교역품을 그들에게 빼앗긴다면 무엇으로 보상해줄 생각이시오?"

사륜은 문득 수염이 텁수룩한 턱을 치켜올리며 하명재를 바라보았다.

"우리 고구려 대상들은 고도의 무술 실력을 갖춘 장정들로 꾸려져 있습니다. 웬만한 산적이나 마적 떼는 무서워하지 않습니다. 그리고 저들 투르크족도 교역을 원하는 특산품이 있을 것이므로, 우리 상단에서 그 일을 대신해줄 수도 있습니다. 이른바 상생의 교역을 펼치자는 것이지요."

"우하하, 핫! 좋습니다. 아주 그 배짱이 마음에 듭니다. 사실 알타이산맥을 두고 서쪽은 투르크족이 동쪽은 아국이 차지하고 있지만, 서로 적대관계에 있는 아니오. 알타이산맥을 경계로 하고 있어, 그것이 서로에게 방패막이가 돼주고 있기 때문이오. 따라서 우리 군대가 귀국의 대상들을 알타이산맥 능선까지는 길 안내를 해줄 수 있소. 그 대가로 무엇을 주시겠소?"

이제 사륜은 본격적으로 협상을 하자고 나왔다.

"좋습니다. 통행세를 내라는 것 아니겠습니까? 물론 드리지요. 그 대신에 우리도 객관을 지키기 위해 최소한의 군대가 필요하고, 그들이 자급자족할 수 있도록 해주십시오."

"둔전병을 두겠다?"

"그렇습니다. 객관은 역참 역할도 해야 하므로, 말도 기르고 경작도 해야 합니다. 인력이 더 필요할 땐 적당한 보수를 주고 귀국의 백성들을 뽑아 쓰도록 하겠습니다."

하명재는 이제까지 초원로 개척 과정에서 역참을 설치하면서 그 지역 추장들과 협상을 통하여 서로 상생하는 관계를 맺어왔으므로, 유연과도 비슷한 조건을 내세워 담판을 짓기로 하였다.

"이것으로 됐습니다. 구체적인 것은 양국 실무자들을 통해 최종 협상안을 문서로 작성토록 합시다."

사륜이 이렇게 흔쾌히 하명재의 제의를 수락했지만, 그는 사실상 교역 문제보다 고구려가 북위를 설득하여 어떻게 해서든 유연의 안전을 보장해주기를 은근히 기대하고 있었다.

따라서 고구려 사신단이 돌아갈 때 사륜은 특별히 태왕 담덕에게 보내는 서찰을 써서 정사 하명재에게 주었다.

유연으로 간 사신단이 돌아와 결과를 보고하자, 담덕은 사륜의 서찰부터 꼼꼼하게 읽어보았다. 그 내용은 북위와 유연의 적대관계를 우호적인 쪽으로 돌리게 해달라는 요청이었다.

유연왕의 아들 사륜은 큰 야망을 품고 있었다. 고비사막에서 벗어나 그 북쪽의 초원지대로 진출한 후, 나라의 기틀을 다져 북방의 최강자로 군림하고 싶었다. 고비사막의 북쪽, 즉 막북漠北(외몽골)을 차지하여 유연의 유목민들에게 마음대로 초원에서 가축들에게 풀을 뜯기게 하고 싶은 것이 그의 오래된 꿈이었다. 그런데 문제는 북위와 국경을 맞대고 있어 잦은 충돌이 일어나는 바람에 막북 진출의 걸림돌로 작용하였다.

'흐음, 북위가 후연을 공략하기 위해 평성으로 도성을 옮겼으니, 이제 제2의 도성이 된 성락은 크게 신경 쓰지 못할 것이다. 그 서북 변방의 토욕혼과 유연이 국경 침범만 하지 않는다면 탁발규도 더 이상 그들에게 엄포를 주거나 위협하지 않겠지.'

담덕은 그러한 생각으로 가닥을 잡고, 북위의 탁발규를 설득하면 유연의 사륜이 걱정하는 바를 충분히 해결해줄 수 있을 것으로 판단했다.

이러한 결단이 서자, 태왕 담덕은 곧바로 군사를 출동시켜 금산으로 향했다. 추운 날씨는 여전했지만, 봄이 될 때까지 기다릴 수가 없었다. 북위군의 토욕혼 정벌을 돕기 위해 파견한 고구려 1백여 기의 철갑기병과 봄이 될 무렵쯤 염수에서 합류토록 했기 때문이다.

겨울의 금산은 아침과 한낮과 저녁 풍경이 각기 다른 모습으로 비쳤다. 금산의 산자락은 침엽수가 울창하게 우거진 밀림지대지만, 중턱 이상의 높은 산은 거의 바위로 되어 있었다. 동녘에서 아침 해가 솟을 때 바위로 된 금산은 햇살에 반사되어 말 그대로 금빛으로 빛났다. 그리고 해가 중천에 뜬 한낮에는 바위 벼랑 위에 쌓인 눈으로 인해 백랍 같은 흰빛을 띠었으며, 저녁 황혼 무렵에는 벌겋게 쇠를 달군 듯 붉은빛을 발산하였다. 햇빛의 반사각에 따라 금산의 풍경은 이처럼 기기묘묘한 변화를 보여주었다.

마침내 태왕 담덕은 유연왕과 마주 앉았다. 유연왕은 병든 몸이므로 바로 그 옆에 아들 사륜이 동석했다. 태왕 곁에도 대상 하명재가 참석하여 고구려와 유연의 협상이 시작되었다.

협상은 오래 걸리지 않았다. 이미 며칠 전 사신단 정사 하명재로부터 객관 설치와 둔전에 대하여 들은 바 있으므로, 사륜은 담덕에게서 북위와의 관계 개선에 관한 확실한 답변을 듣고 싶었다.

"서찰을 통해 아국의 입장은 잘 알고 계시겠지요?"

"유연이 우리 고구려와 선린 관계를 맺는다면 북위도 태도를 바꾸어 앞으로 더 이상 위협을 가하는 일이 없을 것이오."

태왕 담덕의 말에 유연왕은 말없이 고개를 끄덕였다. 그를 대신해 아들 사륜이 말했다.

"그렇게만 된다면 고구려 대상들이 금산을 넘어 서역과 교역을 하는 길을 열어드리겠습니다. 금산 북서쪽에서 천산산맥의 열해熱海(이식쿨호수)에 이르는 산협에는 돌궐 세력이 산재해 있는데, 우리는 그들과 동서 교류의 물꼬를 트기 위해 서로 협력 관계를 유지하고 있습니다. 그러므로 앞으로 금산 아래 고구려의 객관을 짓게 되면 대상들이 안전하게 돌궐 지역을 지나갈 수 있도록 하는 방안을 모색해보겠습니다."

고구려와 유연의 협상은 그것으로 끝났다. 나머지 구체적인 것은 양국의 실무진에서 의견을 조율해 추진키로 했다.

이로써 담덕은 북방 초원로 개척에 성공하였다. 금산 동편에 역참을 마련하게 됨으로써, 그 산을 넘으면 곧바로 서역의 각 나라로 가는 길이 열리게 된 것이었다. 중원을 통하지 않고도 서역의 물산을 직접 들여올 수 있다는 것이, 고구려에 크게 두 가지 이득을 가져다주게 되었다. 첫째는 중원의 나라들과 중개무역을 하지 않으니 서역의 특산물을 싸게 들여올 수 있고, 둘째는 초원로를 통해 서역의 명마들을 대량으로 수입하여 군대의 전력 강화에 큰 도움이 될 것이었다. 이른바 태왕 담덕이 오래전부터 꿈꾸어왔던 부국강병의 초석이 마련된 셈이었다.

고구려군은 금산에 역참을 건설할 목수와 관리 인원을 남겨

두고 서둘러 염수로 철수하는 노정을 잡았다. 때마침 초원지대에는 이른 봄임에도 연초록 풀들이 한창 새싹을 내밀었고, 그것이 말들에게 좋은 먹잇감이 되었다. 고구려 원정군은 다소 진군 속도가 느리더라도 말들에게 충분히 풀을 뜯길 수가 있어 천만다행이라고 생각했다. 그동안 건초만 먹던 말들은 싱싱한 풀을 만나자 꼬리를 치며 좋아했다.

제5장

벽 속의 부처

1

평성으로 북위 도성을 옮기고 나서, 탁발규는 자주 성문을 나와 그 외곽을 두루 돌아보곤 했다. 그는 수시로 호위무사들과 휘하 장수들 몇몇을 거느리고 동분서주하며 말을 달렸다. 토욕혼으로 원정군을 보내놓고 나서도 그는 갑갑한 생각이 들면 도성을 벗어나 말을 타고 들판을 질주했다. 북위를 건국하고 나서 태반 이상을 전장에서 살았으므로, 푹신한 보료보다 말 등이 더 편하게 느껴졌다. 그만큼 그는 아직 젊다고 자신하고 있었다.

토욕혼 원정군의 소식을 기다리다 못한 탁발규는, 어느 날 불시에 평성을 벗어나 호위무사들과 함께 동쪽으로 말을 몰았다. 이른 봄 땅속에서 새싹을 내민 샛노란 들풀들이 말발굽에

밟혔다. 그렇게 풀들은 짓이겨졌으나 다시 고개를 들어 바람결에 하늘거렸다.

탁발규가 말을 멈춘 곳은 도성에서 그리 멀지 않은 백등산 자락이었다.

"으음, 여기가 그 유명한 백등산이로군! 한고조 유방이 흉노의 묵돌선우에게 혼찌검이 났다는 곳 아닌가?"

탁발규는 산등성이를 올려다보며 누구에게랄 것도 없이 혼잣소리처럼 지껄였다. 그는 마른침을 꼴까닥 삼키며 큼큼, 하고 헛기침을 매달았다. 이는 느닷없이 자만심이 촉발될 때 나오는 그의 오래된 버릇이기도 했다.

"맞사옵니다. 당시 한나라군은 32만으로 흉노군 40만에 비하면 중과부적이었지요. 지략이 뛰어난 묵돌선우가 한나라군을 이 백등산 안에 가두어 옴치고 뛸 수 없도록 만들었답니다. 그때 한고조의 책사 진평이 흉노의 왕후인 선우의 처 연지에게 뇌물을 주고 흉노군에게 포위된 지 7일 만에 겨우 탈출로를 확보해 장안으로 돌아갈 수 있었답니다."

이렇게 말을 받아준 것은 젊은 책사 최호였다. 그는 이제 북위의 행정은 물론 군사전략의 중책까지 맡고 있었다. 그래서 탁발규는 호위무사들과 함께 성을 벗어나 말을 타고 달릴 때 반드시 책사를 대동하였다. 그로 하여금 평성 주변 지리를 익혀, 만약에 모를 적의 침입에 대비하여 미리 방어 전략을 짜두게 하려는 것이었다.

"그 후로 한고조는 흉노와 화친을 맺고 묵돌을 형제처럼 대우했다지? 묵돌선우는 지략과 통솔력이 뛰어난 대단한 군주였어."

탁발규가 말 머리를 나란히 한 채 최호를 바라보았다.

원로대신 최굉을 닮아, 그 아들 최호는 유학·사학·서도·천문지리·전술 전략 등 무불통지의 천재성을 인정받는 북위의 탁월한 인재였다. 탁발규는 참합피 전투를 비롯하여 평성 전투까지 그의 전술 전략을 받아들여 후연군을 패퇴시킬 수 있었다. 뿐만 아니라 후연의 도성 중산을 공략한 후 업까지 손에 넣었을 때, 용성으로 입성한 모용보의 군대를 더 이상 추격하지 말고 평성으로 회군하자고 진언한 것도 바로 최호였다.

"백등산은 군사전략 기지로서 최고의 지리적 여건을 갖추고 있습니다. 동쪽에 있는 용성에서 후연군이 우리 도성으로 쳐들어올 경우, 먼저 군사를 백등산에 매복시켜 더 이상 진군을 할 수 없도록 방비하는 것도 좋을 것 같습니다."

"옳은 이야길세. 아직 용성의 모용성이 제 앞가림도 하기 바쁠 테니 군사를 일으킬 수 없겠지. 그러나 만약을 모르니 미리미리 대비 태세를 갖추어두는 것이 좋을 것이야."

백등산을 둘러보고 나서, 탁발규는 내친김에 평성 동북 방향으로 말머리를 틀었다. 평성 북쪽 성벽의 둘레를 빙 돌아 동북 쪽으로 한 식경 이상 달려가자, 낮은 등성이의 굴곡을 이룬 무주산武周山(우저우산)이 나타났다.

구불구불한 산 능선을 따라 그 남쪽으로 강물이 흐르고 있었다. 탁발규 일행은 물줄기를 따라 난 둑 위의 천변길로 말을 달렸다. 잠시 후 산을 배경으로 하여 남쪽 기슭에 바위 절벽의 요새가 나타났다. 모래바람이 부는 언덕에 자리한 그 절벽은 시작부터 끝까지 그 길이만 해도 거의 두 마장이 넘을 정도였다. 동서로 길게 뻗은 사암으로 된 바위 절벽은 북쪽을 등지고 병풍처럼 둘러쳐져 있었다. 정남향으로 굽이쳐 흐르는 강줄기를 굽어보고 있는 형국이었는데, 그 지역이 바로 운강진雲岡鎭이었다.

"남향이라 햇볕이 잘 드는군!"

탁발규가 깊은 생각에 잠겨 있다가 고개를 쳐들어 바위 절벽을 바라보았다.

"바위 절벽의 형세가 범상치 않습니다. 그러나 군사적 요충지로는 적당치 않은 것 같습니다. 병사들을 숨길 수 있는 바위굴을 뚫기도 어렵고, 남향이라 북풍을 막아주지도 못합니다."

책사 최호가 고개를 들어 바위 절벽을 올려다보며 말했다.

"하지만 저 바위 절벽 밑은 햇볕이 잘 들어 겨울에도 따뜻할 것 같군! 그렇지 않은가?"

탁발규는 그래도 뭔가 효용이 있을 것 같아 한동안 바위 절벽에 가서 박힌 눈길을 떼지 못했다.

바로 그 순간, 탁발규는 바위 절벽 위로 하나의 형상이 그림자처럼 떠올랐다 사라지는 것 같은 느낌을 받았다. 가시 현상인지 모르지만, 방금 스친 그 모습이 청동거울 속에서 본 자신의 얼굴을 닮아 있었다. 사각턱에서 툭 불거진 양 볼의 뼈가 눈과 입술 사이에 가로놓였고, 얼굴 가장자리에 붙은 양쪽의 늘어진 귓밥이 또한 그 근처까지 내려와 있었다.

그런데 어디서 많이 본 듯하다고 생각하는 순간, 그는 바위에 그려졌던 얼굴이 부처상임을 확신했다. 묘하게도 그의 얼굴과 부처상이 흐릿하게 어른거리며 이중화면으로 중첩되어 보였다. 그러나 바위벽 속에 숨은 부처가 잠시 드러났다 사라진 것처럼, 다시 눈을 씻고 바라볼 때 그의 얼굴도 자취를 감추고 말았다.

'벽 속의 부처라……?'

탁발규는 다시 눈을 씻고 바위 절벽을 쳐다보았다. 바로 그때 부처의 형상이 사라진 바위 절벽 위에서 뿌연 먼지 바람이 날려오고 있었다. 그 바람에 눈이 저절로 감길 수밖에 없었다.

"절벽 밑으로 들어가면 훌륭한 바람막이가 되어주긴 하겠으나, 군사적 요충지로는 적당치 않을 것 같사옵니다. 그저 시늉이나 할 수 있는 야트막한 산이 있긴 하나, 백등산처럼 군사를 숨기기 좋은 계곡이나 숲이 없는 까닭입니다."

최호는 아까부터 바위 절벽에 꽂힌 눈길을 떼지 못하는 탁발규를 쳐다보며, 책사답게 재삼 군사적 요충지로 적당치 않음을 강조하였다.

"흠, 그렇군! 하지만 지형지물이 반드시 군사 요충지 역할만 하지는 않을 것이야. 이 바위 절벽의 효용도를 좀 더 생각해보게."

탁발규는 머리를 끄덕이며 못내 아쉬운 듯 말머리를 돌렸다.

운강진에서 평성으로 돌아오면서도 탁발규의 뇌리에서는 바위 절벽 풍광이 오래도록 지워지지 않았다.

'뭔가 크게 쓰일 만한 곳이야. 최호의 말대로 군사적 요충지가 되지 않는다면, 과연 그 바위 절벽을 무엇으로 활용하면 좋겠는가?'

탁발규는 말 위에 올라앉아, 거듭거듭 그런 생각에 몰두해 있었다.

2

저녁 어스름이 내리면서 북위의 도성인 평성, 그 성채 위로도 북풍이 몰아쳤다. 낮에는 햇살이 따사로운 이른 봄이지만, 밤이 되면 옷깃을 파고드는 찬 기운이 서늘해 저절로 몸이 움츠러들게 했다.

그럴 때면 탁발규는 술 생각이 났다. 북방 지역에선 추위를 달래주는 것이 술이었고, 취하게 되면 쓸쓸한 기분까지 가라앉게 해주었다.

탁발규는 전진의 부견이나 후연의 모용수 못지않은 야심가였다. 모용수가 죽고 나서 그 자식들 간의 골육상쟁이 벌어지는 것을 예의 주시하며 지켜본 후, 그는 후연이 곧 무너질 것이라고 예단하였다. 그렇게 되면 전진의 부견처럼 자신이 화북을 차지할 뿐만 아니라, 나중에는 강남의 동진 세력까지 물리쳐서 중원 전체를 통일할 수 있다고 마음을 다졌다.

그러나 신하들은 그러한 탁발규의 뜻을 잘 따라주지 않았다. 생각다 못한 그는 고민 끝에 신하들을 발아래 복종시키려면 황제의 권위를 세워야 한다고 생각했다. 그는 젊은 시절, 가까이에서 전진의 부견이 나라를 다스리는 것을 보아왔다. 부견의 패기는 전진을 화북의 패자로 만든 힘이었다. 그 힘을 대내외에 과시하기 위해서 부견은 돈황의 진흙으로 이루어진 수직 절벽에 무수한 굴을 파고, 그 굴마다 부처를 조상造像해 들어앉혔다. 화북을 불국정토의 세상으로 만든다는 야심을 가지고 부견이 황제를 자처하면서 단행한 대공사가 바로 그것이었다.

일단 부견은 그러한 대공사를 통해서 황제의 권위를 세우는데 성공했다. 섣부르게 강남의 동진을 공격하지만 않았어도 전진은 그렇게 쉽게 무너지지 않았을 것이고, 부견은 오래도록 패자로 군림해 중원을 호령했을 것이다.

'부견에게서 배울 것은 배워둬야지. 인간의 욕망이란 끝이 없지만, 부견처럼 과욕만 부리지 않는다면 중원 통일은 문제없이 이루어낼 수 있을 것이다.'

탁발규는 북위를 건국할 때부터 전진의 부견을 본받아 불교를 숭상했다. 경서에 통달한 한족 출신의 최굉을 원로대신으로 삼아 북위 건국의 기틀을 다졌지만, 그 역시 불교를 등한시할 정도로 편벽된 사상을 갖고 있지는 않았다. 그래서 구자국에서 온 구마라습의 제자 도진을 데려다 후연 포로들의 시신들 천도제를 지낼 때 전장에서 희생된 북위 군사들의 무주고혼까지 달래주려고 했던 것이다.

'아마도 전진의 부견이 돈황의 진흙 굴에 부처를 모신 것은 그 많은 전쟁으로 죽은 영혼들을 천도하기 위해서였겠지. 내가 숱한 전쟁을 치르면서 피아를 가리지 않고 저세상으로 보낸 영혼들이 그 얼마란 말인가? 승려 도진의 말처럼 인과응보를 무시할 수 없는 것이야. 적어도 부견은 돈황의 진흙 굴에 부처를 모시면서 그만큼 마음이 편안해졌을 테지. 아암, 좋은 일은 따라해서 손해 볼 것이 없는 법…….'

이런 생각을 거듭하면서 탁발규는 술에 취해 뒤척이다가 이슥한 밤중이 되어서야 겨우 눈을 붙였다.

꿈인 줄 알면서도 꾸는 꿈이 있었다. 상상력의 힘은 간혹 꿈 속에서도 발휘되어 스스로 자신의 생각을 이끌어나가는 경우가 있었다. 꿈의 이야기를 자신이 유리한 쪽으로 만들어나가는 것이었다. 평소 자주 고심하던 것이 꿈에 보일 경우 특히 그러하였다.

깊은 잠에 빠져들었을 때, 탁발규를 꿈길로 이끈 것은 몸뚱어리 없는 해골들이었다. 하얗게 분가루를 뒤집어쓴 듯한 해골들이 머리만 달린 형상으로 공중에 둥둥 떠서 그를 향해 날아왔다. 해골임에도 모두가 하나같이 이빨 사이로 긴 혓바닥을 빼물고 있었다. 말이나 소처럼 크고 긴 혓바닥이 해골의 턱 아래까지 내려와 헤헤헤, 히히히, 음습한 웃음을 날렸다. 그는 마치 의식이 깨어 있는 것처럼 자신이 꿈을 꾸고 있다고 생각했지만, 그래도 소름이 오싹 끼쳐 몸까지 후들후들 떨릴 정도였다. 꿈이니까 깨고 나면 괜찮을 것이라고 스스로 달랬지만, 그래도 귀신이 무서운 것은 어쩔 도리가 없었다. 흐흐흐, 후후후, 귀신들의 웃음소리도 해골의 생김새마다 가지각색이었다.

원래 해골은 살이 다 썩어 문드러져 앙상하게 뼈만 남은 것인데, 그의 꿈에 나타난 해골들은 눈 하나가 멀쩡한 놈, 양편에 당나귀 같은 귀를 달고 있는 놈, 하얀 이마 위에 검은 머리털이 치렁치렁 늘어져 있는 놈 등 기괴한 형상들을 하고 있었다. 그러한 해골들이 한꺼번에 몰려들어 긴 혓바닥으로 그의 얼굴을 핥으려고 아우성쳤다. 기함에 질려서 저리 가라고 소리 없는 소리를 외치는데, 가만히 보니 그런 해골들 가운데 하나가 그를 바라보며 눈물을 뚝뚝 흘리고 있었다. 그 순간 그것은 해골이 아니라 목이 잘린 두상으로 변해 이목구비가 또렷이 살아났는데, 어디선가 많이 본 얼굴이었다. 바로 평성 전투에서 후연군 특공대에게 목이 달아난 젊은 장수 탁발건이었다. 꿈속인 줄 알면서도 반가운 마음에 문득 '네가 건이냐'고 소리치며 다가가자, 머리털을 길게 늘인 그 두상은 눈물까지 뚝뚝 흘리며 뒤로 슬금슬금 달아나더니 어느 사이 바위 절벽 속으로 스며들었다.

"으으음, 건아, 건아!"

탁발규는 누운 채로 두 발을 허우적대며 소리치다가 깨어났다.

얼굴에 진땀이 맺힌 탁발규는 아직도 꿈속인 것처럼 뭔가 말이 되어 나오지 않는 발음으로 마구 부르짖으며 몸부림쳤다. 그러다가 허공을 향해 눈을 부릅떴다. 가만히 생각해보니 그가 황제를 자칭한 후 가끔 꿈에 탁발건이 나타났다는 것을 깨달았다.

"음, 건아! 네 영혼이 아직도 극락에 가지 못하고 구천을 떠도는 모양이로구나!"

탁발규는 후연군 특공대에게 목이 잘려 몸뚱이만 남은 탁발건의 시신을 장례 지낼 때 기억을 새삼 되새기지 않을 수 없었다. 그와 동시에 간밤의 꿈에서 마지막으로 본 그의 두상이 바위 절벽 속으로 사라지던 장면을 다시금 떠올렸다.

"그래, 바로 그 바위 절벽이로구나!"

탁발규는 자신도 모르게 소리쳤다. 언젠가 평성 동북쪽으로 말을 몰아가다 만난 병풍처럼 길게 둘러쳐진 바위 절벽이 그의 뇌리에 각인되어 있다가 부지불식간에 떠올랐다.

"맞아. 건이가 그 바위 절벽 속으로 사라졌어."

그날 탁발건은 바위 절벽 속에서 드러나던 자신의 얼굴을 닮은 부처를 보았고, 꿈속에서는 바로 그곳으로 탁발건의 목이 없는 두상이 사라졌다는 것 때문에 마음자리가 편치 않았다.

그날 오후, 탁발건은 내관을 시켜 승려 도진을 불렀다.

"폐하, 불러계시옵니까?"

도진이 합장하며 동시에 허리를 굽혔다.

"오, 어서 오시오. 스님에게 하나 물어볼 것이 있소이다."

"무엇이온지요?"

"백골탑을 기억하시지요? 평성 전투 때 스님께서 무주고혼들을 천도해준다며 불공드리던 그 포로들의 해골로 쌓은 탑 말이오."

"네, 기억하고말고요. 나무관세음보살!"

백골탑 이야기가 나오자 도진은 다시 합장하며 고개를 숙였다.

“과연 그 영혼들이 하늘나라로 갔을까, 그것이 궁금하오.”

“그것은 죽은 자의 영혼들보다 기원을 드리는 사람들의 지극한 마음에 달려 있다고 보시면 되옵니다.”

“허면 그 해골들이 꿈에 보이는 것은 어찌 생각하시오?”

탁발규는 갈증이 느껴지자 혀로 입술을 축였다.

“폐하! 요즘 꿈자리가 좋지 않으신 모양이로군요.”

“그렇소이다. 눈만 붙이면 귀신들이 온갖 몸짓을 해대며 아우성칩니다.”

“나무관세음보살! 그동안 폐하께서는 수많은 전쟁을 치르셨고, 이제 조금 마음의 안정을 찾으셨사옵니다. 귀신은 살아 있는 사람들의 공허한 마음을 찾아 꿈자리에 나타납니다. 전쟁 때는 바짝 긴장하니, 그 마음속에 귀신들이 들어앉을 틈이 없었지요. 그러나 마음이 허허로우면 시시때때로 잡생각이 나듯이, 꿈자리에서도 자주 귀신을 보게 되는 것이옵니다. 불안한 마음을 거두시고 부디 심적 안정을 되찾으십시오.”

도진의 이 같은 말에도, 탁발규는 이해되지 않는 부분이 많았다.

그러나 탁발규는 승려 도진이 자신의 마음을 제대로 읽고 있다는 데는 다소 놀랐다. 그는 후연의 중산과 업을 정복하고 평성으로 돌아와 황제의 위에 오른 후 고민이 더욱 깊어졌다. 모름지기 황제는 권위가 서야 한다고 생각하는데, 신하들의 태도는 전과 크게 다르지 않았다. 군신 관계는 명령과 복종으로 가름되는 것인데, 황제가 되고 나서도 신하들은 그의 말을 제대로 따라주지 않았다. 오히려 전보다 황제로서 하지 말아야 할 것들을 신하들은 조목조목 따지고 들며 더욱 간섭이 심해졌다.

신하가 황제의 권위에 도전하는 것은 두고 볼 수 없는 일이었다. 한데 신하들 앞에서 내놓고 권위를 세우려다 보니, 탁발규는 언제부터인가 주변이 쓸쓸해지고 있다는 것을 느꼈다. 잘 따르던 신하들부터 거리를 두려고 들었다. 그가 황제가 되고 나서 더욱 여색을 탐하게 된 것도 마음 한구석의 허탈감을 지우려는 방편에 지나지 않았다. 여자를 품에 안는다고 허탈감이 사라지는 것이 아님에도 불구하고, 그는 성욕을 키우기 위해 자주 한식산을 복용하였다. 아마도 그런 허허로운 마음의 공간을 비집고 꿈자리를 찾아든 귀신들이 아우성을 쳐대고 있는 모양이었다.

"오늘 스님과 함께 돌아보고 싶은 곳이 있소이다. 같이 가주시겠소?"

탁발규는 꿈에 본 탁발건의 귀신 형상이 사라진 바위 절벽을 떠올렸다. 문득 도진과 함께 그곳에 가보고 싶은 생각이 들었다.

"네, 폐하! 분부 받잡겠나이다."

도진은 탁발규를 따라나섰다. 어디로 가는지 묻지도 않았다.

말을 타고 가려던 탁발규는 승려 신분인 도진을 생각해서 수레를 이용하기로 했다. 수레 두 대와 호위무사들이 탄 말 10여 기가 평성의 북문을 유유히 빠져나갔다. 그러면서 문득 그는 평성 전투 때 성을 비우고 북문으로 빠져나가다 본 백골탑을 떠올렸다. 그 생각만 해도 저절로 부르르 진저리가 쳐졌다.

탁발규는 도성 밖을 나설 때는 늘 책사 최호를 대동했으나, 이번에는 그를 제외시켰다. 유학을 숭상하는 최호는 언제부터인가 승려 도진과 거리를 두고 있었다. 탁발규도 두 사람이 소원해진 것을 알고, 그것이 아마도 유교와 불교의 괴리감 때문일 것이라고 생각했다.

도성 북쪽의 그리 멀지 않은 거리에 운강진이 있었고, 마침내 일행은 길게 바위 절벽으로 이어진 바로 그곳에 도착했다.

"이 바위 절벽을 보고 무슨 생각이 드시오?"

탁발규는 수레에서 내려 도진과 함께 바위 절벽이 시작되는 곳부터 끝까지 걸어보기로 작정하며 물었다.

"대단합니다. 바위 절벽이 아니라 돈황처럼 진흙 절벽이라면 굴을 파고 부처님을 조상해 모시면 좋을 듯싶사옵니다."

"스님도 그런 생각을 하셨소?"

"폐하께서도 이 바위 절벽을 본 후 아깝다고 생각하셨군요."

도진이 고개를 돌려 탁발규를 정면으로 바라보았다.

이때 탁발규는 지난날 처음 바위 절벽을 만났을 때, 마치 청동거울처럼 자신의 얼굴 형상이 그 속에서 떠오르던 기억을 되살려보았다. 그러던 순간, 바위 절벽을 처음 마주했을 때 자신의 얼굴이 부처의 조상으로 변하더라는 이야기를 얼떨결에 도진에게 털어놓았다.

"폐하께서는 불국정토를 꿈꾸고 계시지 않사옵니까? 이는 부처님의 계시가 틀림없사옵니다. 왕즉불, 즉 '왕이 부처다'라는 사상을 이 바위 절벽을 통해 가르쳐주신 것이옵니다."

도진의 얼굴에 어떤 감동의 빛 같은 것이 어렸다.

"허면 전진의 황제였던 부견이 돈황의 진흙 절벽에 굴을 뚫고 부처를 모셨듯이, 짐도 이 바위 절벽에 부처를 모시는 대불사를 일으키면 될 것 아니겠소?"

"네에? 진흙과 바위는 다릅니다. 바위 절벽은 매우 단단하니, 굴을 뚫는 데 드는 공력이 진흙 절벽보다 몇 배는 더 들 것이옵니다."

"어찌 됐든 뚫으면 될 것이 아니겠소? 내가 간밤의 꿈에 본 것이 바로 이 바위 절벽이었소."

탁발규는 황제의 힘으로 무엇이든 할 수 있다고 생각했다.

'황명을 거역할 자가 누구란 말인가?'

탁발규는 마음속으로 그렇게 되뇌었다. 그러다가 문득 그는 도진에게 간밤에 꾼 해골들의 아우성치던 이야기를 하던 중, 젊은 장수 탁발건이 마지막으로 사라진 바위 절벽에 대해 들려주었다.

"후연군에 의해 억울하게 전사했다는 탁발건 장군에 대해선 소승도 들은 바가 있사옵니다."

"우선 건의 억울한 영혼부터 달래주고 싶소. 그리고 더 나아가서는 짐이 겪은 전쟁터에서 무주고혼이 된 영혼들을 부처의 형상으로 새겨 저 바위굴에 모시면, 그들이 모두 하늘나라로 갈 것이 아니겠소? 그래야 앞으로 저들이 꿈에 나타나지 않을 것이란 생각이 드오."

"하오나, 저 바위 절벽에 굴을 파고 부처님을 조상해 모신다는 것은 수십 년 이상 걸리는 대공사가 될 것이옵니다. 공력이 너무 드는 불사이옵니다."

"기도를 드리는 사람의 지극정성이 천상에 닿아야 무주고혼들이 하늘나라로 갈 수 있는 것 아니겠소? 그렇다면 공력을 많이 들이면 들일수록 좋은 것이지요."

탁발규는 그러면서 아주 쾌활하게 웃었다. 간밤에 꾸었던 해골들에 대한 악몽에서 비로소 벗어난 기분이었다. 그는 바로 무주고혼이 된 그들을 천국으로 인도할 길을 찾았다고 생각했다.

“훌륭하신 생각입니다. 그러하오나 대신들의 반대가 심하리라 예상됩니다. 폐하께서도 잘 아시고 계시듯이, 연전에 포로들 시신을 불태울 때 최호 직랑과 함께 무주고혼을 달래주는 천도재를 지냈사옵니다. 그때 유생인 최 직랑은 불교를 탐탁하지 않게 생각하는 것 같았사옵니다. 폐하의 명이 있었고, 더구나 부친인 최굉 원로대신께서 등을 떠밀어 어쩔 수 없이 소승과 함께 그 일을 진행한 것이었겠지요.”

승려 도진은 매사 조심스러웠다. 그것은 그의 타고난 성격 탓인지도 몰랐다.

“최 직랑이라면 짐이 잘 설득해보겠소. 물론 대대적인 공사가 될 것이므로 원로대신을 비롯한 문무 대신들의 의견도 수렴해봐야만 되겠지요.”

탁발규는 도진과 함께 다시 수레에 올라 평성으로 귀성했다.

3

일단 탁발규는 직랑 최호를 불러 전진이 돈황에서 대불사를 일으켰던 것처럼 평성 동북쪽 바위 절벽에 굴을 뚫고 부처를 안치시키는 일에 대해 의견을 묻기로 했다. 승려 도진과 다시 바위 절벽을 보고 온 후부터 그는 마음이 다급했다. 꿈속에 다시 해골들이 나타나 아우성치는 꼴은 상상하는 것만으로도 진저리가 쳐지는 일이었다. 전장을 누비며 수수목 자르듯 적의 목을 치던 영웅이 꿈속에 나타나는 귀신을 무서워하다니, 그는 내심 무척이나 자존심이 상했다.

최호와 독대했을 때, 먼저 탁발규가 입을 열었다.

“이제 후연이 골육상쟁 끝에 모용 씨와 난한 씨 형제들도 거의 다 죽고 모용보의 서장자 모용성이 제위에 올랐으니, 우리는 일단 저들의 돌아가는 형세만 살피고 있으면 될 것이다. 모용성은 저 스스로 ‘서민천왕庶民天王’이라 일컬으며 민심을 얻으려고 일구월심 노력을 경주하고 있다 들었다. 우리는 그 사이 어부지리로 참합피까지 차지할 수 있었다. 모용 씨가 다시 세력을 규합하려면 아직 많은 시간이 걸릴 것이다. 저 서역의 모용 씨 갈래인 토욕혼도 우리 군사들과 함께 선봉대로 고구려의 기마군단이 갔으니 단단히 혼찌검을 내고 돌아오겠지. 아마 지금쯤 토욕혼 원정군이 회군하여 오고 있을 터, 곧 기별이 있을 것으로 안다. 이 기회에 짐은 황제의 권위를 단단한 반석 위에 올려놓아 화북을 호령하는 기틀을 마련코자 한다. 그대 생각은 어떠한가?”

탁발규는 먼저 황제의 권위에 대한 최호의 생각이 어떠한지 알고 싶었다.

“황권을 다지는 단단한 반석이라 하심은……?”

최호는 언뜻 탁발규가 어떤 생각으로 그런 말을 꺼냈는지 알 수 없었다.

"전진의 부견은 황제의 권위를 다지기 위해 돈황의 진흙 절벽에 굴을 뚫어 부처를 모시는 대불사를 일으켰다. 짐은 전일 그대와 함께 말을 타고 평성 주변을 둘러보다가 저 동북쪽 무주산 바위 절벽을 보는 순간, 문득 전진의 부견을 떠올린 바 있었다. 부견이 돈황에서 대불사를 일으킨 목적은 장차 서역까지 경영하겠다는 황제로서의 포부를 만천하에 드러낸 것 아니겠는가? 짐은 앞으로 이곳 평성에서 서남방으로 점차 세력을 강화해나가 화북을 통일할 것이다. 바로 운강진의 바위 절벽에 석굴을 조성해 부처를 모심으로써 불국정토를 실현하려고 한다. 부견이 뚫은 진흙 굴보다 석굴이 더 단단하고 오래갈 것 아니겠는가?"

탁발규는 며칠 동안 자신이 궁구하던 생각을 단숨에 털어놓았다. 승려 도진이 다소 염려했던 부정적인 생각을 애써 지워버리고, 그는 최호가 자신의 계획을 곧바로 수긍해줄 것이라 믿었다. 전부터 그들은 전략 전술에서도 호흡이 잘 맞았다. 눈짓 하나만 보고도 이심전심으로 통하는 바가 많았다.

그런데 최호의 입에서 튀어나온 말은 탁발규의 기대와 달랐다.

"폐하! 한때 화북을 호령하던 전진이 왜 그리 쉽게 무너졌다고 생각하십니까?"

"그야 물론 부견의 욕망이 너무 강했기 때문 아니겠는가? 전진의 책사 왕맹이 함부로 동진을 공격해선 안 된다고 극구 말렸고, 마지막으로 그가 죽으면서 남긴 유언마저 듣지 않고 끝내 오기를 부렸던 것이지."

"바로 그렇습니다. 전진은 부견의 헛된 욕망 때문에 나라의 기틀이 굳건해지기도 전에 국력을 낭비했사옵니다. 바로 돈황의 대역사가 그렇고, 100만 가까운 대군을 이끌고 장강을 건너 동진을 친 것도 부견의 오만 때문이었습니다. 지금 아국은 더욱 국력을 강화해도 모자랄 판인데, 더더구나 대불사를 일으켜 공역과 재화를 낭비한다는 것은 너무 무리한 일이라 판단되옵니다. 아직 소신은 전진의 왕 승상만도 못한 재주를 가졌사옵니다만, 운강진 바위 절벽에 굴을 뚫고 부처를 모신다는 것만은 적극 반대하지 않을 수 없사옵니다. 돈황은 진흙 굴을 뚫기 때문에 수월할 수 있었겠지만, 운강진은 석굴을 뚫어야 합니다. 따라서 돈황보다 운강진은 서너 배 이상 힘든 노역이 필요합니다. 국력 낭비가 이만저만이 아닐 것이옵니다. 아국이 화북을 통일하고 저 강남까지 경략해 중원 전역을 지배하려면 외적으로 국력을 크게 강화해나가면서, 내적으로 자만하지 않고 인내하며 기다리는 시간이 필요하옵니다. 폐하! 통촉하여 주시옵소서."

최호는 황제가 된 탁발규 앞이지만 조금도 두려워함이 없었다. 그만큼 그의 말에서는 젊음의 패기가 느껴졌다.

탁발규는 최호의 강력한 반대 의사에 내심 불쾌감이 느껴지긴 했으나, 그것을 결코 밖으로 드러내지 않았다. 오히려 자신의 내면을 숨기기 위해 호탕하게 웃는 여유를 보여주었다.

"핫, 하하 핫! 역시 최 직랑다운 말이야. 짐도 당장 대불사를 일으키자는 것은 아니고, 대신들의 의견을 듣고 그 여부를 결정할 것이니 그리 알게나."

탁발규는 그러면서 독대를 끝내고 최호를 물러가게 하였다.

사실 탁발규는 최호야말로 앞으로 북위를 화북 통일의 반석 위에 올려놓는데 전진의 왕맹 버금가는 인물로 생각하고 있었다.

그런데 바로 그 무렵, 최호는 불교보다 도교를 숭상하고 있었다. 유교는 중원을 배경으로 일어났다는 점에서 그 철학적 바탕이 도교와 가까우나, 불교는 천축에서 시작되어 서역을 통해 전해진 관계로 이질감이 느껴졌다. 그러므로 탁발규가 불교에 심취해 서역에서 온 승려 도진을 가까이 두려는 것을 그는 은근히 경계하였다. 벌써 도진의 입김으로 평성 동서 양쪽에 사찰이 세워지고 있었는데, 거기에다 운강진 바위 절벽에 석굴을 뚫고 부처를 들여앉힌다면 자칫 유교가 설 자리를 잃게 될지도 모른다는 불안감이 앞섰다. 유교가 불교에 밀린다면 그 자신은 탁발규의 신임을 잃게 되고, 실권이 도진의 손아귀에 들어갈 것은 불을 보듯 뻔한 노릇이었다.

마침내 최호는 유교와 불교 사이에 도교를 쐐기처럼 박아 넣을 필요가 있다고 판단했다. 원래 모친이 도교 신도여서, 그 역시 일찍부터 점성술과 음양학을 배웠다. 그가 내심 불교를 배척하는 마음이 생긴 것은 모친의 영향이 컸다.

아무튼 운강진 바위 절벽의 대불사를 계획했다가 최호의 반대에 부딪히자, 탁발규는 그의 부친인 원로대신 최굉과 독대하는 시간을 가졌다.

이미 최굉은 아들 최호로부터 이야기를 들은 바 있어서 탁발규가 왜 자신을 부르는지 잘 알았다. 그는 연로하여 몸이 좀 부자연스러운 편이었지만, 정신만은 갓 벼린 칼날처럼 날카로웠다.

탁발규는 단도직입적으로 운강진 대불사 계획에 대해 어떻게 생각하는지 물었다. 이미 아들을 통해 전해 들었을 것으로 알고, 자세한 설명은 생략한 채 의사를 타진해본 것이었다.

"아직 시기가 이릅니다. 아국이 화북을 통일한 후에도 늦지 않습니다. 지금 후연이 골육상쟁의 피 튀기는 싸움으로 인해 혼란에 빠져 있지만, 저 화북 서쪽에는 여광이 국호를 대량大涼(후량)이라 하고 천왕을 자처하며 구마라습을 국사로 삼아 국가 기강을 바로잡고 있사옵니다. 풍문에 따르면 여광은 전진의 패망 소식을 듣고 사망한 부견에게 시호諡號를 올렸다고 하옵니다. 이는 부견의 뒤를 이어 화북을 통일하겠다는 의지를 만천하에 밝힌 것이나 다름없지요. 그런 연후 독발부와 흉노의 일부 세력을 병합하여 양주를 평정하였다고 합니다. 또한 중원에서 서역으로 가는 길목에는 모용선비의 일족인 토욕혼이 그 남쪽의 토번 경계까지 압박해 들어가는 한편, 동북쪽으로도 세력 강화를 하여 아국의 서쪽 경계까지 넘봐 얼마 전까지 도성이었던 성락도 위태로운 지경에 놓여 있사옵니다. 폐하께서 그 세력에게 겁을 주기 위해 원정군을 파견하긴 했습니다만, 아직까지 승전보가 전해지지 않고 있사옵니다. 거기에다 금산 아래 굳건하게 영토를 굳힌 유연이 또한 우리 서북 경계를 넘보고 있질 않사옵니까? 폐하께서도 아시다시피 유연은 전에 아국의 기병에게 사로잡힌 대머리 노예 목골려가 세운 나라입니다. 아국이 고차국을 칠 때 말구종으로 함께 따라갔던 목골려가 천산과 금산 인근으로 도망쳐 근거지를 확보한 후, 오래도록 아국에게 금과 철을 공물로 바쳐왔사옵니다. 그런데 그 후대에 와서 온흘제가 유연의 나라 기틀을 마련하고, 작금에는 그의 아들 사륜이 점차 세력을 강화해나가면서 이제는 공물조차 바치지 않는 등 오만에 가득 차 있사옵니다. 장차 토욕혼과 유연이 군사동맹을 맺고 아국을 공격해온다면 이 또한 좌시할 수 없는 일이옵니다. 따라서 지금은 대불사를 일으킬 때가 아니라고 사료되옵니다."

이와 같은 최굉의 말은 탁발규가 듣기에도 구구절절 옳은 소리였다.

사실상 최굉은 서쪽 나라들에 대한 정보를 승려 도진을 통해 듣고 있었다. 묘하게도 아들 최호는 유교이면서 친도교적 입장을, 부친 최굉은 친불교적 입장을 취하는 대립양상을 보이고 있었다. 그러나 운강진의 대불사 계획에 대해서만큼은 부자 모두 같은 의견을 고수하였다.

"그래서 아국이 토욕혼에 원정군을 보낸 것 아니겠습니까? 유연의 경우 고구려가 은근하게 위협을 가해 군사를 준동치 못하게 하고 있습니다. 그러니 토욕혼과 유연의 군사동맹은 당분간 염려할 필요가 없습니다. 용성의 후연군 준동이 걱정되긴 하나, 모용성이 내부 혼란을 수습하기에도 바쁜 관계로 이제 아국 주변 세력에 대해서는 크게 염려할 필요가 없습니다. 이 기회에 운강진 바위 절벽에 석굴을 파고 부처를 모시는 대불사를 일으킨다면, 주변 오랑캐들이 모두 아국에 허리를 숙이고 들어올 것입니다. 그렇게 되면 아국은 화북을 경영하고, 장차 강남까지 진출하여 중원 통일의 기치를 세울 수 있을 것입니다. 일단 운강진 대불사는 중산에서 이끌고 온 10만의 포로들로 하여금 석굴부터 뚫게 하면 될 것입니다."

탁발규도 기왕 뺀 팔이므로 한 번 뻗대보았다.

"폐하의 말씀 구구절절 옳은 것을 모르지 않사옵니다. 하오나 아국이 대대손손 오래도록 나라를 보전하려면, 급히 서둘러서 될 일이 아니옵니다. 더욱 재화를 끌어모으고 군사력을 강화하여, 감히 주변 세력들이 넘볼 수 없는 우뚝한 나라로 세워야 할 것이옵니다. 사실상 중산에서 온 포로들은 이곳 평성을 증개축하는 데 힘을 보태기도 바쁩니다."

최굉은 한 발도 물러서지 않았다.

중산에서 평성으로 회군할 때 모용 씨 잔존 세력과 서민 10만을 포로로 삼아 데려오자고 한 것은 책사 최호였다. 이는 중산에서 후연의 세력을 크게 약화시키는 효과와 함께, 평성을 북위 도성으로 제대로 건설해보자는 일석이조의 효과를 노리는 전략이었다.

결국 탁발규는 최굉과 최호 부자의 의견을 전격적으로 받아들여, 일단 운강진의 대불사 계획을 북위가 화북 통일을 한 뒤로 미루기로 했다. 그는 고집이 매우 강한 군주지만, 사각턱의 얼굴 양편에 달린 귀가 부처의 그것을 닮아 대신들의 말을 들을 줄도 알았다.

4

탁발규는 최굉과 최호 부자의 반대로 운강진 대불사 계획을 뒤로 미룬 후 한동안 실의에 빠져 있었다. 그가 자주 한식산을 찾게 된 이유가 거기에 있었고, 그때마다 후비 하란 씨를 성의 노리개로 삼았다. 뭔가 성취욕을 달성해야만 분이 풀리는데, 후비 중에서 특히 하란 씨를 찾게 되는 것은 아들 탁발소가 부력의 씨일지도 모른다는 의문이 증폭될 때였다. 명색이 이모부인 부력 씨를 마구 짓뭉개버리고 싶은 마음에 하란 씨에게 달려가 성적 욕망을 해결하곤 했던 것이다.

어느 날 저녁, 탁발규는 내관으로 하여금 술상을 보게 하였다.

"뜨끈뜨끈하게 술을 데워서, 거기에 한식산 가루를 넣어오도록 하라."

한식산은 다섯 가지 광물질이 들어간다고 해서 '오석산伍石散'이라고도 하는데, 도가에서는 신선들이 복용하는 명약으로도 알려져 있었다. 한식산을 자주 복용하면 수명이 10년은 더 늘어난다는 설이 있어, 권력자나 귀족들이 즐겨 술에 타서 마셨다. 원래 '한식산寒食散'은 그 풀이대로 차갑게 마시는 가루약이라 하여 붙인 이름인데, 뜨거운 술에 타 마시면 마약 기운이 금세 몸속으로 퍼져 해롱해롱한 상태가 되어 기분이 절로 좋아진다고 하였다.

탁발규가 자주 한식산을 뜨거운 술에 타 마시는 것도, 정신이 몽롱한 상태를 즐기는데 이력이 났기 때문이다. 또한 수명을 더 오래 연장할 수 있다는 매력과 함께 최음 효과까지 발휘하여 남녀 간 정사를 더욱 뜨겁게 해주었다.

한식산을 탄 뜨거운 술을 한 잔 들이켜자, 탁발규는 얼큰하게 취기가 오르면서 아랫도리가 뻐근해져 오는 것을 느꼈다. 술기운이 색욕을 부채질하였고, 한식산 기운이 혈관을 타고 퍼지면서 가슴이 뜨거워져 온몸에 열이 나는 것 같았다.

한식산으로 인해 몸의 열기가 달아오르자 탁발규는 문득 후비 하란 씨의 얼굴을 떠올렸다. 나이가 들어도 외로움이 느껴질 때면 어미 품이 그리운 것이 인지상정인 모양이었다. 아무리 강한 사내도 위로받고 싶은 기분이 들 때는 모성애에 기대게 되는 법이었다.

이미 저세상 사람이 된 모친을 생각할 때마다 문득문득 후비 하란 씨의 얼굴이 떠오르곤 했다. 모친의 막내 동생이니, 그 얼굴도 닮았거니와 성품도 비슷할 수밖에 없었다. 그래서일까 후비 하란 씨의 몸을 품으면 아늑한 느낌과 아울러 마음이 한껏 편안해지는 것이었다.

'푸훗! 나이를 거꾸로 먹어 어린아이가 되어가는 것인가?'

탁발규는 속으로 웃으며 은근히 후비 하란 씨의 속살이 그리워지는 것을 어쩌지 못했다. 한식산에 들어 있는 정력제 성분이 그런 욕정을 불러일으킨 것이었다.

그러고 보니 후비 하란 씨의 처소를 찾은 지도 달포는 넘은 것 같았다. 탁발규는 내관을 통해 사전 통고도 하지 않고 홀로 그곳으로 향했다. 편전을 나서자 저절로 발길이 그쪽으로 가고 있었다.

탁발규가 16세의 나이에 북위를 건국했을 때 이모 하란 씨는 그보다 나이가 세 살 어린 13세였다. 그때까지만 해도 그의 눈에는 나이 어린 이모가 여인으로 다가오지 않았었다. 사실상 그 무렵에 그는 성욕에 집착할 나이도 아니거니와 한눈을 팔 여유도 없었다. 개국과 동시에 독고부·고막해, 심지어는 서역의 고차국까지 토벌하면서 쉴 새 없이 전투를 벌여왔기 때문이다. 이렇게 주변 세력들을 제압하게 되면서, 그때마다 그는 그 지방의 토호들에게 온갖 보물과 함께 딸들을 바치게 했다. 더 이상 반기를 들지 못하게 지방 권력자의 피붙이들을 인질로 삼고자 한 것이었다.

이렇게 서북방의 각 부족들을 정리하고 나라가 점차 안정되어갈 무렵, 탁발규는 여색에 눈을 뜨기 시작했다. 토호들이 바치는 딸들은 그의 성 노리개가 되었고, 그들 중 미모가 뛰어난 여인 중 더러는 후비로 들여앉혔다. 그는 혈기 왕성한 젊은 나이였고, 더불어서 색욕을 탐닉하는 것은 어쩌면 정복군주로서 당연한 일로 받아들여지기도 했다. 흔히 영웅은 여자를 좋아한다는 말이 있는데, 그러므로 여색은 영토 정복과 무관하지 않은 암시로 쓰였다. 그런 의미에서 영토와 여자는 정복의 대상으로 대비될 수도 있었다.

이처럼 주변의 각 부 세력들을 정복하면서 자연스럽게 색욕에 눈을 뜬 탁발규는, 어느 날 문득 궁궐을 거닐다 한 여자를 발견하였다. 그의 모친을 만나러 온 막내 이모였다. 몇 년 전까지만 해도 나이 어린 이모로만 생각했었는데, 이제 갓 결혼한 그녀는 한창 화사하게 피어나는 모란꽃을 연상시켰다. 이미 그때 그의 나이도 20대 중반이었고, 막내 이모도 이미 스무 살을 넘겨 한창 성숙한 여인의 자태를 지니고 있었다.

남의 떡이 더 커 보인다는 말처럼, 결혼하기 전에는 눈여겨보지 않았던 막내 이모가 탁발규에게 그렇게 아름답게 보일 수가 없었다. 원래 그는 처음 모용 씨의 딸을 배우자로 얻었으나 일찍 사별했다. 그래서 두 번째로 왕비 유 씨와 결혼하여 아들 탁발사를 낳았고, 다른 후비들에게서도 줄줄이 자녀들이 태어났다. 그 자식들의 출생이야말로 그가 성적으로 매우 강한 나이임을 입증해 보여주는 것이었다.

바로 그 무렵에 그는 이모 하란 씨의 미모에 반해, 결혼한 지 얼마 안 되는 이모부를 죽이고 자신의 후비로 들여앉힐 계책을 꾸몄다.

"인륜에 어긋나는 일이다. 아무리 한 나라의 군주라 하더라도 천륜을 어기는 것은 천벌 받을 일임을 어찌 모르느냐?"

모친의 질책이 있었지만, 주변 세력을 차례로 굴복시키면서 오만이 극에 달한 탁발규에게는 그 말이 귀에 들어오지 않았다. 그는 이미 마음만 먹으면 하지 못할 것이 없는 정복 군주가 되어 있었다.

결국 어느 날 수하들을 시켜 이모부를 죽이고, 막내 이모 하란 씨를 후비로 들여앉혔다. 두 사람이 합궁하고 나서 곧바로 태기가 있었고, 그로부터 8개월 후에 아들이 태어났다. 이름을 '소紹'라고 지었는데, 아들이 팔삭동이라 그는 부쩍 의심이 들었다. 그가 수하들을 시켜 죽인 이모부의 핏줄일지도 모른다는 생각을 도무지 지워버릴 수가 없었다.

부지불식간에 아들 탁발소에 대한 의심이 들 때 탁발규는 후비 하란 씨에게 따지듯이 물었다.

"소가 누구의 씨냔 말이다."

"몇 번을 말씀 올리지만 폐하의 피를 받은, 귀한 아들이옵니다. 제발 아들이 보는 앞에서만이라도 우리 소를 사랑으로 감싸주세요."

하란 씨는 울먹이는 목소리로 사정했다.

그날도 탁발규는 모처럼 하란 씨의 처소에 들렀다가 어미의 품에 안겨 있던 탁발소와 마주쳤다.

이제 일곱 살이 된 탁발소는 탁발규를 무척 두려워했다. 매사 아들을 대하는 그의 눈길이 차갑게 느껴졌기 때문이다.

그날도 탁발소는 정비와 다른 후비들 사이에서 먼저 태어난 배다른 형들이 '아비 없는 자식'이라고 놀려대는 바람에 친모에게 달려와 따져 물었다.

"엄마, 내 아버지는 누구야? 형과 동생들이 그러는데 나는 아비 없는 자식이래."

"무슨 말이냐? 큰일날 소릴 다 하는구나. 네 아버지는 황제 폐하가 아니더냐? 다시는 그런 소리 하지 말거라. 만약 그 말이 폐하의 귀에 들어가면 청천벽력이 떨어질 것이다."

하란 씨는 이렇게 어린 아들에게 입단속을 시켰다.

바로 그 직후 사전 연락도 없이 탁발규가 들이닥치자, 질겁을 한 하란 씨는 떠밀다시피 아들을 문밖으로 내쳤다.

"다 큰 녀석이 아직도 어미 품에 매달려 살다니……."

잔뜩 겁먹은 얼굴로 인사도 제대로 차리지 않고 문을 나가는 탁발소를 보며 탁발규는 혀부터 끌끌 차지 않을 수 없었다.

대체 누구를 닮았는지, 탁발소는 눈썹을 치켜올리면 눈의 좌우와 아랫부분이 흰자위로 드러나는 삼백안三白眼을 가지고 있었다. 탁발규는 자신의 옆을 스쳐 문을 나서는 아들 소의 그런 모습을 탐탁지 않은 눈길로 째려보았다.

"아직 어려서 그래요. 소에게 잘 대해주세요."

하란 씨는 탁발규의 눈치를 살피며 조용히 말했다.

"누굴 닮아서 사내답지 못하고 저리 여려터지기만 한 것인지 모르겠군. 부력의 씨 아냐? 우리 태자 사를 봐. 얼마나 사내다

운가?"

탁발규는 하란 씨를 노려보았다. 그가 말하는 '부력'은 이모부, 즉 하란 씨의 첫째 남편 성씨였다. 부력 씨는 한때 하란부를 도운 장수 출신의 핏줄이었다.

"또 그 말씀을! 이제 제발 그만 좀 하세요. 우리 아들 소가 들을까봐 무서워요."

금세 하란 씨의 눈에 글썽이는 물기가 비쳤다. 그렇지 않아도 처음 소가 태어날 때부터 탁발규에게 의심받아 억울했는데, 배다른 형제들에게까지 놀림을 당하는 것을 보고 감정이 격앙되지 않을 수 없었다. 더구나 탁발규에게서 탁발사의 이름이 나오고, 그와 자신의 아들 탁발소를 노골적으로 비교하며 씨가 다르다는 것을 내비치는 말에는 그만 참고 참았던 눈물이 왈칵 솟았다.

방안에 켜놓은 촛불에 반사되어, 탁발규도 금세 그 번뜩임이 하란 씨의 눈물인 것을 알았다. 처음 수하를 시켜 이모부를 살해하고 나서, 마침내 하란 씨와 강압으로 동침할 때의 기억이 떠올랐다. 그때도 그녀는 눈물을 줄줄 흘리며 죽지 못해 몸을 허락하였는데, 그럴수록 그는 더욱 거칠게 다루었다. 이미 죽은 자에게 질투를 느낄 필요는 없었지만, 그는 부쩍 자존심이 상했다.

하란 씨의 눈물을 보자, 탁발규는 또다시 첫날 그녀와의 동침 장면이 떠오르면서 사내로서의 객기가 지나쳐 오심까지 발동하였다. 가슴 저 밑바닥에서 올라오는 불쾌하고 울렁거리는 구역질의 증상을, 그는 자신의 입을 가져다 그녀의 입을 틀어막는 것으로 해결하였다.

'아직도 부럭 씨를 잊지 못하는 모양인데……. 이렇게 입을 틀어막아도 계속 주절거릴 것이냐? 좋아! 그 슬픔에 겨운 눈물을 환희의 기쁨으로 바꾸어주지.'

탁발규는 곧 하란 씨를 이부자리 위로 쓰러뜨리고, 거칠게 그녀의 몸을 탐하였다. 그것은 사랑을 전제로 한 남녀의 화합이라기보다 일방적인 사내의 탐욕이라고 할 수 있었다.

하란 씨가 몸 아래서 울음을 삼키는 걸 느낄 때마다 탁발규의 정복욕은 활화산처럼 뜨겁게 달아올랐다. 그 순간만큼은 욕정도 전투와 다를 바 없었다. 자신을 잘 받아들이는 여자에게는 한없이 부드럽지만, 거부하는 몸짓의 여자는 거칠게 다루어 정복하자는 마음이 앞섰다.

마치 장작개비처럼 뻣뻣한 자세로 거부하던 하란 씨의 몸이 어느 결에 바람에 능청대는 버드나무 줄기처럼 부드러워졌고, 탁발규에게 연신 뜨거운 입김을 토해내며 착 안겨들고 있었다. 드디어 남자에게서 불타던 잉걸불이 여자에게로 옮겨붙은 것이었다. 여자의 몸이 뜨거워지면 입술 사이로 비집고 나오는 감창소리가 요란하였고, 그럴수록 남자의 호흡은 점점 더 거칠어지면서 몸동작도 바빠질 수밖에 없었다. 남녀의 두 몸은 하나로 밀착되면서 느슨하던 물결이 갑자기 폭풍우 같은 진폭으로 격랑처럼 몰아치고 있었다.

그날 밤, 탁발규는 세 차례나 후비 하란 씨의 몸을 정복했다. 실은 그것이 한식산 효과 덕분이었지만, 그는 아직도 자신의 정력을 과신하고 있었다.

사내의 몸이란 기꺼운 만족 다음에 노곤한 잠으로 빠지게 마련이었다. 탁발규가 깊은 잠에서 깨어났을 때는 이미 들창이 환하게 밝아오고 있었다.

5

"토욕혼 원정군 소식은 없나?"

근자에 이르러 답답한 마음을 달랠 길이 없을 때 탁발규가 자주 내관에게 묻는 말이었다.

"네, 아직 파발이 오지 않았사옵니다. 그보다 방금 동북쪽 비려 지역에서 고구려 사신단이 오고 있다는 전갈을 받았사옵니다."

"무엇이 고구려 사신단? 고구려왕이 보낸 사신단이라면, 유연의 소식을 가지고 오는 것이겠군!"

탁발규는 무엇이든 자신의 답답한 마음을 풀어줄 소식을 기다리고 있었다. 운강진 대불사 계획이 틀어진 것이 마치 바위 절벽 앞에 선 것처럼 그의 가슴을 갑갑하게 만들어주었다. 그의 불뚝 성질 같아서는 대신들의 반대를 무릅쓰고 뜻대로 결행하고 싶었지만, 그는 정말 중요한 사안일 때는 자신의 고집을 꺾을 줄 아는 군주였다.

곧 고구려 사신단이 평성에 도착하였다. 사신단 정사는 비려의 처려근지 선재였고, 부사는 염수의 소금상단 대인 우신의 집사이자 대행수인 장쇠였다. 그들은 대규모 상단을 꾸려 수십을 헤아리는 수레에 잔뜩 소금을 싣고 왔다.

탁발규는 반갑게 고구려 사신단 정사 선재와 부사 장쇠를 맞았다.

"고구려 담덕 태왕의 서찰이옵니다."

정사 선재가 탁발규에게 봉인한 서찰을 올렸다.

탁발규는 직접 봉인을 뜯어 서찰을 읽어내려갔다. 내용은 비교적 간단한 요점만 적고 있었다. 먼저 유연과 고구려가 무역으로 물꼬를 트게 되었으므로 장차 대상단의 교류가 원활하게 이루어질 것임을 밝혔다. 아울러 북위와는 예전처럼 친선관계를 유지하여 유연이 절대로 국경을 침범하는 일이 없을 것임을 천명했다고, 온흘제의 아들이자 실권자인 사륜의 말을 전했다.

사실상 북위와 유연의 관계가 틀어진 것은 사륜이 후진後秦

과 화친을 맺으면서부터였다. 후진은 강족의 요장이 세운 나라로 전진의 부견을 죽이고 관중을 평정하였으며, 근자에 이르러 강남의 동진까지 위협하고 있었다. 이처럼 좌시하지 못할 세력인 후진과 그 북쪽에서 점차 세력을 키워가는 유연이 손을 잡자, 북위는 이를 괘씸하게 여기지 않을 수 없었다. 따라서 북위는 예전처럼 유연을 부용국으로 길들이기 위해 장수 화돌에게 군사를 주어 사륜의 군사를 공격하게 했다. 이때 사륜은 화돌의 군사를 일거에 패퇴시킴으로써 기고만장해져, 그 이후부터 아예 북위에 조공으로 보내던 금이며 철괴의 보급을 끊었다.

"흐음, 유연의 사륜이 다시 우리와 화친을 원한단 말이렷다?"

태왕 담덕의 서찰을 접으며 탁발규는 혼잣소리처럼 말하며 입가에 묘한 웃음을 흘렸다. 그것을 눈여겨 보고 있던 선재가 침묵을 깨뜨리고 말했다.

"이번에 아국의 사신단은 내친김에 유연까지 갈 생각이옵니다. 폐하께서 유연에 친서를 써서 실권자인 사륜의 마음을 달래주신다면, 예전처럼 조공으로 예의를 갖추도록 설득하겠사옵니다."

선재도 봉인하기 전에 태왕 담덕이 탁발규에게 보내는 서찰을 읽었기 때문에 은근슬쩍 첨언을 하였다.

"흐음, 고구려 사신단이 유연까지 간다? 소금을 수십 대의 수레에 싣고 왔다더니, 그것이 유연과 거래를 하기 위한 상단의 짐이었소?"

탁발규는 성급하게도 고구려 사신단이 가져온 소금을 북위에 주는 봉물로 생각하고 있었다.

"물론 그 소금들 중 절반은 폐하께 진상하는 것이고, 나머지 절반은 유연으로 가져가 철괴로 바꾸어 올 생각이옵니다."

"흐음, 그러고 보니 아국이 모용 선비들과 전쟁하면서 고구려로 가던 금산의 철괴를 접수하여 무기 만드는 데 사용한 바 있소이다. 그래서 염수의 소금을 주고 금산의 철괴를 가져가던 고구려가 유연과의 교류가 막혀 답답했던 모양이로군. 이제 모용 선비와의 전쟁도 일단락되었으니, 유연과 고구려의 교류를 중도에 차단할 생각이 없소이다. 장차 아국도 고구려에 여분의 철괴를 실어 보낼 생각이니, 고구려왕에게 그 점을 잘 이해시켜 주시오. 한데 담덕왕은 저 북쪽 초원로를 개척한 후 지금 어디로 진군하고 있소이까?"

탁발규는 최근의 고구려 태왕 소식을 듣지 못한 상태였다.

"태왕 폐하께서는 토욕혼에 1백여 기의 고구려 기병대를 파견하고 나서, 염수에서 그들의 회군을 기다리고 있사옵니다."

"흐음, 짐도 토욕혼 원정군의 회군 소식을 기다리고 있던 참이오. 참 생각난 김에 고구려왕에게 토욕혼 원정에 기병대를 보내주어 고맙다고 전해주시오. 그렇다면 아직은 고구려왕이 염수에 머물고 있겠군! 그 다음 행보는 어디로 잡고 있소?"

탁발규는 고구려 태왕 담덕의 행보에 유독 관심을 보였다.

"그러하옵니다. 소신을 사신단으로 보내면서, 태왕 폐하께선 초원로 개척 원정군을 이끌고 국내성으로 갈 것이라 했사옵니다. 원래는 요동으로 갈 계획이었는데, 파발을 통해 아직 7중목탑을 완공하지 못했다는 보고를 받고 토욕혼에 간 기마대를 기다려 곧바로 귀환하기로 결정했사옵니다."

"오오라, 짐도 담덕왕이 요동성 산 중턱에 7중목탑을 세운다는 얘길 전해 들은 바 있소이다. 연전에 그 소식을 접하고 짐은 우리 사이의 양수겸장 전략이 여전히 요긴하게 작동하고 있다 생각했는데……. 아무튼 좋소이다. 오늘 저녁 고구려 사신단을 환영하는 연회를 베풀 것이니, 거기서 많은 얘기를 나누어 봅시다."

탁발규는 그동안 궁금했던 고구려의 요동성 7중목탑 건설에 대해 더 묻고 싶었다. 그러다가 문득 승려 도진은 그 일에 대해 어떤 생각을 견지하고 있는지 알기 위해, 연회 자리에 그를 참여시켜 같이 이야기를 듣고자 하였다.

그날 저녁 연회가 베풀어졌고, 탁발규는 자신의 좌측에 직랑 최호와 승려 도진을 앉혔다. 겸하여 우측에 고구려 사신단 정사 선재와 부사 장쇠의 자리를 마련하여 연회를 겸한 술자리에서 대화가 자유롭게 오갈 수 있도록 했다. 또한 상석 좌우로는 북위 대신들과 고구려 사신단이 마주 본 형태로 길게 좌정한 가운데 음식과 술이 마련된 연회석이 펼쳐져 있었다.

"여기 저 서역의 구자국龜玆國(쿠차)에서 온 도진 스님도 있으니, 고구려왕이 요동성 산 중턱에 7중목탑을 세우는 이야기부터 들어봅니다."

술잔이 서너 배 돌아간 후 탁발규가 입을 열었다.

선재는 자신이 알고 있는 범주 안에서 태왕 담덕이 아육왕탑 석편을 얻은 이야기에서부터 7중목탑을 건설하게 된 내력을 들려주었다. 탁발규를 비롯하여 최호와 도진도 비상한 관심을 가지고 그의 이야기에 귀를 기울였다.

"도진 스님 생각은 어떠시오?"

선재의 이야기를 다 듣고 난 탁발규가, 먼저 도진에게 고구려의 7중목탑 건설에 대한 견해를 물었다.

"고구려왕이 아육왕탑 석편을 얻은 것은 참으로 큰 행운이라 생각하옵니다. 특히 신묘한 꿈 이야기는 설화에 가까울 정도인데, 아무튼 아육왕탑 석편이 요동성 산 중턱에서 나왔다는 것은 사실이니 믿을 수밖에요. 이는 오래전에 이미 아육왕탑 석편을 가져온 사람이 있었다는 이야기인데, 미상불 불교가 그때 요하 건너 요동까지 전해졌다는 확실한 증거가 아니겠습니까?"

도진의 말을 들으며 탁발규는 입술을 비틀었다. 자신이 바라던 답이 아니었기 때문이다.

"짐은 고구려왕이 왜 그 자리에 7중목탑을 세웠느냐 하는 것이오. 분명 그건 불심을 이용하여 요하 건너 후연에 선전포고를 하는 것이나 다름없는 일이 아니겠소?"

"폐하! 그건 일장일단이 있는 전략이라 사료되옵니다. 고구려왕이 불국정토를 꿈꾸면서 대내외에 가시적으로 자신의 포부를 보여주고자 하는 목적이 장점이라면, 그 요동성 언덕에 우뚝 솟아오른 상징적인 불탑이 요하 건너 후연군으로 하여금 적개심에 불타게 하여 요동성 공략에 나서도록 한다는 점에서는 단점이라 아니 할 수 없사옵니다."

도진을 대신하여 최호가 답변한 말이 그러하였다.

"최 직랑의 말씀에도 일리가 있긴 합니다만, 우리 고구려는 이미 7중목탑을 세우는 불심의 효력을 충분히 보았습니다. 당시 요동성을 지키던 후연의 군사들이 전투 한 번 제대로 치르지 못하고 겁에 질려 요하를 건너갔으니까요. 담덕 태왕께서는 요하를 건너 그 너른 들판으로 적군이 몰려올 때 요동성 중턱에 높다랗게 솟은 7중목탑을 보고 오금이 저려 주저앉게 하겠다는 목적으로 탑 건설에 박차를 가하고 있는 것으로 알고 있사옵니다."

선재의 말을 듣고 탁발규는 빙그레 웃었다. 한참 고개를 끄덕이다가 마침내 입을 열어 한마디 했다.

"고구려왕이 '대왕'이 아닌 '태왕'이라 지칭한 이유를 알 것 같소. 만약에 짐도 아육왕탑 석편을 얻었다면 고구려왕처럼 그렇게 했을 것이오."

탁발규는 그런 면에서 내심 태왕 담덕이 부럽기까지 했다. 그는 운강진 바위 절벽에 석굴을 뚫고 부처 조상을 들여앉히는 대불사를 일으키려다가 대신들의 반대로 그 계획이 무산돼 버렸지만, 고구려 태왕 담덕은 자신의 의지를 그대로 관철하였기 때문이다. 전해 듣기로, 그 계획을 실행하는 데 있어 고구려 대신들의 반대가 전혀 없었다고 하는데, 군주의 권위가 그만큼 강하다는 증거였다.

"고구려왕은 이번에 초원로 개척을 통하여 저 서역과의 말 교역을 크게 활성화할 계획인 것 같은데, 짐이 보기에 그것은 겉모습이고 속내는 부여를 강하게 압박하기 위한 전략 아닌가 하는 생각이 드오."

탁발규는 이미 고구려 태왕 담덕의 전략을 맑은 물속 들여다보듯 훤히 꿰뚫고 있었다. 그는 그렇게 물속의 자갈돌 구르는 소리, 버들붕어의 유영하는 모습, 가재들의 어슬렁거리는 움직임까지도 명확하게 감지하는 오감 능력을 갖추고 있었다.

탁발규의 그런 오감 능력을 확인하는 순간, 선재는 속으로 뜨끔하였다. 역시 세상을 보는 눈이 남다른, 타고난 군주의 역량을 갖추고 있음을 알 수 있었다.

"부여는 고구려와 형제나 다름없는 나라입니다. 물론 고구려의 초원로 개척이 부여를 압박하는 것으로 보일 수도 있겠으나, 아마도 담덕 태왕은 다른 생각을 가지고 계실 것이옵니다. 부여 출신의 왕후를 택한 것도 그 깊은 속을 읽을 수 있는 좋은 예가 되지 않겠사옵니까? 사사롭게는 소신이 왕후의 모친에게는 손위 오라비가 되옵니다."

"오, 그러하시오? 그러하면 고구려왕에게는 처외숙이 되는 것 아니겠소?"

선재의 말에 탁발규는 눈을 크게 뜨고 상대를 다시 쳐다보았다.

"어찌 나라를 통치하는 군주와 촌수를 따질 수 있겠사옵니까? 군신 관계가 우선 아니옵니까?"

선재는 몸을 바로 세우며 정색하고 말했다.

"앞으로 고구려는 유연과 어떤 교류 관계를 유지할 것이오?"

탁발규가 다시 유연으로 화제를 돌렸다.

"네! 우리 고구려는 서역 여러 나라와의 교류를 원하고 있으므로, 유연 지역에 설치하고 있는 역참을 동서 교역의 교두보로 삼을 생각이옵니다. 지금 금산 동쪽 사면에는 그동안 초원로 곳곳에 설치한 역참보다 그 규모를 더 크게 만들고 있는데, 우리 고구려 대상들은 금산을 넘기 전에 그곳 객관에서 충분히 휴식을 취할 필요가 있기 때문이옵니다."

이렇게 말한 것은 고구려 사신단 부사로 온 소금상단 대행수 장쇠였다.

"아무튼 이번에 고구려왕 덕분에 손 하나 안 대고 계륵 같은 유연으로 하여금 전처럼 금과 철괴를 아국에 조공토록 하였으니, 사신단이 다시 귀국하게 되면 고구려왕에게 고맙다는 말을 전해주시오. 이를 계기로 하여 앞으로 아국도 유연과 교류의 장을 더욱 확대해나갈 것이오. 고구려 사신단이 떠날 때 유연왕에게 보내는 서찰을 써줄 것이니, 온흘제나 그의 아들 사륜에게 직접 전해주시기를 바라는 바이오."

탁발규는 연회가 끝나기 전에 먼저 일어섰다. 자유롭게 최호와 도진, 그리고 선재와 장쇠가 나라 안팎의 이야기를 나누도록 하기 위해서였다.

6

고구려 사신단 정사 선재는 며칠 더 평성에 머물면서 토욕혼 원정군이 회군하면 대장군 우적이 이끄는 고구려 기병대를 보고 떠나려고 했다. 그러나 서너 날 기다려 보았으나 소식이 없자, 마침내 그는 대상단을 이끌고 유연으로 출행하기로 마음을 굳혔다.

"폐하, 고구려 사신단은 유연으로 떠나야 할 것 같습니다. 원정군의 고구려 기마대를 이끄는 우적 장군에게는 담덕 태왕이 염수에서 기다린다고 전해주시기 바랍니다."

이때 탁발규는 직랑 최호를 통해 유연왕 온흘제에게 보내는 서찰을 써서 선재에게 전했다.

평성을 떠날 때 고구려 사신단은 염수 대상들이 가져온 소금의 절반을 떼어놓고 나머지 절반을 가지고 곧바로 유연으로 향했다. 선재가 유연 행을 서두르는 것은 금산 동쪽 산자락에 역참을 겸한 대상들의 객관을 짓고 있는 고구려 상단과 목수들을 위무하기 위해서였다. 사신단이 염수를 떠날 때, 담덕은 이제 한겨울이 지나 초봄이 되었으니 본격적인 건설을 시작할 것이라며 선재로 하여금 태왕을 대신하여 노고를 부탁하는 말을 전하라고 했기 때문이다. 더구나 비려부의 처려근지로 지방 행정을 맡고 있었으므로, 오래도록 자리를 비워둘 수 없었다. 그가 없는 틈을 노려 아직 고구려에 굴복하지 않은 거란의 다른 부족들이 염수를 노릴 우려가 있었다. 고구려에 복속한 비려부도 거란족의 일부이므로, 그들끼리 연합해 준동하는 심각한 사태가 벌어질지도 모를 일이었다.

고구려 사신단이 평성을 떠나고 나서 다시 며칠이 지난 후 토욕혼 원정군이 회군하였다. 원정군을 이끄는 분무장군 장곤은 토욕혼 군대를 초전에 박살 내고 일찍 회군하겠다고 장담하였으나, 현지 사정은 전혀 그렇지 못했던 모양이었다.

"사막 날씨가 변덕스럽고, 토요혼의 성곽이 평지에 진흙 굴을 뚫어 그 흙을 이용해 벽체를 만든 관계로 공략하는 데 많은 어려움이 있었사옵니다. 아군은 추위를 견디는 데는 단련이 되어 있으나 폭염에는 손발이 엿가락처럼 늘어져 맥을 못 추었습니다. 그러나 토욕혼 군사들은 그런 찌는 듯한 더위에 익숙하였으며, 더구나 성안의 토굴을 마치 거미 굴처럼 산지사방으로 어지럽게 뚫어놓아 그 안은 서늘한 편이었으므로 폭염을 견디기에 유리했을 것이옵니다. 또한 토굴 속에는 저 천산산맥의 만년설이 녹아내리는 물을 끌어들인 지하수로가 지나가고 있어, 식수까지 저절로 해결되므로 적들은 농성하는 데 지극히 유리한 입장이었습니다. 그에 비하면 원정군은 현지 지리에 어두운데다 성벽을 넘어 들어가더라도 토굴이 어디서 어느 방향으로 뚫렸는지, 출입구가 어디인지 도무지 알 길이 없어 많은 애를 먹었사옵니다."

평성에 도착한 장곤이 곧바로 탁발규를 알현하여 보고한, 원정군의 회군이 늦어진 이유였다.

"흐음, 현지 사정이 그러하였다니 원정군의 고생이 작심하였겠소. 특히 선발대를 고수한 고구려 기병대의 고충이 컸을 것 같은데, 어떻게 토욕혼 성을 공략하셨소?"

탁발규의 시선이 분무장군 장곤 옆에 있던 고구려 기마대를 이끈 선봉장 우적에게로 옮겨졌다.

“우리 고구려 기마대는 말을 타고 적의 성벽을 넘었으나, 적의 기마대들이 성을 탈출해 들판에서 싸웠으므로 성안의 진흙굴에는 들어갈 여유도 없었사옵니다. 들판에서 싸운 기병들도 폭염의 더위에는 많이 지쳐 적의 기병들을 추격하는 데 어려움이 컸던 것이 사실이옵니다. 더구나 사막의 평지에 세워져 있는 적의 토성이 한두 군데가 아니고 사방에 흩어져 있어, 공략하기 쉽지 않았사옵니다. 그래도 적을 돈황과 월아천을 거쳐 남동쪽으로는 토번 가까운 지역으로까지 몰아붙였고, 다시 서북쪽으로 고창을 지나 화염산(신장 위구르 지역) 인근까지 추격하였습니다. 화염산은 황무지에 솟은 구릉인데, 기온이 매우 높아 그 붉은 사암 언덕에서 더운 김이 아지랑이처럼 모락모락 피어오르는 것이 눈에 보일 정도였습니다. 장작불에 뜨거워져 김이 솟는 가마솥처럼, 가만히 있어도 숨이 턱턱 막힐 지경이었사옵니다.”

우적의 말에 탁발규의 입이 쩍 벌어졌다.

“허어, 역전 노장께서 고생이 자심하셨겠구려. 짐도 젊은 시절 서쪽 철불鐵佛 흉노를 칠 때 사막 기후를 경험해본 적이 있지요. 아무튼 이번 원정에서 고구려 기마대가 선발대로 출전해 혁혁한 공을 세우지 않았소이까?”

“폐하! 이번에 고구려 기마부대가 토욕혼 기마대를 추격해

1백 두 가까운 말을 포획하여 끌고 왔사옵니다."

옆에서 가만히 듣고 있던 장곤이 말했다.

"월아천에서 휴식을 취하던 적의 기병들이 말을 내버리고 모래 산을 기어올라 도망치는 바람에 사로잡은 것인데, 어쨌든 이번 원정에서 얻은 전리품이므로 폐하께 바치고자 하옵니다."

우적이 탁발규를 바라보며 한 말이었다.

"허어, 서역의 명마를 얻게 되었구려. 이번 고구려 기마대는 아국을 도우러 온 용병이라 할 수 있는데, 그에 대한 마땅한 대가를 지불할 것이오. 원하는 것이 있으면 말하시오."

탁발규는 전리품으로 가져온 말 1백 두를 다시 그대로 고구려군에게 내주고 싶었으나, 우적이 극구 사양할 것 같아 다른 방법을 찾아보기로 하였다.

"폐하! 용병은 돈을 받고 전투에 참여하는 직업적인 군대를 이르는 말이므로 가당치 않사옵니다. 우리 고구려 기마대는 용병이 아니라 담덕 태왕께서 보낸 지원군이옵니다. 그러므로 마땅히 그에 대한 대가는 받지 않을 것이옵니다."

"허헛, 이것 참! 그러하면 고구려왕에게 짐이 무엇으로 보답을 하란 말이오?"

탁발규는 매우 난감한 표정을 지었다.

"국가와 국가 간의 선린관계이므로 어려울 때 서로 돕는 것은 지극히 마땅한 일이옵니다. 그러므로 보답한다기보다 서로 위기에 처할 때 힘을 보태주는 것이 옳은 일인 줄 아옵니다."

우적은 태왕 담덕도 이번 고구려 기마대의 원정군 가담에 물적인 보답을 결코 원치 않을 것이라고 판단했다. 외교 문제는 서로 물적인 교류를 뛰어넘는 것 이상의 중요한 국가 대사이기 때문이었다.

고구려 기마부대가 평성을 떠나기 전에, 탁발규는 직랑 최호를 불러 독대하였다.

"이번에 최 직랑이 고구려에 사신단으로 다녀오도록 하게. 고구려 기마대가 떠날 때 동행하여 직접 고구려왕을 만나 고마움을 전하도록……."

"비려 지역으로 말입니까?"

최호는 자신이 사신단을 이끌고 가는 목적에 대해 묻고 있었다.

"원정군을 이끌고 국내성으로 회군한다고 하니, 떠나기 전에 백금을 수레에 싣고 가서 비려에서 전달하게. 이번 토욕혼 원정에 큰 공훈을 세운 고구려 기마대에 대한 보답을 섭섭하게 해서는 안 될 것이란 생각이 들었지. 며칠 전 유연으로 떠난 고구려 사신단에게 들은 바로는 고구려왕이 요동성 산 중턱에 7중목탑과 종루를 세운다고 하는데, 그 탑을 가운데 두고 화강암으로 된 부처의 전신상도 하나 세우면 균형이 제대로 갖춰질 것 같더군. 기왕에 석조물로 새긴다면 금물을 입혀 금부처 입상을 세우는 것이 좋겠지. 백금을 보내는 것은 금부처를 만드는 데 보태라는 명목이지만, 고구려 기마부대가 가져온 1백 두 가까이 되는 말을 전리품으로 받았으니 그에 대한 보답도 되는 것 아니겠는가?"

탁발규의 말을 최호는 금세 알아들었다.

최호는 내심 얼마 전 탁발규가 운강진 바위 절벽에 대불사를 일으키겠다는 계획을 감히 반대하여 무산시킨 일에 대하여 찜찜한 마음을 갖고 있었다. 그것은 몇십 년이 걸릴지도 모르는 대역사였고, 그로 인한 국력 낭비는 불을 보듯 뻔한 노릇이었다. 그러나 고구려의 요동성 산 중턱에 석불 입상을 세운다는 것은, 한 번 힘을 써서 여러 가지 목적을 달성하는 효과를 가져올 수 있다고 생각했다.

"폐하께서 전에 참합피 성주 난한에게 금덩어리를 보내던 그 전략을 이번에는 고구려를 대상으로 펼치시려는 것이로군요?"

최호의 목소리는 은근하면서도 낮았다.

"참합피와는 그 성격이 엄연히 다르지. 후연은 적국이고 고구려는 우방국 아닌가?"

탁발규가 눈을 번쩍 뜨고 최호를 직시하였다.

"요동성에 백금을 보낸다는 것은 단지 고구려만을 위한 일은 아니지 않습니까? 요하 건너 후연에 보여주기 위한 것이기도 하고……."

"그리고……?"

"다시 말씀드리면, 후연의 모용성에게 아국이 고구려와 든든한 동맹관계를 맺고 있다는 것을 금부처가 묵시적으로 말해주길 바라시는 것 아니겠습니까?"

"허허 헛! 거기까지 생각했는가?"

"전에 참합피에 금덩어리를 보낼 때처럼 도처에 첩자들을 침투시켜 후연의 용성에도 그 소문이 퍼지도록 해야겠지요."

최호는, 그러나 고구려에 백금을 보내 요동성 산 중턱 7중목탑 옆에 금부처 입상을 세우는 일이 탁발규 자신의 불안감을 불식시키는 효과도 있다는 것에 대해서는 입을 다물었다. 그것은 감히 입을 열어 밝힐 수 없는 문제였다.

운강진 대불사 계획이 수포로 돌아가자, 탁발규는 백금을 주고라도 이웃 나라의 불사를 도와 해골들의 출현으로 꿈자리가 사나운 액땜을 하고자 하는 것이었다. 최호는 그 의도를 알기에 고구려에 백금을 보내는 일을 말리고 싶어도, 차마 그것까지 반대할 수는 없었다.

7

바람결이 부드럽게 피부를 간질이는 한창 무르익은 봄, 북위군의 토욕혼 원정길에 참여했던 고구려 기마부대가 비려 지역의 염수에 도착했다. 그 부대를 따라 북위의 사신단이 함께 온 것을 태왕 담덕은 뜻밖의 일로 생각하였다. 더구나 두 대의 수레에 백금을, 그리고 십여 대의 수레에 철괴를 싣고 온 것은 전혀 예상치 못한 일이었다.

"폐하! 요동성 산 중턱에 7중목탑을 건설하는데, 바로 그 옆에 금물을 입힌 석불 입상도 하나 세워야 하지 않겠냐는 북위 황제의 배려가 있어 사신단이 백금을 수레에 싣고 온 것이옵니다."

북위 사신단을 일단 염수의 객사에 머물게 한 후, 대장군 우적이 태왕 담덕을 알현하고 북위 토욕혼 원정군의 선봉으로 참여한 고구려군의 전투에 대한 전말을 보고하는 자리였다.

"허어, 탁발규가 평성으로 도성을 옮긴 후부터 연호를 '천흥天興'이라 하고 스스로 황제라 칭한다고 들었습니다. 백금을 보내주다니, 과연 황제다운 배포가 아니겠습니까?"

담덕은 고구려로서는 충분히 북위에서 보내준 백금을 받아도 될 만큼 명분이 있다고 생각하며 고개를 끄덕거렸다.

이때 우적은 토욕혼 원정 때 적의 기마대로부터 1백 두에 가까운 말을 탈취하여 북위에 전리품으로 전해준 이야기를 하면서, 아마도 탁발규가 그 대가로 백금을 보낸 것이 아닌가 생각한다는 설명을 달았다.

"허면, 따로 철괴를 십여 대의 수레에 실어 보내준 것은 또 무는 의미인가요?"

"아마도 태왕 폐하께서 얼마 전 선재를 정사로 삼아 사신단을 파견할 때 염수의 소금을 수레에 실어 보낸 것에 대한 화답이 아닐까 추측됩니다. 사실상 북위는 후연과 몇 년간의 전쟁을 치르면서 저 금산에서 염수로 오는 대상단의 철괴를 중간에서 가로채지 않았습니까? 이제 골육상쟁으로 후연이 내리막길을 걷게 되니, 북위로선 일단 전쟁의 불씨가 사라져 무기를 만들 철괴에 대한 부담이 그만큼 줄어든 것이겠지요."

우적은 그동안 금산에서 철괴의 보급이 잘 되지 않아 무기를 많이 만들지 못하고 있다는 사실을 야철장 단장 김슬갑으로부터 들은 바 있었다. 그래서 무산과 율구에서 철광산을 개발하고 있으나, 당장 필요한 철괴를 보급하는 데는 역부족이라는 것도 잘 알았다. 이번에 선재가 사신단에 염수의 상단을 참여시켜 북위의 평성을 거쳐 유연까지 가게 된 것도 사실상 소금과 철괴의 교역을 더욱 공고히 하기 위한 담덕의 고육지책이었던 것이다.

"아무튼 열사의 땅 서역까지 가서 노고가 많았습니다. 평성에서 이곳까지 달려오느라 고생이 자심하였을 것이니, 북위의 사신단은 충분히 휴식을 취한 후에 만나보도록 하지요."

담덕은 대장군 우적도 숙소로 돌아가 쉴 수 있도록 배려하였다. 토욕혼 전투 이야기는 좀 더 듣고 싶었으나, 나중에 국내성으로 회군할 때 들을 기회가 많이 있어 차후로 미루었다.

다음날 오후 늦은 시각에, 담덕은 북위의 사신단을 만났다. 정사인 최호와 부사인 승려 도진이 함께한 자리였다. 그 자리에는 대장군 우적, 그리고 북위에 사신단으로 여러 차례 간 적이 있던 추동자가 통역을 겸해 참석하였다.

북위 사신단 정사 최호는 먼저 태왕 담덕에게 탁발규의 서찰을 전했다. 그 서찰은 토욕혼 원정에 고구려 기마대를 보내준 것과 유연과의 관계 개선에 힘써준 데 대한 고마운 마음을 전하고 있었다. 그리고 백금을 보내는 것은 7중목탑 건설을 도와 북위가 고구려와 함께 여전히 선비 세력에 대한 양수겸장 전략을 진행하고 있다는 사실을 분명히 밝히고 있었다.

탁발규의 서찰을 다 읽고 나서 담덕은 최호를 향해 말했다.

"먼 길 오느라고 수고가 많으셨소. 백금으로 석불 입상에 금물을 입히는 데 쓰라 하셨는데, 너무 과분한 것 아닌가 하는 생각이 듭니다."

"과분하다는 말씀 거두어주십시오. 폐하께서 요동성의 후연 군사들을 몰아낸 것이, 아국의 입장에선 40만 대군을 진군시켜 중산과 업을 공략하는 데 큰 힘이 되었사옵니다. 용성의 군사들이 요동성의 고구려군 때문에 중산으로 원군을 보낼 엄두를 내지 못했으니까요. 이번에 요동성 산 중턱에 7중목탑을 세우는 일도 요하 건너 후연군에 대한 선전포고 같은 것 아니겠습니까? 아국의 황제께서 백금을 보내는 것은, 그 또한 후연 군으로 하여금 겁을 잔뜩 집어먹도록 하자는 전략의 일환이옵니다. 저들에게는 아국과 고구려가 연합을 더욱 공고히 한다는 의미로 통하지 않겠사옵니까?"

최호는 나이가 젊은 만큼 패기 있고 당당해 보였다.

"북위에서 싣고 온 백금에 그런 깊은 뜻이 담겨 있었구려."

담덕은 입가에 묘한 웃음을 담은 채 좌중을 두루 둘러보았다.

"요동의 7중목탑이 세워지는 자리에서 아육왕탑의 석편을 얻으셨다 들었는데, 마치 설화 같은 얘기였습니다. 꿈에 오색구름 속에서 노승이 지팡이를 짚고 서 있는데, 홀연히 자취를 감추어 그곳을 파보니 아육왕탑의 석편이 나왔다고 했습니다. 그 소문을 접한 순간, 소승은 폐하께서 정말 그런 꿈을 꾸셨는지 실제 육성으로 듣고 싶었사옵니다."

이렇게 나선 것은 북위 사신단 부사로 온 승려 도진이었다.

"오, 스님께선 저 서역 땅 구자국의 선승 구마라습 제자라 알고 있소. 헌데 스님께선 아육왕탑 석편 이야기를 어디서 들으셨소?"

담덕은 자신이 아육왕탑 석편을 얻게 된 꿈에 대한 소문이 혹시 구자국까지 퍼져나간 것인가 하는 생각이 문득 들었던 것이다.

"평성에 와서 최굉 원로대신에게 들었사옵니다. 여기 계신 최호 정사의 부친이 되시옵니다."

도진이 최호 쪽으로 잠시 눈길을 돌리며 말했다.

"꿈을 꾸고 나서 아육왕탑 석편을 얻은 것은 사실이오. 다만 소문이 퍼져 사람들의 입에서 입으로 옮겨지면서 조금씩 변색이 되긴 했겠지요. 그보다도 스님의 스승이신 구마라습은 어떤 분이시오? 워낙 그 명성이 널리 알려져 일찍이 전진 황제 부견이 여광 장군을 서역에 파견해 구마라습을 모셔오라 했다 들었소. 부견이 죽으면서 전진이 망하자 여광이 후량後涼을 세웠고, 학승 구마라습을 국사로 모시고 국정을 운영하고 있다는 소문도 들었소이다."

담덕은 과연 구마라습이 어떤 인물이기에 전진의 부견이 여광을 시켜 초청토록 했는지 궁금했다.

"감히 소승이 제자라 하여 구마라습 스승을 욕되게 할 수는 없사옵니다. 열 살을 전후하여 스승에게서 불교 경전을 잠시 익혔을 뿐이옵니다. 그 후 스승께선 여광의 군사들에게 사로잡혀 장안으로 가다 전진이 망한 소식을 접하고 양주에 머물러 후량의 국사가 되셨지요. 소승은 구자국에서 스승과 헤어진 후 소문으로만 들었지, 그 이후로 아직 만나보지는 못했사옵니다."

"그래도 구마라습 학승에 관해서 스님이 아는 데까지만 이야기해주시오."

"구마라습 스승께선 천축국 재상의 아들인 구마라염의 아들로, 구자국 공주 기파랑과의 사이에서 태어났다고 합니다. 7세 때 출가하여 부친의 고국인 천축에 가서, 그 나라 말과 글을 익히며 불경을 공부했다고 들었습니다. 스승께서는 도에 대한 관심이 깊어 제자들의 법명을 지을 때 '도' 자를 많이 사용합니다. 소승의 법명이 '도진道眞'이 된 것도 그러하려니와, 들려오는 소문에 의하면 후량에 가서 제자로 삼은 승려들에게도 '도항道恒', '도표道標' 등의 법명을 주었다 들었습니다. 일찍이 스승께서 도통한 경지에 이르렀다는 소문은 다음과 같은 일화로 전해져오고 있습니다. 구자국 북쪽의 온숙국에 사는 '괴론사'라는 사람이 있었는데, 그는 오만불손하게도 누구든 자신과 변론에서 이기는 자에게는 즉시 스스로 머리통을 깨고 사죄하겠다고 했다고 합니다. 그 소문을 듣고 구마라습 스승이 찾아가 치열한 변론 끝에 마침내 그를 굴복시켰다는 것입니다. 당시 스승은 스무 살 안팎의 젊은 시절이었습니다. 아마도 그때부터 스승께서는 '도'에 대한 자신감을 갖지 않았나 생각됩니다."

"재미있는 이야기입니다. 스무 살 안팎의 나이에 그런 경지에 이르렀다면, 과연 학승 구마라습의 학문이 얼마나 깊은지 짐작이 갑니다."

담덕도 왜 여광이 구마라습을 후량의 국사로 삼았는지 그 이유를 알 것 같았다.

"폐하! 요동성 산 중턱에 7중목탑을 세운 목적이 불사를 통하여 요하 건너 선비 세력에 대한 고구려의 위력을 보여주고자 하는 것에만 있지는 않은 것 같아, 소승은 그걸 알기 위해 사신단 부사로 여기까지 왔사옵니다. 그 의문을 풀어주시옵소서."

도진은 사실상 정사 최호에게 이야기하지는 않았지만, 비밀리에 탁발규의 특명을 받고 온 것이었다. 바로 7중목탑의 대불사는 북위가 운강진 바위 절벽에 석굴을 파고 부처상을 모시려는 것과 크게 다를 바가 없으므로, 최호로 하여금 뭔가 깨달음을 주기 위한 전략의 일환이라고 할 수 있었다.

"불국정토란 피아의 구분이 없고, 전쟁이 없는 평화로운 세상을 만드는 일입니다. 따라서 7중목탑을 세운 목적은 요하 건너 선비 무리에게 겁을 주자는 것도 있지만, 실상은 온누리를 평화롭게 하여 전쟁 없이 더불어 사는 세상을 만들고자 함입니다. 7중목탑은 태백산 금강송을 가져다 지은 것인데, 이는 곧 신단수를 상징하는 것입니다. 우리 고구려는 이미 단군왕검의 조선시대부터 수목을 섬기는 사상이 뿌리를 내렸는데, 이는 천신 사상과 연관이 있습니다. 즉 땅에 깊이 뿌리를 내린 신목은 하늘을 향해 곧추 올라가는 자세로, 탑의 형태가 바로 그러합니다. 따라서 하늘과 땅 사이를 잇는 신목이 있고, 그 아래 만

백성들이 화평의 세상을 누리며 사는 것을 기원하는 탑이라고 보면 될 것입니다."

담덕은 마치 고승이 된 듯한 자세로 법문하듯 자연스럽게 말을 이어나갔다. 실상은 지금 곁에 없는 석정 대사 흉내를 내고 있었다. 석정 대사가 요동성에 있으므로, 그 자신도 대신하여 말을 하고 있다고 생각했다. 그래서 말도 술술 잘 나왔다.

"천신 사상과 신목 숭배는 도교적인 학풍과 매우 관련이 있다는 생각이 듭니다. 불교와 도교의 만남이라? 조금은 이해가 되지 않는 부분이 있는 것 같은데, 좀 더 구체적으로 설명해주시지요."

이번에는 최호가 나섰다. 그는 유학을 숭상하지만, 어린 시절부터 모친의 영향을 받아 자연스럽게 그의 정신세계는 도교적 입장도 견지하고 있었다.

"우리 고구려는 종교에 관한 한 편벽된 사상을 갖고 있지 않습니다. 처음 불교를 받아들여 사찰을 건축할 때 부처님을 모시는 법당 뒤에 산신각과 칠성각을 지었습니다. 산신각은 신선을 모시는 곳이고, 칠성각은 도교에서 유래한 북두칠성신을 모시는 사당입니다."

"오, 편벽되지 않은 사상이라니……. 다양성을 가진 외래문화를 하나로 아우르는, 그 종교적 태도가 매우 마음에 듭니다."

최호가 크게 긍정한다는 의미로 고개를 한참 동안 끄덕거렸다.

그 모습을 보면서 도진은 마음속으로 유학만을 고집하던 최호의 생각이 태왕의 말을 들은 후 많이 바뀌고 있음을 느꼈다. 그 역시 고구려의 불교가 도교와 토속 종교까지 끌어안는 다양성을 추구하고 있다는 점을 매우 긍정적으로 받아들이고 있었다.

다음날, 북위 사신단은 소금대상 우신의 안내를 받아 염수를 돌며 호수 가장자리에 쌓아놓은 소금산을 보고 놀라움을 금치 못했다. 북위의 도성 평성에선 소금이 귀해 금값인데, 염수에선 지천에 소금이 깔려 있었다. 그저 고무래로 호수 가장자리 바닥을 긁어 한군데로 모아놓으면 소금산이 되었다.

우신은 북위 사신단을 극진히 대접하였다. 태왕 담덕을 만나고 나서 곧바로 평성으로 돌아가려는 것을 극구 말려, 며칠 동안 진수성찬으로 연찬을 베풀었다. 금산 아래 유연과 교류하려면 북위 서북 지역을 지나가는 것이 가장 평탄한 지름길이었다. 전에는 금산의 철괴를 들여올 때 북위가 중개무역을 했으나, 이제 유연 지역에 고구려 역참을 설치하게 되면 직접 교역이 가능해지므로, 북위로부터 정식 인가를 받는 것이 필수적이었다.

그러한 이유로 우신은 자청하여 크게 연회를 베풀었고, 담덕은 자연스럽게 북위 사신단으로 하여금 유연과 고구려의 철괴

직거래가 성사될 수 있도록 협의하는 자리를 가졌다. 북위로선 소금이 절대적으로 필요했다. 그러므로 사신단 정사 최호는 그 거래 조건을 내세워 북위로 돌아가면 유연과 고구려가 중개무역을 통하지 않고 직접 교역이 가능하도록 정식 인가를 받을 수 있도록 해주겠다고 약속했다. 그러는 사이에 유연에 고구려 사신단을 이끌고 갔던 선재 일행이 돌아왔다.

거란 비려부의 처려근지인 선재가 염수의 고구려 군영을 지키게 되었으므로 담덕은 비로소 안심할 수 있었다. 우신이 극구 말려 며칠 더 염수에 머물게 된 것이지만, 선재가 부재한 고구려 군영을 그대로 둔 채 떠나는 것이 안심이 안 됐던 게 사실이었다.

북위 사신단이 평성으로 돌아가고 나서, 태왕 담덕도 국내성으로 원정군의 회군 준비를 서둘렀다. 그는 먼저 기예단장 양수를 불러 말했다.

"양 단장! 그동안 기예단의 수고가 많았소. 이제 원정군은 국내성으로 귀환해야 하니, 양 단장은 기예단을 이끌고 요동으로 가시오. 북위에서 보낸 금괴는 수레에 싣고 가서 7중목탑을 세우고 있는 석정 스님에게 전해주시오. 거기서 배를 타고 산동으로 가면 후연군과 충돌하지 않고도 육로를 통해 장안까지 갈 수 있을 것이오. 후연군도 그렇지만, 요동성에서 요하를 건너게 될 경우 곧 우기가 닥쳐 늪지대를 지날 때 어려움이 많을 것이 더 염려되기 때문이오."

담덕은 그러면서 석정에게 보내는 서찰을 양수에게 건넸다.

"폐하, 이 서찰만 전하면 되겠습니까?"

양수도 이제 곧 헤어져야 하는 마당이므로, 섭섭한 마음에 목소리가 떨려나왔다.

"북위의 탁발규가 보낸 금괴의 용도에 대해선 그 서찰에 자세히 썼으니, 구두로 설명할 필요는 없을 것입니다. 그보다 이제 금산에 역참이 건설되고 나면 곧 초원로가 열릴 것이니, 조환 대인께 앞으로 초원로도 이용해달라고 전해주시오. 아울러 서역 상인들에게도 초원로 선전을 많이 해달라는 부탁도 드립니다."

"네, 폐하! 시생도 대상단을 이끌고 저 서역으로 가서 천산산맥의 서북쪽을 돌아 금산을 넘고 초원로로 말을 달려 고구려까지 가고 싶사옵니다. 그때는 아마 조 대인도 동행하게 될 것이옵니다."

양수는 곧 기예단을 이끌고 요동으로 떠났다.

염수에서 요동으로 가는 길과 국내성으로 가는 길은 달랐다. 기예단이 떠나는 것을 보고 나서 담덕도 곧 원정군을 이끌고 국내성으로 향했다. 숙신 경략을 위해 국내성을 떠난 뒤 해를 넘겨 벌써 8개월로 접어들고 있었으므로, 진군의 속도를 높였다.

봄 날씨는 포근했고, 하늘은 쾌청했다. 선봉에 선 고구려 원정군의 기마대는 경쾌하게 국내성을 향해 달렸고, 그 뒤를 말갈군 보병들이 울긋불긋한 깃발을 펄럭이며 뒤따랐다.

왜의 대륙 출병

1

추수철을 한 달 앞에 두고 해일을 동반한 태풍이 불어왔다. 마치 하늘에서 물동이로 들이붓듯 폭우까지 사흘 내리퍼부었다. 파도는 간단없이 큰 혓바닥을 내밀어 해안가 마을을 덮쳐, 집이며 논밭을 훑고 지나갔다. 세찬 바람은 거친 손으로 머리채를 휘어잡듯, 나무숲을 온통 쥐어흔들어 방풍림을 뿌리째 뽑아놓았다.

이처럼 추수철이 가까울 때면 매년 남쪽 해역에서 태풍과 폭우가 한꺼번에 닥쳐 다도해를 휩쓸었다. 단 한 해도 거르는 법이 없었다. 심할 때는 몇 차례씩 거듭 몰아치는 바람에 한 해 농사가 거덜날 때도 많았다.

규슈 서남쪽 나가사키 항구도 선박의 피해가 심해서 부서지고 전복되고 닻줄이 끊겨 어디론가 사라져버린 상선과 군선들이 부지기수였다. 그래도 미리 태풍의 피해를 줄이기 위해 산자락으로 둘러싸인 아늑한 해안에 정박시켰던 선박들은 온전해서 그나마 다행이다 싶었다. 그런 곳은 용케도 태풍의 갈퀴 같은 손이 긁고 지나가지 않아서 그렇지, 전에는 안전했던 해안가 마을도 직접적인 영향을 받아 흔적 없이 사라지는 곳도 많았다.

요는 해일을 동반한 태풍이 어느 길을 택해 상륙하느냐에 따라 피해의 정도가 천양지차로 달라지므로, 복불복이라고 할 수밖에 없었다. 그러니 태풍이 오기 전에 미리 대비한다는 것도 한창 익어가는 나락으로 새카맣게 몰려드는 새 떼들을 쫓으려는 허수아비의 헛손질에 지나지 않았다. 특히 태풍이 올 때 엎친 데 덮친 격으로 지진까지 일어나면, 해일이 산더미 같은 파고로 밀려와 마을을 한순간에 집어삼킬 때도 있었다.

대신들로부터 막대한 태풍의 피해 소식을 접한 왜국 대왕 오진은 이마에 굵게 잡힌 주름을 한동안 펴지 못했다. 그는 침통한 표정으로 혼잣소리처럼 입에서 나오는 대로 그저 말을 뱉어냈다.

"하늘이 노한 모양이다. 이 모두가 짐의 덕이 부족한 탓인 것을……."

오진은 손으로 이마를 짚었다.

"폐하! 고정하소서. 아국은 많은 섬으로 이루어져 있사옵니다. 해마다 어느 섬으로 닥치든 저 남쪽 바다에서 불어오는 태풍은 막을 방도가 없사옵니다. 이는 폐하의 덕과는 아무런 상관이 없는 자연재해이옵니다. 차갑고 더운 공기가 서로 엉키고 풀어지면서 일어나는 현상이옵니다. 여름철이 되면 바다와 하늘의 기온이 변화무쌍하니, 도무지 태풍의 진로를 예상하기 어려워 그저 앉아서 당할 수밖에 없는 재앙이옵니다. 통촉하여 주시옵소서."

평소 역법曆法에 일가견이 있다고 큰소리치던 관상감도 그저 입에 바른 소리밖에 할 줄 몰랐다.

"어찌 귀관은 해마다 같은 소리만 반복하는 것이오?"

오진은 답답하다는 듯 자신의 가슴을 두드리기까지 했다.

"자연의 재앙은 예측할 수 없는 일이옵니다."

"허면, 저 서북쪽 바다 건너 대륙에 있는 백제와 가야, 신라와 고구려 같은 나라들은 어떠하오? 저들도 아국의 섬처럼 태풍의 영향을 많이 받고 있소?"

오진은 자신도 잘 알면서도 답답증이나마 풀어보겠다는 심사로 관상감을 닦달하였다.

"저 대륙의 나라들도 태풍의 영향을 아니 받을 수는 없으나, 섬나라인 아국보다는 피해의 정도가 그리 심하지 않다고 들었사옵니다. 이는 태풍이 남쪽 바다에서 올라오는데, 사방을 바다와 접하고 있는 아국은 그 길목에 속하므로 대륙보다 더 큰 영향을 받는 줄로 아옵니다. 아국을 지나 대륙으로 가지 않고 곧바로 북쪽 바다로 올라가다 소멸이 되는 경우가 많사옵니다. 그래서 간혹 대륙의 나라 배들이 태풍을 만나게 되면 난파되거나 좌초되어 아국의 섬까지 밀려오는 경우가 있지 않사옵니까?"

해마다 겪는 태풍이므로 누구나 잘 알고 있는 일이지만, 관상감의 말은 더욱 설득력이 있었다. 천문지리부터 역법과 점성술까지 두루 꿰고 있는 관상감이니만큼, 대신들 그 누구도 감히 그 분야에 대해 섣부르게 아는 척을 하지 못했다.

대왕 오진은 관상감의 그 말을 기다리고 있던 참이었다.

"그래서 짐은 오래전부터 섬보다 안전한 대륙으로 진출하는 꿈을 갖게 된 것이오. 제신들 중 대륙 출정을 반대하는 일부 세력도 있는 것으로 아는데, 이번 태풍의 피해를 보고도 그런 주장을 할 수 있는지 묻고 싶소. 섬나라가 대륙을 꿈꾸는 것은 당연한 일이오. 짐의 모친인 진구왕후도 그런 원대한 꿈을 갖고 대륙 공략에 나선 적이 있음을 모르지 않거니와, 자식 된 도리로 그 선망을 저버릴 수 없다는 걸 제신들도 잘 알고 있으리라 믿소."

오진은 어린 시절 친모인 진구왕후로부터 자주 '해신의 아들'이란 소리를 들은 바 있었다. 그를 잉태한 무거운 몸으로 바다 건너 신라를 치러 간 적이 있었는데, 해신이 뱃속에 든 아이를 안전하게 지켜주어 귀국한 후에 순산했다는 것이 바로 그 증좌였다.

진구왕후는 주아이仲哀왕과 결혼하여 오진을 낳았다. 이제 전설 같은 이야기가 되어버렸지만, 주아이왕은 신라를 정벌하라는 신의 계시를 받고 나서도 어떻게 해야 할지 고민만 하다 바다에 군선 한 번 띄워보지도 못하고 급사하고 말았다. 이때 마침 진구왕후는 오진을 잉태하고 있었는데, 주아이왕이 신의 계시를 어기는 바람에 죽었다고 믿고 홀몸이 아님에도 불구하고 남편을 대신해서 군사들을 이끌고 바다를 건넜다. 부풀어 오른 배를 손으로 감싸고 돌을 허리에 차서 출산을 지연시키며 출정하였다는 전설 같은 이야기가 전해지고 있을 정도였다. 또 다른 소문에 의하면, 주아이왕이 죽고 나서 진구왕후가 스미요시住吉 대신과 사통하여 오진을 잉태했다는 설도 나돌았다.

아무튼 부친이 죽고 나서 낳은 유복자이든 스미요시 대신의 핏줄이든, 오진의 출생에 대한 비밀을 아는 사람은 당사자인 진구왕후밖에 없었다. 어쩌면 진구왕후는 그 비밀을 숨기기 위해서 오진을 낳고 나서 주아이왕이나 스미요시 대신이 아닌 '해신의 아들'이라는 전설 같은 말을 만들어낸 것인지도 몰랐다.

오진은 어려서부터 모친에게서 들은 '해신의 아들'이라는 말을 믿고 싶었다. 왜국 왕실의 약점을 잡아 자신을 '유복자'니 '스미요시 대신의 아들'이니 하는 뜬소문을 가라앉히기 위해서는, 진구왕후로서도 어렵게 얻은 자식을 '해신의 아들'로 우상화할 필요가 있다고 생각했을 것이다. 즉 왜국은 사방이 바다로 이루어진 섬나라로, 구원의 손길이 필요했으므로 해신의 존재가 절대적으로 요구되었다. 일반 백성들에게 자신의 뱃속에서 나온 자식을 '해신의 아들'이라고 입소문을 퍼뜨려, 출생의 비밀을 감추면서 동시에 신의 반열에 올림으로써 경외심을 갖도록 했는지도 몰랐다. 진구왕후 사후 백성들이 신사를 짓고 신으로 받들어 모신 것도 그와 깊은 관련이 있었다.

그런데 대왕 오진은 매년 태풍의 피해를 겪을 때마다 백성들이 존경해 마지않는 '해신의 아들'이란 별칭을 무색하게 만들어 자존심이 부쩍 상하곤 했다. 이번에도 그는 태풍이 할퀴고 지나간 직후 나가사키 항구의 상선과 군선 들이 파도에 떠밀려 유실되거나 혹은 파손되었다는 보고를 받고 나서 깊은 상실감에 빠졌다. 그때 그는 오래전부터 새롭게 군선을 만들라고 특별히 지시한 이즈伊豆 항구의 선박들 사정은 어떠한지 궁금해, 말을 잘 타는 호위무사에게 명을 내려 즉시 현장으로 달려가 알아보도록 했다.

"나가사키 항구의 군선들 피해가 막심하니, 바다 건너 신라를 공략하는 데 어려움이 많을 것 같사옵니다. 태풍으로 망가진 군선들을 고치는 데도 시간이 많이 소요될 것이기 때문이옵니다."

이렇게 말한 것은 오호하마노 스쿠네大濱宿禰였다.

스쿠네는 왜국의 무인과 행정관을 나타내는 벼슬의 호칭인데, 흔히 이름 뒤에 붙여 그 지위가 남다름을 자타가 공인할 수 있도록 했다. 오호하마노는 대왕 오진이 집권하던 시절 변란을 일으킨 주변 소국들을 평정하여 일찍이 재상의 반열에 오른 무장이었다. 대신으로 최고 직책을 맡고 있었으므로, 그가 대왕 못지않게 나라를 걱정하는 것은 어쩌면 당연한 일이기도 했다.

그러나 대왕 오진도 황소고집을 꺾지 않았다.

"짐은 이번에 반드시 진구왕후의 한을 풀어드릴 생각이오. 모친께서는 신의 계시를 받들어 신라 정벌에 나섰다가 잉태한 몸으로 더 이상 전투를 치를 수 없게 되자 결국 회군하고 말았소. 단지 뱃속에 든 짐이 그 실패의 원인이었던 것이오. 전장에 나가는데 산달이 가까워진 뱃속에서는 태아가 자주 발길질을 하니, 아무리 신의 계시라 하지만 후일을 기약하고 회군할 수밖에 없었다고 생각하오. 모친께서는 파도를 헤치며 만삭의 몸으로 바다를 건너와 한겨울에 스쿠시筑紫(큐슈 북쪽 연안)에서 짐을 낳았다고 들었소. 벌써 그로부터 70여 성상이 흘렀는데도, 아직 짐은 모친의 숙원 사업인 대륙 공략을 시도조차 하지 못하고 있소이다. 이제는 이 몸도 늙어 더 이상 뒤로 미룰 수 없다는 걸 제신들도 다 알 것이오. 더구나 근자에 이르러 도래인 세력들도 규합되어 연합군을 형성할 수 있게 되었소. 지금이야말로 대륙 정벌을 위해 군선을 띄워 바다를 건널 절호의 기회요."

"폐하, 신들이 어찌 진구왕후의 숙원사업을 모르고 있겠나이까? 원래 백제의 아신왕은 아국에 원군을 요청해 고구려를 공략해달라고 했으나, 폐하께서 고구려보다 먼저 신라부터 치겠다는 결심을 굳히신 일은 신의 계시였던 그 오래된 숙원사업을 달성하기 위한 것 아니겠사옵니까?"

재상 오호하마노의 말처럼, 대체로 왜국 대신들은 그렇게 알고 있었다.

사실상 처음 고구려보다 신라 쪽을 치자는 의견을 낸 것은 몇 년 전 백제에서 밀사로 파견된 사두였다. 그 말을 들었을 때 오진은 모친 진구왕후의 숙원사업을 먼저 상기하였다. 그리고 밀사가 백제로 돌아간 후 대신들을 모아놓고 대륙 진출을 위한 신라 공략을 가시화함으로써, 도래인 세력들을 규합한 왜국 연합군을 편성해 바다를 건너기로 단단히 마음을 굳혔다.

"제신들도 짐이 오래전에 이즈 항구에 조선소를 세우고, 배 목수들에게 새로운 군선들을 만들게 한 것을 잘 알고 있지 않소이까? 이번 태풍에 나가사키 항구에 있던 상선과 군선 들이 많이 파손되기는 했지만, 이즈 항구에서 새롭게 건조한 군선들만으로도 충분히 우리 군대를 출동시킬 수 있을 것이오. 더구나 이제 아군은 물론 도래인 세력까지 연합군으로 편성되어 해를 넘겨가며 맹훈련을 거듭해오고 있으니, 이로써 대륙 진출을 위한 만반의 준비가 갖추어진 셈이오."

오진은 몇 년 동안 대륙 출병을 준비해왔으므로 남다른 자신감에 차 있었다.

태풍도 지나갔다. 바다는 더없이 잔잔하고, 군선이 출항하면 거침없이 현해탄을 건너 반도 땅에 상륙할 수 있을 것이었다. 이미 뺀은 팔이었다. 일부 대신들의 반대로 그 팔을 거두어들인다는 것은 오진의 자존심이 결코 허락하지 않았다.

바로 그때 늙은 내관이 아뢰었다.

"며칠 전 이즈 항구에 보낸 호위무사가 도착해 알현을 청하나이다."

"으음, 기다리고 있던 바다. 어서 들라 하여라!"

오진은 전장에서 마치 원군을 얻은 기분으로 목소리가 한결 높아졌다.

편전은 대왕 오진이 상석에 높이 앉아 있는 가운데, 다다미를 깐 바닥 양옆으로 대신들이 좌정해 있었다. 곧 이즈 항구에 다녀온 호위무사가 그 가운데로 성큼성큼 걸어들어와 대왕 앞에 무릎을 꿇고 군례를 올렸다.

"폐하, 이즈 항구는 무사하옵니다. 해안가에 방풍림으로 심은 삼나무 몇 그루가 뿌리째 뽑히기는 했으나, 조선소에서 건조한 군선들은 태풍이 오기 전에 단단히 닻줄에 묶어놓아 일부 파손된 것 외에는 안전하다고 하였사옵니다."

호위무사의 보고를 들으며, 오진은 여봐란듯이 눈을 굴려 좌우의 대신들을 훑어보았다.

"지금까지 완성된 군선은 몇 척이나 되는가?"

"파손된 군선을 빼고도 2백 척이 넘사옵니다."

"흐음, 나가사키 항구의 배들이 다소 파손됐다고 하나 고치게 되면 1백 척은 건질 수 있겠고. 도합 3백 척이면 연합군 5만은 충분히 태울 수 있겠군!"

오진의 이 같은 확신에 찬 말은, 손상된 배만 고치게 되면 곧 대륙 진출을 위해 출항하겠다는 굳은 의지로 보였다.

군선은 대략 1척에 1백여 군사를 태울 수 있으므로 일단 군사들의 출정에는 아무 문제가 없었다. 원정군은 일단 대마도를 거쳐 대륙으로 출병할 것인데, 도주 아비루에게도 최대한 많은 군선을 확보해 대기시키라고 지시를 내려놓고 있었다. 나머지는 군량미를 싣고 후군으로 따르게 될 상선들인데, 그 역시 나가사키 항구의 다소 손상된 배들을 고치면 출항할 수 있다는 것이 오진의 생각이었다.

"이제 추수철이고, 곧 겨울이 닥쳐올 것이옵니다. 군사들이 대륙의 겨울을 잘 견뎌낼 수 있을까, 그것이 걱정되옵니다. 아국은 섬나라인데다 기후 조건이 대륙과 달라 온화한 편이므로, 대륙의 혹독한 겨울과 맞서 싸우는 것도 전쟁을 방불케 하는 일이라 판단되옵니다. 대륙의 군사들에 비해 두 배나 힘든 전쟁을 수행해야 한다는 것이옵니다. 서두를 것이 아니라 따뜻한 봄날을 기다려 출병하는 것이 어떠하올는지요?"

오호하마노는 대왕이 너무 서두른다 싶어 제동을 한번 걸어 보았다.

"이는 아국의 군사 본대만이 아니라 도래인 세력들과 의견일치를 보아야 하므로 연합군 합동회의를 열어 결정토록 하겠소. 진구왕후 때부터 신의 계시에 따라 대륙의 꿈을 실현코자 하는 일이므로, 이후 더 이상 반대를 하는 것은 용서치 않을 것이오. 그러할 경우 신의 저주가 있을 것이니, '해신의 아들'인 짐이 그 명령에 따라 처단하겠소."

이 같은 오진의 확고한 말에, 더 이상 반대 의견을 다는 대신들은 없었다. 오래전부터 '신의 계시'에 따라 신라 출정에 나선다고 했지만, 그것은 섬나라인 왜국으로선 대륙에 대한 꿈을 실현하기 위한 유일무이한 목표라고 할 수 있었다.

2

궁궐 안팎이 온통 어수선하였다. 성벽 너머에서 들려오는 군사들의 만세 소리와 기합 소리, 말발굽 소리, 온갖 소리란 소리들이 수증기처럼 끓어올라 하늘로 퍼져나가고 있었다. 하늘에는 새털구름이 흘러갈 뿐 유난히 날씨가 청명했는데, 그 우중충한 분위기 때문에 그것을 바라보는 사람의 마음은 그다지 평온할 수가 없었다.

"허헛, 참! 청천하늘에 날벼락이라니?"

왕인은, 아니 왜국에서 얻은 이름으로 와니는 궁중 누각의 평상 앞에 여러 제자를 앉혀놓고 한창 경서를 가르치고 있었다. 왜국 태자 우지노와키이라츠코兎道稚郎子와 왕자들, 그리고 백제 태자 전지가 함께한 자리였다. 그러나 궁궐 안팎이 시끄러우니 스승이나 제자나 경서 강독에 몰입되지 않았다. 뚫린 귀로 성곽 밖에서 들려오는 소리를 듣고, 뜨인 눈으로 궁궐 안을 오가는 궁인들의 어수선한 발걸음을 목격하게 되니 마음이 심란할 수밖에 없었다. 전쟁 준비는 궐 밖 군사들이나 궐 안의 궁인들에게 마음을 달뜨게 하기는 마찬가지였다.

와니는 이미 귀를 닫고 눈을 감은 채 살아온 지 햇수로 2년이 넘었다. 그런다고 듣지 말아야 할 소리가 안 들리고, 보지 말아야 할 풍경이 눈앞에서 사라지는 것은 아니었다. 그렇게 귀와 눈을 비롯해 오감을 막고 살리라 비감한 결심을 했지만, 감각이란 벌레는 그럴수록 스멀스멀 몸으로 스며들어 의식의 칼날을 더욱 날카롭게 만드는 것이었다.

"스승님, 다시 태풍이라도 온단 말씀입니까?"

백제 태자 전지가 초롱초롱한 눈으로 하늘을 쳐다보며 물었다. 스승의 입에서 불쑥 튀어나온 말이 모국어였으므로, 왜국 왕자들은 무슨 말인지 알 수 없어 그저 눈만 멀뚱거렸다.

"태풍보다 더 큰 바람이 몰아칠 것 같습니다."

와니는 여전히 하늘에 눈을 둔 채 말 끝머리에 한숨을 길게 내쉬었다. 그는 왜국에 와서 '와니키시和邇吉師'라 불렸다. '와니'는 '왕인'을 왜국 발음으로 바꾼 것이고, '키시'는 스승을 특히 우대하여 부르는 호칭이었다. 그러나 존칭을 빼고 세칭 '와니'로 통했다.

와니가 백제에서 오기 전까지는 아치기가 경서와 말타기를 모두 맡았었으나, 이제는 두 사부가 각기 나누어서 왜국 왕실의 자제들을 가르치게 되었다. 그래서 그들 두 사부에게는 '키시'라는 호칭이 이름 뒤에 따라붙었는데, 와니가 '와니키시'인 것처럼, 아치기는 '아치키시'로 불렸다. 원래 '길사吉師'는 백제에서 귀인이나 '대인'을 부르는 호칭이었고, 신라에서는 '길사吉士'가 17관등 중 제14급에 속하는 명칭이었다. 이처럼 백제와 신라에서 비롯된 호칭이 왜국으로 전해져 '키시'가 되었던 것인데, 도래인들은 흔히 스스로 높여서 이름 뒤에 붙여 쓰는 경우가 많았다.

경서 강독이 끝나고 나서 와니는 아치기와 단둘이 마주 앉았다.

"여기서 이즈 항구가 멉니까?"

와니가 물었다.

"말을 타고 달리더라도 하룻길로는 어렵습니다. 이즈 항구는 왜요?"

아치기는 와니가 가끔 왕실 자제들을 데리고 궁궐 밖으로 멀리 나가 자연과 세상을 구경하는 일이 있었으므로, 이즈 항구로 출행 계획을 잡은 모양이라고 생각했다. 와니는 제자들에게 굳이 경서 강독만을 고집하지 않았다. 산천경개를 두루 감상하는 일도 학문 수양의 중요한 덕목임을 인지할 수 있도록, 곧잘 아치기와 함께 궁궐을 벗어나 제자들과 더불어 말을 달리곤 했다.

"대왕 폐하의 명으로 여러 해 전부터 이즈 항구의 조선소에서 군선을 만들고 있다 들었습니다. 소문에 의하면 이번 태풍에도 새로 건조한 군선들이 큰 피해를 입지는 않았다고 하는데, 궁궐 밖의 군사들 소리를 들으면 대륙 출병이 멀지 않은 듯합니다."

와니는 말끝에 짧은 한숨을 매달았다.

"대왕의 황소고집을 누가 꺾겠습니까?"

아치기도 왜국의 대륙 출병을 찬성하는 편은 아니었다. 백제의 원수를 갚는다면 고구려를 칠 일이지 신라를 먼저 공격한다는 것이 마음에 들지 않았다. 더구나 연전에 백제에 사신으로 가서 초부거사로부터 대동세상이 무엇인지 듣고 나서 생각이 달라졌다. 그의 애제자인 와니가 또한 섬나라인 왜국에 와서 대동세상을 열겠다는 꿈을 펼치고 있음을 알기에 더욱 그러했다.

"아치키시께서도 알고 계시겠지만, 왜국에 온 이후 여러 번 오진 대왕을 만나 대륙 출병의 무모함에 대해 역설했으나 요지부동이었습니다. 이번에는 제 눈으로 이즈 항구의 조선소 현장을 제대로 보고 와서 대왕과 독대할 생각입니다."

"아, 그러니까 이번 출행은 왕실 자제들과 함께 가는 것이 아니로군요?"

"그렇습니다. 아치키시께서 이즈 항구까지 저와 동행해주시길 특별히 부탁드리는 것입니다."

"좋습니다. 모처럼 가을 날씨도 좋으니, 왕실에 정식으로 휴가를 내서 도서 지역 여행을 겸해 이즈 항구로 가시지요."

아치기도 적극적으로 찬성하였다.

왜국 왕실에서는 아치기와 와니 두 스승에게 사나흘 간의 휴가를 주었다. 다음날 두 사람은 말을 타고 일찌거니 궁궐을 벗어나 이즈 항구를 향해 달렸다. 산을 넘기보다는 주로 평지가 많은 해변의 둑길을 따라 질주하였다. 산길보다 돌아가는 길이라 멀기는 하였지만, 말이 달리는 데 무리가 없고 바다 경치도 좋아 지루하지 않았다. 더구나 해안이 들쑥날쑥하여 바다 멀리 곳곳에 바위섬들이 떠 있고, 해안선을 따라 돌출된 단애와 계곡을 끼고 쑥 들어간 만이 있어 자연 경관이 제법 볼만하였다.

그러나 계곡을 낀 만의 경우 태풍이 불 때 집중폭우가 내린 곳은 갑자기 산에서 들이닥친 물로 인해 마을이 쑥대밭으로 변하거나, 가을 추수를 앞둔 논밭이 물에 쓸려내려가 한 해 농사를 망친 곳도 많았다. 수해가 난 곳이 계곡 속에 숨어 있어 해변 둑길을 따라 말을 달리다 보니, 그 피해의 규모를 제대로 알기 어려웠다.

아침 일찍 출발해 하루하고도 한나절을 달려 마침내 이즈 항구에 도착하였다. 이즈는 반도로 되어 있었다. 동쪽 고지대를 통과하는 구간을 말을 타고 달리다 보면 중간중간 바다와 만났다 헤어지기도 하고, 또한 주마간산으로 만년설을 이고 있는 후지산이 멀리 보여 마상 위에서 즐기는 풍경이 지루하지 않았다.

이즈 항구의 조선소가 있는 곳은 해안가에서 깊숙이 들어

간 만에 자리잡고 있었다. 좌우의 돌기가 된 돌산이 만을 아늑하게 감싸고 있어, 태풍 피해가 극히 적었다. 2백여 척이 넘어 보이는 새로 건조한 군선들이 항만 부두를 가득 메우고 있었다. 닻을 내린 군선들에는 제각기 울긋불긋한 깃발들이 매달려 바닷바람에 펄럭였다.

아치기와 와니 두 사람이 말을 타고 조선소가 있는 만을 두루 도는 사이, 어느덧 저녁 무렵이 되었다. 서쪽 바다로 떨어지는 저녁놀이 하늘 가득 붉은 취기를 물감처럼 풀어놓고 있었다.

대륙 출병을 위해 새로 건조한 군선들을 돌아보면서 와니는 결코 마음이 편치 않았다. 이즈 항구는 온천으로 유명하였다. 온천욕을 하고 잠자리에 들어서도 그는 잠이 잘 오지 않았다.

'왜왕 오진의 탐욕이 화를 부르는구나.'

와니는 옆자리에서 코를 골며 잠의 나락으로 떨어진 아치기의 등을 보며 마음속으로 자꾸만 되뇌었다.

날이 밝자, 두 사람은 조식을 끝낸 후 곧바로 이즈 반도를 돌면서 곳곳에 태풍 피해를 입은 마을들을 둘러보았다. 같은 지역인데도 집중호우가 내린 곳은 마을을 온통 쓸어버려 지붕과 벽체가 날아가 앙상한 잔해만 남은 집들이 많았고, 그렇지 않은 곳은 의외로 평온한 마을도 있었다. 말을 타고 평탄한 길을 달리면서 보면 태풍 피해를 입지 않은 평온한 마을 풍경이 눈에 들어왔지만, 조금만 계곡으로 깊이 들어가면 집이 파손되어

길가에 나앉아 그저 한숨만 내쉬고 있는 마을 사람들을 자주 목격할 수 있었다.

와니는 태풍 피해를 입은 사람들에게 물어보았다.

"산사태가 일어나 큰 피해를 보게 되었군요?"

"네, 저 아래 바닷가 조선소에서 군선을 건조한다며 산의 삼나무들을 모조리 베어가는 바람에 산사태가 일어난 겁니다. 태풍이 몰아치며 집중적으로 폭우가 쏟아지자, 산비탈의 삼나무를 베어낸 곳에서는 썩은 뿌리들이 물을 머금고 있질 못하니 산사태가 일어날 수밖에요. 마을 앞에 방풍림으로 심은 삼나무도 함부로 베어가서 태풍에 지붕들이 다 날아가버렸습니다. 조상 대대로 이곳에 살았지만, 지금처럼 큰 피해를 본 적은 없었지요. 오래전부터 조상들이 심어온 삼나무 덕분 아니었겠습니까?"

태풍 피해를 입은 마을 사람들의 한숨 섞인 호소였다.

삼나무는 고온다습한 섬나라 풍토에 알맞아 왜국에서 많이 자라나는 수종으로, 건축자재나 조선용 목재로도 많이 쓰였다. 높고 꼿꼿하게 자라나기 때문에 숲이 장관을 이루었는데, 특히 섬나라인 왜국에선 사방이 바다를 끼고 있어 해변에 삼나무를 심어 방풍 효과를 톡톡히 보곤 했다.

돌아오는 길에 와니는 해변 언덕의 방풍림들을 유심히 살펴보았다. 삼나무 방풍림이 있는 마을은 태풍의 피해가 적었다.

그러나 배를 건조하기 위해 방풍림으로 심은 삼나무를 마구 베어낸 마을은 여지없이 태풍이 휩쓸고 지나가 지붕이 날아가고 기둥뿌리가 뽑힌 집들이 많았다.

"삼나무가 바람을 막아주는 일을 하는데, 마을 앞에 심은 나무까지 베어다 배를 건조하는 데 쓰다니……."

와니는 태풍 피해로 파손된 마을의 집들을 눈여겨보며 혼잣소리처럼 중얼거렸다.

"왜국에선 삼나무를 목재로 삼아 여러 가지를 만들지요. 배 건조는 물론이거니와, 건자재나 가구 용도로도 많이 쓰입니다. 어제 온천욕을 할 때, 바로 그 욕조도 삼나무로 만든 것입니다. 온천욕을 할 때 욕조에서 특유의 삼나무 향기가 나기 때문에 사람들이 좋아하지요."

아치기가 묻지도 않은 삼나무의 용도까지 설명했다.

"그렇게 용도가 많다니 좋은 나무로군요."

"그러나 흠이 한 가지 있습니다. 조선 건조의 용도로는 그다지 좋다고 볼 수 없습니다. 나무의 질이 강하지 못해 거센 태풍을 만나면 파손이 잘 돼 좌초될 위험이 있습니다. 강도에 있어서는 고국의 소나무만 못하지요. 대륙에서는 소나무를 조선 건조용으로 많이 쓰는데, 그보다 강도가 약한 삼나무로 만든 왜선은 소나무로 만든 백제의 배와 충돌할 때 부서지기 쉽습니다."

"흐음……. 그럴 수도 있겠군요."

와니는 아치기의 말에 묘한 신음을 뱉으며 입술을 가만히 깨물었다.

3

이즈 항구에서 돌아온 다음날, 와니는 자청하여 왜국 대왕 오진과 독대를 하였다.

"폐하! 연일 궁궐 밖에서 군사들이 훈련에 열중하고 있는데, 진정으로 대륙 출병을 강행하실 생각이십니까?"

와니는 단도직입적으로 물었다. 그의 마음 갈피에는 다른 생각이나 말들이 들어설 틈이 없었다.

"어제 아치기 선생과 이즈 항구를 둘러보고 왔다 들었소. 거기서 보고 들은 이야기를 하려는 줄 알았는데, 뜬금없이 대륙 출정을 묻는 이유가 무엇이오?"

대왕 오진은 이름 뒤에 붙이는 '키시'라는 호칭 대신에 '선생'을 붙였다. 왕실의 자제들을 가르치는 큰 스승이므로, 일반적으로 도래인들이 스스로 이름 뒤에 붙이는 호칭을 애써 도외시하고 있었다. 그만큼 아치기나 와니에게 특별한 대우를 하고 있었다.

"지금 그 말씀을 드리려고 합니다. 이즈 지역은 참혹할 정도로 태풍의 피해가 심했습니다. 이즈 항구에 있는 조선소에서 배를 건조하느라 산골짜기의 삼나무 숲을 남벌하는 바람에 집중폭우로 산사태가 일어난 지역이 많습니다. 더러는 농가 마을 전체가 쓸려나가기도 했습니다. 논밭은 물론이고 집들이 다 부서졌습니다."

"허어? 며칠 전에 파발마를 보내 알아본 것과 너무도 다르군. 이즈 항구에 다녀온 호위무사의 보고에 의하면 항만 피해는 별로 없었으며, 조선소에서 건조한 군선들도 부서진 배는 몇 척 안 되고 대부분 온전하다고 들었소. 그런데 이즈 골짜기에 그런 천재지변이 일어나다니?"

"천재가 아니고 인재입니다. 산비탈의 아름드리 삼나무를 베어 배를 건조하는 데 쓰니, 그곳에 폭우가 내리면 땅속에서 물을 잡아주는 나무뿌리가 없어 산사태가 일어난 것입니다. 이는 무리한 군선 건조에 대한 자연의 경고가 아니겠습니까?"

와니는 '무리한 군선 건조'에 힘을 주면서, 오진의 대륙 출병이 잘못된 결정임을 정면으로 반박했다.

"와니 선생께선 이 섬나라에 오래 살아보지 못해 그런 말을 하는 것이오. 태풍 같은 것은 해마다 몇 차례씩 겪는 일이니, 이제는 그 피해를 백성들도 당연하게 여길 정도요. 그러나 먼바다에서 지진이 일어나 해일이 밀려올 땐 그야말로 청천벽력 같은 공포감에 휩싸입니다. 태풍은 방풍림을 심거나 집을 튼튼하게 개축하여 그런대로 사전에 방비를 할 수 있으나, 언제 어디서 발생할지 모르는 지진은 그저 앉아서 당할 수밖에 없는 천재지변이 아닐 수 없소. 섬나라 사람들이 대륙에 있는 나라들을 부러워하는 것은 그 때문이오. 와니 선생께선 짐이 왜 대륙 출병을 결행하게 됐는지 이제 어느 정도 짐작하고 있으리라 믿소."

오진은 와니의 도전적인 질문에 은근히 화가 치밀었다. 그러나 말투는 조용하게 나갔다.

"백제에서 원군을 요청하여 대륙 출병을 하는 것은 겉치레일 뿐이고, 신라를 경략하자는 것이 대왕 폐하의 속마음이란 말씀이군요."

와니는 대왕 오진을 향해 날카로운 눈길을 던졌다.

"이제까지 와니 선생과 담론을 벌일 때 직접적으로 언급하지 않았지만, 사실인즉 그렇소이다. 몇 년 전 백제에서 온 사신 사두 장군이 고구려보다 신라를 쳐서 허를 찌르자고 제안했습니다. 그때 짐이 선뜻 그 제안을 받아들인 것은, 아국이 대륙 진출을 꿈꾸는 목표가 바로 신라였기 때문이오. 거리로 보더라도 고구려는 멀고 신라는 가깝지 않습니까? 장차 아국이 대륙을 경영하려면 가까운 곳이 좋겠지요."

오진은 아예 본색을 드러내, 더 이상 와니가 대륙 출병에 대해 왈가왈부하지 못하게 하겠다는 배짱이었다.

"신라를 대륙 경영의 본거지로 삼으시겠단 말씀입니까?"

와니도 이젠 더 이상 오진을 설득할 방도가 없다고 판단했다. 그래서 은근히 따지고 드는 말투가 되어버렸다.

"와니 선생께서는 모르는 일이겠지만, 모친인 진구왕후께선 잉태한 몸으로 병사들을 이끌고 바다를 건너가 신라를 공격한 적이 있소이다. 때마침 산달이라 태아가 위험스러워 모친께서는 고심 끝에 배를 돌려 회군하여 바닷가에서 순산하셨다 들었소. 그 태아가 바로 짐인데, 그때 모친이 못다 이룬 꿈을 이루어드리려는 것이오. 당시 신라를 공략하라는 것은 신의 계시였소."

"신의 명령이라니요? 어떤 신을 말씀하시는 겁니까?"

와니는 애써 대왕 오진의 '계시'라는 말을 바꾸어 '명령'이라고 했다. 왜국은 전통적으로 인간을 영웅시하여, 죽으면 신으로 우상화하는 경향이 있었으므로 '계시'라는 말은 마땅치 않다고 생각했던 것이다.

"천신이오."

"천신이라면 태양신을 말씀하시는 것입니까?"

와니는 은근히 왜국의 전통 신앙에서 말하는 천신天神이 '하느님'과는 다른 신임을 구분하기 위해 되물은 것이었다.

"그렇소."

응신은 그렇게 짤막하게 한마디 하고 입을 한일자로 다물었다. 백제인 와니가 혹시 고구려나 신라의 첩자일지도 모른다는 생각이 들었다. 그가 대화할 때마다 백제의 입장만 대변하는 것이 아니라 고구려와 신라 등 대륙의 나라들을 두루 거론하며 왜국의 대륙 출병을 반대하고 나섰기 때문이다. 또한 대륙 출신에게 약점을 잡히는 것은 자존심이 부쩍 상하는 일이기도 했다. 따라서 질문에 곧이곧대로 대답했다가 자칫 실수로 나라의 약점만 드러내게 될 수도 있었다.

"저의 스승이신 초부거사께서는 일찍이 백제는 물론 고구려·신라·가야 등지의 산천경개를 주유하면서 그 땅에 사는 사람들의 숨결을 듣고, 문물과 사는 모습을 보고, 유학자나 고승들과 담론을 나누었다 들었습니다. 나중에는 저 중원까지 가서 화북과 강남을 오가며 경서를 찾아 읽고, 그것을 토대로 현지인들과 학문을 논하였다고 합니다. 제가 이 땅에 올 때 가져온 경서들이 모두 스승이 주신 책자들이옵니다. 스승을 통해 들은 얘기 중에 신라 설화가 하나 생각나는군요. 신라 동남쪽 바닷가에 근오지현斤烏支縣(영일만)이 있는데, 오랜 옛날 그곳에서 연오랑과 세오녀가 바다를 건너 이 땅으로 왔다고 합니다. '랑'은 남자를 말하고 '녀'는 여자이니, 연오와 세오 부부가 이곳 섬나라에 와서 나라를 세우고 왕과 왕후가 되었다는 전설이 바로 그것입니다. 그 두 사람이 정착한 곳이 큐슈 북단에 위치한 이토지마반도라고 하는데, 대륙의 남단과 바로 바다로 통하는 항구이지요. 연오는 신라왕의 아들로 알려져 있는데 철을 잘 다루고, 그 부인 세오는 직조 기술에 능했다고 합니다. 당시 이곳 섬나라에서는 연오랑을 '아메노히보코天日之矛'로, 세오녀를 '아카루히메로阿加流比賣'라고 불렀다고 전해지고 있습니다. 신라의 근오지현 지역에 전해지는 설화로는 연오랑과 세오녀가 떠난 후 갑자기 해와 달이 빛을 잃자 점을 치는 신관에게 물었더니, 해와 달의 정기가 바다 건너 섬나라로 갔기 때문이라는 것이었습니다. 바로 지금의 왜국을 이르는 말이지요. 이때 신라왕이 사자를 보내 연오랑과 세오녀에게 돌아오라고 했더니, 이미 그곳에 나라를 세워 갈 수 없다고 했습니다. 그 대신에 왕후 세오녀가 짠 고운 비단을 주면서 근오지현 바닷가에서, 그것으로 하늘에 제사를 지내면 된다고 하였다는 것입니다. 사신이 귀국해 그대로 하였더니, 다시 전처럼 해와 달이 밝게 빛났다는 전설입니다. 이는 비록 사람과 사람 사이에서 구전되면서 설화 형식을 띠고 있지만, 사실을 바탕으로 하여 신비한 이야기의 옷을 입힌 것이라 사료됩니다. 이 설화를 통해 유추해볼 때 연오랑과 세오녀는 이곳 섬나라에 와서 광명의 신인 해와 달의 신적 존재로 추앙받게 되었다고 생각합니다. 따라서 왜국과 신라는 남다른 인연이 있는 관계임을 이 설화를 통해 알 수 있습니다."

여기서 와니는 잠시 말을 끊고 호흡을 가다듬었다.

"연오랑과 세오녀에 관한 이야기는 이곳에서도 전해져오고 있는 것이 사실이오. 조금 변용이 된 듯한 이야기이긴 합니다만……. 그런데 와니 선생께선 지금 그 이야기를 왜 하는 것이오?"

오진은 인내심을 갖고 와니의 이야기에 귀를 기울이다가 문득 궁금한 것을 물었다.

"이곳 섬나라인 왜국은 저 바다 건너 대륙의 국가들과 끈끈한 인연으로 맺어져 있습니다. 대륙이나 섬이나 각자 사람에 따라 다르겠지만 같은 핏줄일 수도 있고, 같은 문화를 공유하는 친연관계를 갖고 있음은 자명한 일입니다. 따라서 악은 선으로, 원한은 화해로, 적국은 우방으로, 전쟁은 평화로 바꾸는 대전환의 결단이 필요합니다. 그리하여 외적의 침입이 없는 섬나라의 이점을 살려 이 나라를 대동세상으로 만들어야 합니다."

와니는 강하게 '대동세상'에 방점을 찍듯 그 부분에서 목소리를 높였다.

"와니 선생께선 전부터 '대동세상, 대동세상' 하는데 대체 어떤 세상을 만들어가자는 얘깁니까? 백성들을 불안에서 해방시키고, 안락하고 평화로운 세상을 만들자는 것 아니겠습니까? 그런데 이 섬나라는 시시때때로 태풍이 불어닥치고 언제 일어날지 모르는 지진 공포로 백성들이 불안에 떨고 있습니다.

천재지변은 막을 도리가 없는데, 그런 자연조건에서 과연 대동 세상이 실현되겠습니까?"

오진은 70대 중반을 훌쩍 넘어선 노구에도 불구하고 목소리가 카랑카랑했다.

"이곳에 와보니 기후가 고온다습하여 목조집도 2층으로 올리더군요. 땅에서 습기가 올라오니 그런 지혜가 발휘되는 것이지요. 저 대륙의 여러 나라들처럼 방바닥에 온돌이 아닌 다다미를 까는 것도 습기에 대한 대비라 생각합니다. 자연조건을 지혜로움으로 극복하고자 노력하고 있는 것이지요. 그와 마찬가지로 지진에 대해서도 철저한 대비를 하여 집을 더욱 튼튼히 짓고, 태풍을 방비하기 위해 삼나무를 심어 빼곡하게 방풍림을 두른다면 어느 정도 천연재해를 막을 수 있을 것입니다. 그렇지만 전쟁은 천연재해보다 무서운 인재입니다. 인명 손상은 물론이거니와 재산의 피해도 막심합니다. 그것도 한 나라가 아닌 피아가 모두 피해를 보는 대참화가 불을 보듯 뻔한데, 폐하께서는 그래도 대륙 출병을 단행하시겠습니까?"

"대체 와니 선생은 백제인이요, 신라인이요?"

"저는 나라를 따지지 않습니다. 대동세상은 나라의 경계가 없고, 너와 내가 공평하게 평화를 누리며 잘 사는 것을 지향하고 있기 때문입니다."

"이론은 맞지만, 그게 어디 쉬운 일이겠소? 이미 도래인과 우리 군사들이 연합군을 형성해 출병만 남겨놓고 있으니, 일단 바다를 건너는 것은 움직일 수 없는 일. 여기서 대륙 출병을 그만 포기한다면, 짐은 죽어서 모친이신 진구왕후를 뵐 낯이 없을 것이오."

오진은 와니를 앞에 두고 아예 돌아앉았다. 그것으로 두 사람의 독대는 끝이 난 듯싶었다.

오랜 침묵 끝에 와니가 물러가려고 할 때, 오진이 돌아앉으며 그를 다시 붙드는 말을 했다.

"와니 선생께 물어보고 싶은 것이 있소!"

"무엇이옵니까?"

"방금 와니 선생께선 나라를 따지지 않는다고 하였소이다. 그러하면, 백제나 신라와 같은 대륙의 나라처럼 이곳 섬나라인 아국도 사랑한다는 것 아니겠습니까?"

"물론입니다. 사람이 사는 땅은 다 같으니까요."

"그러하다면 와니 선생께 부탁할 것이 한 가지 있소이다."

"무엇이옵니까?"

와니는 숙였던 고개를 들어 대왕 오진을 바라보았다.

"짐의 모친이신 진구왕후는 선생이 말한 아메노히보코의 직계 후손이오. 우리는 그분을 태양신으로 받들고 있소이다. 진구왕후께서 신의 계시를 받고 신라를 침공하였다 함은 천신이자 태양신인 아메노히보코, 바로 그분을 이르는 것이오. 우리는 모친이 세상을 떠나고 나서 그 조상이 되는 아메노히보코를 모시는 진자神社를 짓고 제사를 올리고 있소. 아국에서 모시는 천신을 위한 노랫말을 지어주시오."

오진의 이와 같은 부탁은 와니에게 뜻밖이 아닐 수 없었다.

잠시 동안 와니는 머리를 굴렸다. 곧바로 화답해야만 할 일이지만, 당장은 묘수가 떠오르지 않았다. 이미 대륙 출병은 결정된 일이고, 스승 초부거사가 당부한 섬나라에서의 대동세상은 물 건너간 일이 되고 말았다. 당장이라도 고국으로 돌아가고 싶었다. 그때서야 백제 태자 전지만이 아니라 그 자신도 볼모의 몸임을 깨닫게 되었다.

"화답하겠습니다. 화답하는 시가이니만큼 '와카和歌'라고 하지요. 시일이 좀 걸리겠지만, 부탁하신 노랫말을 지어드리겠습니다. 그 대신……."

여기서 와니는 잠시 뜸을 들였다. 오진의 반응을 보기 위해서였다.

"그 대신……?"

"저를 다시 백제로 돌아가도록 해주십시오."

"와니 선생은 우리 태자와 왕자들의 경서를 가르치는 오경박사이십니다. 그 책임을 완수하기 전까지는……."

오진도 여기서 잠시 말을 멈추었다.

"좋습니다. 왕자들의 경서 강독이 끝나면 백제로 돌아가게 해주십시오. 그때 백제의 전지 태자도 함께 갈 수 있도록 해주시기 바랍니다. 그때까지 와카를 완성해보도록 하지요."

와니도 그렇게 조건을 걸었다.

"왓, 핫핫핫! 와니 선생을 아국에선 한자로 '와니和邇'라 쓰는데, '와카' 또한 와和가 들어간 노랫말이니 기대가 큽니다. 언제가 되었든 기다리지요. 술도 오래될수록 깊은 맛이 느껴지듯, 오래 갈고 다듬은 노랫말이야말로 천신께서도 감동하지 않겠습니까?"

오진은 갑자기 화통하게 웃으면서 와니와의 독대를 끝냈다. 이젠 돌아가도 된다고 손짓하며 내관에게 문을 열어주라고 명했다.

왜국 왕궁의 편전을 나서면서 와니는 짙푸른 가을 하늘을 바라보았다. 그는 왠지 대왕 오진에게 이용당한 느낌이 들어 마음이 편치 않았다. 그가 올려다본 하늘 저쪽 어디선가 초부거사의 껄껄대는 웃음소리가 들려오는 듯싶었다. 그는 왜국이 전쟁을 멈출 수 있게 하라는 스승의 당부를 끝내 지키지 못한 것에 대해 안타까운 생각이 들었다. 그의 마음은 무거운 돌덩어리 하나가 더 얹힌 것 같았다. 혹을 떼러 왔다가 숙제로 '와카'라는 혹을 하나 더 붙이고 가는 셈이었다.

4

추수철이 끝나고 곧 초겨울로 접어들 무렵, 대왕 오진은 왜군과 도래인 세력의 장수들을 불러 대륙 출병 전략을 본격적으로 논의하는 자리를 마련하였다. 이미 백제를 비롯하여 신라·가야·고구려 출신 도래인 세력들은 각 성에서 군사들을 차출하여 왜군과 함께 여름부터 연합 훈련을 받아왔다. 이들 모두가 사실상 본국의 지배 세력과 권력 다툼에서 밀려나 왜국으로 도피한 이주 집단이었다. 그만큼 어쩔 수 없이 떠나온 본국에 대한 포한이 많아, 다시 돌아가면 집권 세력을 몰아내고 권력을 차지하겠다는 욕망에 사로잡혀 있었다. 짧게는 수십 년에서 길게는 수백 년 이상 핏속에 녹아 흐르는 그들의 한 맺힌 집단의식은 연어의 모천회귀와도 공통분모를 가지고 있어, 대륙 출병에 거는 기대가 그만큼 컸다.

오진이 노린 것은 바로 그러한 도래인들의 집단의식이 집적된 '욕망'이라는 휴화산이었다. 지금까지 그들은 그런 욕망을 가슴 깊이 숨겨 외부로 쉽게 드러내지 않았으나, 지축이 흔들리면 휴화산도 폭발하듯이 세상이 바뀌면 도래인들의 욕망도 그 동안 안으로 애써 찍어누르고 있던 것이 가슴을 뚫고 뿜어져 나오리라 판단했다. 군사 전략회의에 참석한 각 도래인 세력의 장군들 눈빛을 통해 본 뻔득이는 광기가 바로 그것을 증거하고 있었다.

모친인 진구왕후가 신라의 왕자(아메노히보코)의 직계 후손이므로, 대왕 오진에게도 역시 도래인의 피가 흐르고 있었다. 그래서 그의 말에는 단호하면서도 어딘가 격정적인 데가 있었다.

"짐의 핏속에는 모친 진구왕후의 꿈을 이루기 위한 대륙 진출의 포한 맺힌 야망이 흐르고 있소이다. 그래서 짐은 벌써 오래전부터 이즈 항구에 조선소를 설립해서 대륙 출병을 위한 군선을 제작해왔소이다. 이제 그 군선들 2백여 척이 나가사키 항구로 와서 이미 대기하고 있고, 기존 군선들까지 포함해 3백여 척이 대륙 출병을 기다리고 있는 중이오. 지금 이 자리에는 그동안 대륙 출병을 반대해온 장수들도 있고, 은근히 그 꿈을 실현이 가능한 것으로 만들려고 준비한 장수들도 있다고 생각하는 바이오. 출병에 앞서 여러 장수들의 의견부터 듣고 싶소이다."

오진은 본인이 직접 출병하기에는 나이가 너무 많았으므로, 전장에 나설 제장들에게 대륙 진출의 확실한 다짐을 받아두고 싶었다.

그동안 오진이 출병을 차일피일 미루어온 것은, 대륙 진출의 확실한 명분을 찾지 못했기 때문이다. 그런데 며칠 전 오경박사 와니와 독대하여 나눈 담론에서 기발한 생각을 떠올렸다. 바로 그가 이야기한 신라에 전해져오고 있다는 '연오랑과 세오녀'에 관한 설화가 더없이 좋은 기폭제로 작용하였다.

와니가 말하지 않았더라도, 오진은 어린 시절부터 모친 진구 왕후로부터 아메노히보코(연오랑)와 아카루히메(세오녀)의 이야기를 자주 들은 바 있었다.

신라에서 '연오랑'이라 불리는 아메노히보코는 '천일창天日槍', '세오녀'라 불리는 아카루히메는 '적옥녀赤玉女'라는 별칭을 쓰기도 했다. 이러한 칭호는 두 사람의 출신과 연관이 있었다. 천일창은 신라왕의 아들로 철기를 잘 다루는 기술을 갖고 있었는데, 그 이름의 '창槍'과 왜국에서 불리는 아메노히보코天日之矛의 '모矛'는 바로 철제 무기를 상징하는 것이었다. 그리고 적옥녀는 왜국에서 나는 붉은빛 옥을 가리키는데, 아카루히메가 옥을 가지고 바다를 건너 신라로 가서 '천일창'이라 불리는 연오랑과 결혼하여 세오녀가 되었다고 했다.

당시 왜국에서 전해져오는 설화에 의하면 세오녀가 조국을 그리워하여 몰래 배를 타고 바다를 건너가자, 연오랑이 아내를 찾아 또한 바다를 건넜다. 이때 적옥녀(세오녀)는 옥과 구슬, 거울 등 8개의 보물을 신라에서 가지고 왔다. 그리고 연오랑 또한 칼과 창, 구슬과 거울 등 7개의 보물을 가지고 섬나라로 와서 아내를 만났다. 이들이 신라에서 가져온 보물들은, 후세들이 두 사람을 신으로 받들어 모시는 신사를 지어 보존하게 됐다는 것이다.

이러한 이야기를 오진에게 들려준 모친 진구왕후는 바로 연오랑과 세오녀의 5대손이라고 하였다. 그 혈통을 밟아올라가면 신라와 연결된다는 것을 그는 어린 시절부터 알고 있었는데, 며칠 전 와니가 설화 이야기를 거론할 때 다시금 그 기억을 떠올리게 되었다.

바로 그 순간, 오진은 연오랑과 세오녀가 신라의 권력 집단에게 쫓겨 바다를 건너 왜국으로 왔다는 것이 틀림없는 사실이라고 생각했다. 모친 진구왕후가 잉태한 몸으로 대륙 출병을 위해 바다를 건넌 이유가 바로 5대조인 연오랑의 나라 신라를 정복하는 데 근본 목적을 두고 있었음을 확실하게 깨닫게 된 것이었다.

잠시 이러한 일련의 기억들을 더듬던 오진은, 다시금 정신이 되돌아와 제장들을 다그쳤다.

"왜들 말이 없는 것이오? 이번 대륙 출병의 성패는 장군들의 굳은 의지에 달려 있다고 생각하는 바이오."

그때 재상이자 왜국을 대표하는 장수인 오호하마노가 몸을 빳빳하게 세웠다. 이미 그는 오진에 의해 대륙 출병의 왜군 대장군으로 임명되어 있었다. 그동안 출병을 적극적으로 반대했었지만, 대왕의 황소고집을 꺾지 못해 대장군으로 부월斧鉞까지 받아든 입장이었다.

"폐하! 그동안 각국 도래인 장수들과 연합 훈련을 하면서 심기일전해 통합된 의지를 다졌사옵니다. 이번에 신라를 경략해 대륙 경영의 교두보로 삼자는 폐하의 깊은 심중을 어찌 헤아리지 못하겠나이까? 지난날 소장이 대륙 출병을 여러 차례 반대해온 것은 사실이지만, 이제는 폐하께서 소장을 대장군으로 삼아 부월까지 내려주셨사옵니다. 폐하께서 전장의 모든 권한을 소장에게 주신 만큼, 부월을 높이 받들어 휘하 장수들을 선도해 신라 공략에 몸이 가루가 되도록 혼신을 다할 것이옵니다. 날을 잡아 나가사키 항구에서 천신과 해신에게 제를 올린 후 출항토록 하겠나이다."

대장군 오호하마노는 말을 마치고 응신을 향해 팔을 들어 군례를 올렸다.

"좋소. 도래인의 각 제장들은 대장군의 명을 짐의 뜻으로 알고 따라주길 바라오. 아무래도 도래인 제장들의 입장이 각기 다를 것이라 생각하는 바, 짐은 오늘 이 자리에서 대륙 출병에 임하는 각오를 한마디씩 듣고 싶소이다."

오진은 다시 도래인 제장들을 좌우로 둘러보았다.

그랬다. 오진은 그들이 대륙의 각기 다른 나라에서 바다를 건너온 도래인들이라, 아무리 서로 정략결혼으로 얽어 세력을 규합했다손 치더라도, 하나로 통일된 정신 무장을 하고 있지는 못할 것이라고 우려하였다. 각기 다른 목적을 갖고 있겠지만, 그것을 하나로 통합하지 않으면 대륙 출병의 진정한 의미가 상쇄될 가능성이 높았다.

"폐하께서 이미 신화가 된 신라의 연오랑과 세오녀 이야기를 하셨는데, 아국에서는 신사를 지어 신령스런 보물들을 모시고 두 신을 숭배의 대상으로 삼고 있사옵니다. 하늘에 태양신이 있고, 바다에 해신이 있사옵니다. 나라를 위해 큰일을 하신 분들도 신격을 부여해 신으로 받드는 것이 우리의 전통 신앙입니다. 우리가 신으로 받드는 연오랑 역시 도래인입니다. 우리 도래인들의 꿈은 모두가 다시 대륙으로 돌아가 옛 영화를 누리는 것이옵니다. 그 꿈이 같으니 이번 대륙 출병의 목적 역시 동일할 수밖에 없습니다. 그러므로 폐하께선 소장들을 믿어주시기 바랍니다."

이렇게 나선 것은 아소성의 성주 소가노 마치였다. 그는 아들 소가노 가라코韓子가 열두 살이 되어 미력하나마 성을 맡길 만하다는 생각에, 백제 도래인 세력의 장수가 되어 출병하기로 결심한 마당이었다.

"이번에 소가성의 성주가 각국 도래인 세력들을 규합하는 데 큰 역할을 한 것에 대해 치하를 하는 바이오. 연전에 소가성과 사돈 관계가 된 고마성의 성주 생각은 어떠하시오?"

오진이 눈길을 돌려 고마성의 성주 고마 헤이를 쳐다보았다.

"소장이 어찌 폐하의 명을 거역할 수 있겠습니까? 소장의 딸과 소가성 성주의 아들이 결혼함으로써 폐하의 높으신 은덕을 입었사옵니다. 소장은 이번에 아들 고마 히로까지 출정시킬 각오를 하고 있습니다."

고마 헤이는 실제로 정략결혼에 의해 소가성과 사돈 관계가 된 것을 행운으로 생각했다. 장차 딸 고마 히데와 사위 소가노 가라코가 아들을 낳는다면 '소가노 고마'라 이름을 갖게 되고, 그럴 경우 외손자 대에 와서 고마성과 소가성은 정체성을 공유하는 탄탄한 세력 기반을 형성할 수 있을 것이었다. 그런 의미에서 사실상 정략결혼의 명을 내린 오진이야말로 큰 은혜를 베풀어준 셈이었다.

"부자가 모두 출정한다? 과연 그 용기가 대단하오. 고마성 성주께서는 고구려 집권 세력에 대한 포한이 매우 깊다고 들었소이다. 이번 우리 연합군의 대륙 출병은 모두가 가슴에 품었던 한을 푸는 전쟁이라 해도 과언이 아닐 것이오."

오진은 이렇게 백제와 고구려 도래인 세력뿐만 아니라, 가야와 신라의 도래인 세력 장수들의 입을 통해 직접적으로 대륙 출병의 굳센 의지를 점검할 수 있었다.

드디어 나가사키 항구에서 대륙 출병에 앞서 천신과 해신에게 제를 올렸다. 이 행사에는 당연히 대왕 오진도 참여하여 제사장 역할을 맡았다. 그는 어려서부터 모친 진구왕후에게 '해신의 아들'이란 말을 귀에 못이 박히도록 들어왔으므로, 특히 감회가 남다를 수밖에 없었다.

나가사키 항구에는 왜국 연합군이 타고 출전할 3백여 척의 군선이 대기하고 있었다. 이미 해상교역을 하던 상단들이 타던 상선도 군선으로 개조했으므로, 황색과 붉은색 깃발로 이루어진 기치들이 하늘을 찌를 듯 높이 솟은 선단의 위용은 군사들의 사기를 가일층 돋우어주기에 충분했다. 초겨울 바람이 먼바다로부터 해변으로 불어오자 깃발들이 독수리 날개처럼 펄럭였고, 그 소리가 진중에 울려 퍼지는 북소리와 어우러져 자못 긴장감을 고취시키고 있었다.

"우리 군선은 일단 쓰시마(대마도)로 가서, 그곳 군사들을 길잡이로 삼아 대륙으로 항진할 것입니다. 쓰시마 군사들은 자주 배를 타고 대륙을 침공하였으므로, 그곳으로 가는 바닷길이나 현지 지리에 익숙하기 때문이옵니다."

간단한 제천의식이 끝나고 드디어 대장군 오호하마노가 대왕 오진에게 출정 보고를 하였다.

"천신와 해신이 우리 군을 돕고 있다. 출항하라!"

오진의 명을 받은 군선 3백여 척은 곧 나가사키 항구를 출항하였다. 바람은 순조로웠고, 검은 돛을 올린 군선들은 황색과 붉은색 깃발을 휘날리며 파도 위를 미끄러지듯 거침없이 헤쳐 나갔다.

5

왜군 연합군을 태운 3백여 군선들은 무사히 현해탄을 건너 대마도 해역으로 들어섰다. 섬 북단의 대륙으로 가는 기착지 부두에는 도주 아비루가 미리 나와 대기하고 있었다. 나가사키 항구 출정에 앞서 대장군 오호하마노는 아비루와 긴밀한 연락 관계를 취하고 있었으므로, 왜군 연합군의 출병을 사전에 알았다.

이미 오호하마노의 명을 받고 아비루는 대륙 출병 길잡이 역할을 할 대마도 군사들까지 차출해놓고 있었다. 차출된 군사들은 대륙의 나라들이 흔히 '왜구'라고 부르는 대마도 어부들이었다. 태풍이 불거나 이상기온으로 인해 해류 온도가 달라져 고기가 잡히지 않는 흉어기가 되면, 그들은 먹고살기 위해 낚시나 그물 대신 칼이나 도끼를 든 채 배를 타고 대륙으로 건너가 농민들이 추수한 양식들을 약탈하고, 아녀자들을 붙잡아 가거나 현지에서 성욕의 노리개로 삼곤 했다. 그들은 대마도와 가까운 해역을 끼고 있는 가야나 신라, 조금 서북쪽으로 떨어져 있는 백제, 심지어 더 욕심을 부릴 때는 고구려 권역까지 진출하곤 했다. 고구려의 경우 남쪽은 백제나 신라와 경계를 이루고 있으나 서쪽과 동쪽은 바다로 열려 있어, 왜구들은 먼 해역을 돌아 그 양쪽 항구로 기습하듯 들이치는 경우가 종종 있었다.

이러한 전력을 가지고 있었으므로 왜군 연합군으로 볼 때 대마도 어부들이야말로 대륙 출병을 하는 데 있어 최적의 길잡이라고 할 수 있었다.

"대륙으로 출병할 쓰시마 군사들은 얼마나 되는가?"

군선에서 하선한 오호하마노가 아비루에게 물었다.

"자원해서 출병하겠다는 병사들이 많아 용력 있고 무술 뛰어난 자들로 1천여 명을 가려 뽑았습니다. 3백여 군선에 각기 3명씩 배당하고도 남을 병력입니다. 일찍이 대왕 폐하의 명을 받고 군선도 50척 가량 확보해놓았습니다."

"수고 많았다. 잠시 후 제장들 전략회의를 열 것이니 도주도 꼭 참석해 대륙으로 가는 항로에 대해 진지하게 논의해보자."

오호하마노의 명에 따라 아비루는 미리 마련해둔 대장군 군막에 탁자와 의자 등을 배치하고, 탁자 위에 대륙의 항만 지도를 펼쳐놓았다. 대마도 어부들은 대륙의 지리에 밝았으므로, 그들이 가져온 정보를 수집해 대륙의 주요 해안과 성곽 등을 그려넣은 지도였다.

군선에 탄 군사들이 모두 하선하여 각자 부둣가에 군막을 치느라 분주한 가운데, 제장들은 긴급히 작전회의를 열기 위해 대장군 군막으로 모여들었다. 이미 왜국 도성에서 연합군 군사 훈련을 할 때 몇 번에 걸쳐 전략회의를 거쳤지만, 대마도에서 도주 아비루와 함께 작전회의를 여는 것은 또 다른 의미가 있었다. 대륙으로 가는 항로에 익숙한 대마도 어부들로 조직된 군사들을 길잡이로 삼아야 했기 때문이다.

대장군 오호하마노의 손에는 대왕 응신이 내린 부월이 들려 있었다. 대왕의 명을 받은 대장군이므로, 그는 위엄 있는 목소리로 입을 열었다.

"우리 연합군은 크게 세 부대로 나누어 3차에 걸쳐 신라를 공략할 것이다. 제1대는 아국의 정규군과 신라 도래인 군사들로 이루어진 본대이다. 군선을 타고 북상하여 근오지현으로 상륙, 신라 도성인 금성으로 진격할 것이다. 제2대는 가야 도래인 군사들이 현지의 가야군과 연합하는 부대다. 역시 군선을 타고 북상하여 황산하黃山河(낙동강) 하류를 건너 동래를 공략하고 난 후, 금성으로 향한다. 그리고 제3대는 백제와 고구려 도래인 군사들로 이루어진 부대다. 군선을 타고 서북향으로 우회하여 일단 백제 서남단 항구인 상대포구로 상륙, 동쪽으로 군사를 이동시켜 황산하 상류를 거쳐 금성을 향해 남진한다. 이처럼 각 부대는 동쪽, 서쪽, 남쪽에서 보름내지 한 달의 시차를 두고 금성을 공격한다."

오호하마노는 일단 여기서 말을 끊고, 도끼처럼 모난 눈으로 제장들을 둘러보았다. 이미 제장들은 연합 훈련을 받을 때 여러 번에 걸친 작전회의에서 중의를 모아 결정한 것이므로, 묵묵히 고개만 주억거렸다. 그러나 처음 듣는 대마도주 아비루는 고개를 갸우뚱거리지 않을 수 없었다.

"대장군! 한꺼번에 쳐들어가지 않고 부대를 셋으로 나눠 각기 다른 방향에서 신라를 공격하는 이유는 무엇입니까?"

"좋은 질문이다. 당연히 그런 의문이 들겠지. 우리 연합군은 아국 군사들과 도래인 군사들로 이루어진 군대다. 대륙에 가서는 백제와 가야의 군사들까지 합류하여 신라를 공략하게 돼 있다. 제1대인 아군의 본대와는 달리, 제2대와 제3대는 각기 가야와 백제 땅으로 가서 현지 군사들과 연합해 세 갈래로 신라를 쳐서 적들을 교란시킬 것이다. 따라서 각 부대가 세 갈래로 나누어 시차를 두고 차례차례 공격을 감행하여 신라의 심장인 금성을 포위하게 되면, 그때 일제히 공격해 단숨에 적의 숨통을 끊어놓을 것이다. 이처럼 전군이 신라 도성을 향해 3차에 걸쳐 연차적으로 공격을 하는 것은 고구려 원정군을 유인하기 위한 전략이기 때문이다. 신라에 잔뜩 겁을 주어 고구려에 도움을 요청하도록 만들려면 생각보다 오랜 시일이 걸릴지도 모른다. 따라서 이번 전쟁은 장기전이 예상되므로, 일단 상륙하게 되면 현지에서 군량미부터 확보하는 것이 급선무다. 물론 본국에서 상선을 동원해 보급부대가 후발대로 떠나도록 되어 있지만, 원정군에게 있어서 현지조달은 필수적인 작전임을 명심토록 하라. 쓰시마 도주는 아군이 상륙과 동시에 현지조달로 군량미를 확보할 수 있는 방법을 누구보다 잘 알고 있을 것이다. 물론 군사력으로 밀어붙여 농가를 급습해 군량미를 확보하는 것이 가장 확실한 방법이긴 하지만, 그보다 더 손쉬운 방법도 있지 않겠는가?"

제장들의 눈이 일제히 대마도주 아비루에게로 쏠렸다. 그러자 그의 눈에 일순 당황한 빛이 어렸으나, 곧 침착하게 자신의 생각을 털어놓았다.

"대장군 말씀에 일리가 있습니다. 장기전으로 간다면 군량미 확보처럼 중요한 것도 없겠지요. 지금 우리의 강력한 군대가 간다면 더 쉬운 방법이 있긴 합니다."

"그것이 무엇인가?"

아비루의 말을 오호하마노가 되받았다.

"신라에는 무장 세력을 가진 지방호족들이 있습니다. 특히나 항구를 끼고 있는 지역에는 무역으로 상권을 장악하여 큰 부자가 된 대상들이 있는데, 그들은 바다에 나가 고기를 잡는 어부들의 배와 육지에서 농사를 짓는 농부들의 토지를 사들여 일약 거부가 되었습니다. 그들은 대토지를 소유하여 소작인들을 부리면서, 그들의 자제들을 사병으로 기르고 있습니다. 해양을 끼고 있으므로 외부에서 풍랑으로 인해 들어온 유랑민들도 거두어 무장 세력으로 키워나가면서, 지역민 통치에도 직간

접으로 관여하고 있다고 합니다. 항구를 낀 지역의 호족들은 바다에 나갈 때 해적들을 방어하기 위해 상단 청장년들에게 무장시키는 것이 관행처럼 되어 있습니다. 우리 섬에서 어부들이 대륙으로 출동할 때 가장 애를 먹는 것이 바로 호족의 무장 세력들입니다. 지방의 현령들도 우리 어부들이 출동하면 자체 군사력으로 당하기 어렵다 판단될 때 호족의 무장 세력들에게 도움을 요청할 정도입니다. 결국 우리도 손쉬운 방법을 택하여 더 먼 지방으로 벗어나 백성들의 집에서 양식을 확보할 수밖에 없지요. 이제 아군이 상륙한다면 먼저 그 지방 호족들의 창고를 노리는 것이 가장 손쉬운 군량미 확보 전략이라 생각됩니다."

이와 같은 아비루의 말은 강한 설득력을 갖고 있었다.

"그 지방호족이란 자들의 창고에 양식을 많이 저장해두었다면, 아군의 군량미 확보에는 큰 문제가 없겠군."

이렇게 나선 것은 백제 도래인 출신으로 소가성의 성주가 된 소가노 마치였다.

"그렇습니다. 신라 왕실에는 골품 제도가 있는데, 진골만이 왕이 될 수 있습니다. 순차에 밀려 왕이 못 된 진골들은 지방을 다스리는 관리가 되곤 하는데, 바로 지방호족들은 그들과 정략결혼을 맺어 그 지역에서 무소불위의 힘을 과시하고 있습니다. 호족들이 진골 출신 지방 관리들의 권세를 앞세워 대지주로서 백성들의 수탈을 일삼고 있으니, 그들의 창고야말로 부를 축적하는 산실이 아니고 무엇이겠습니까?"

"흐으음……, 하긴 그렇겠군!"

소가노 마치는 그 순간 얼핏 옆에 앉은 고마 헤이에게로 눈길을 돌렸다. 그들은 군사력 강화를 위해 아들과 딸을 정략결혼으로 맺어둔 사돈 관계였기 때문에 어느 때부턴가 서로 호흡이 잘 맞았다. 말로 하지 않더라도 순간적인 눈길 교환만으로 이미 그 뜻을 헤아릴 정도였다.

"쓰시마 도주의 말에 일리가 있다는 생각이 듭니다. 일단 상륙하게 되면 그 지역의 호족부터 손을 봐주어야 할 것 같습니다. 그들의 무장을 해제시키고 군량미를 확보하는 일거양득의 계책이 아니겠습니까?"

고마 헤이가 사돈인 소가노 마치의 말에 추임새를 넣었다.

"좋은 생각이오. 소가성과 고마성의 성주는 이번에 신라뿐만 아니라 고구려 공략에 대한 대안도 갖고 있다 들었는데, 그 구체적인 전략을 듣고 싶소."

대장군 오호하마노가 맞은편에 나란히 앉은 소가노 마치와 고마 헤이를 쳐다보았다.

"제3대에 속한 우리 군은 이 섬에서 다시 두 부대로 나눌 생각입니다. 먼저 소장이 이끄는 백제 도래인 출신들로 이루어진 부대는 3차로 출발하여 서북향으로 반도의 해역을 돌아 백제의 상대포구로 상륙할 것입니다. 거기서부터 동쪽으로 진군하면서 소장의 아비가 되는 목라근자 장군이 다스리던 지방의 각 지역 산성을 거치면서 백제 군사들을 차출해 신라 접경인 황산하 중류로 진격할 것입니다. 소장의 군대에는 여기 고마성 성주의 아들인 고마 히로가 이끄는 고구려 도래인 출신 군사들도 일부 참여토록 할 것입니다. 나머지 고마 헤이 장군이 이끄는 고구려 도래인 군사들은 이곳 쓰시마에 주둔해 고구려 원정군이 신라를 돕기 위해 출동하길 기다릴 것입니다."

소가노 마치의 이와 같은 말은 대장군 오호하마노로서도 들은 바 없는 전략이었다. 전에 백제 사신으로 다녀간 장군 사두가 왜국왕 오진과 대면하여 고구려 대신 신라를 치는 전략에 대해 말한 바 있었다. 그런데 오진은 그 전략을 애써 숨기며 신라를 치는 목적이 모친 진구왕후의 한을 갚기 위한 것이라는 말만 애써 강조하였다.

그래서 소가노 마치도 그 비밀 작전에 대해서 고마 헤이와 의견을 나눈 바 있지만, 철저하게 입단속을 하고 있었다. 자칫 사전에 고구려에 그 전략이 알려질까 두려웠기 때문이다.

"이 섬에 고구려 도래인 군사를 남겨놓는다니, 무슨 이유 때문이오?"

오호하마노가 도끼눈을 크게 뜨며 물었다.

"원래 이 전쟁은 몇 년 전 백제 사신으로 사두 장군이 왔을 때 오진 대왕과 약속한 일에서 비롯된 것입니다. 지금으로부터 4년 전 고구려왕 담덕이 백제 한성으로 쳐들어와 아신왕을 굴복시키는 치욕을 겪었습니다. 백제의 아신왕은 밀사로 사두 장군을 파견하여 아국으로 하여금 원군을 보내달라고 요청하였습니다. 그때 백제 장군 사두는 먼저 신라를 쳐서 고구려왕 담덕이 원군을 보내면, 그 빈틈을 노려 고구려 도성 국내성을 공략하기로 했습니다. 따라서 이번에 아군이 신라 도성을 공략할 때 고구려 원군이 도우러 오면, 이 섬에 주둔해 있던 고마 헤이의 고구려 도래인 출신 군사들이 즉각 출동하게 되어 있습니다. 이때 백제 도성을 지키던 사두 장군의 군사와 합류하여 서해의 바닷길로 압록강까지 군선을 이끌고 가서 그 중류에 있는 고구려 도성 국내성을 단숨에 점령하겠다는 전략입니다."

"우하하핫! 바로 그러한 전략이었군! 대왕께서 내게 대장군을 맡기실 때, 비밀을 요하는 전략이 있으니 쓰시마에 도착하면 소가노 마치 장군에게 물어보라 하셨소이다. 바로 고구려 도성인 국내성을 우리의 손아귀에 넣는 기발한 전략이었군! 그래서 고구려왕을 속이기 위해 백제 도성의 군대는 그대로 놔두고 지방군을 차출해 먼저 신라를 치자는 것이로구먼! 실로 우리 대왕의 꿈이 대단히 크다는 데 놀랐소. 일단 아국과 백제와 가야의 연합군이 신라를 쳐서 굴복시킨 후, 그 지역을 교두보로 삼아 다 함께 고구려를 쳐서 광야로 진출하자는 것 아니겠는가?"

대장군 오호하마노는 막사가 떠나갈 정도로 고개를 젖힌 채 호탕하게 웃었다.

6

대장군으로 왜국 연합군 제1대를 이끌게 된 오호하마노는 군대가 임시로 머물고 있는 쓰시마의 츠치요리豆地浦를 출항하기 전날 저녁 무렵, 대장선에 올라 길잡이 역할을 맡게 된 대마도 출신 군사 우두머리를 불러 상륙작전에 대해 긴밀한 논의를 했다. 츠치요리 포구는 대마도 북단에 있어서 군선을 이끌고 신라 해역까지 가기가 수월했다.

"츠치요리에서 신라의 동남쪽 근오지현까지는 군선을 타고 반나절이면 갈 수 있는 거리입니다."

대장선 길잡이를 맡은 대마도 출신 군사가 말했다. 그는 신라 도래인으로 대마도에 정착한 이시하라 모리이石原森井였다. 그의 선조가 대마도에 정착한 것은 불과 40여 년 전의 일로, 신라왕 내물이 즉위한 직후였다. 그는 원래 석昔 씨로 신라 4대왕 석탈해昔脫解의 직계 후손이었다. 제16대 흘해訖解 이사금에게는 자식이 없었는데, 왕이 죽으면서 그 자리를 두고 석 씨와 김 씨 사이에 다툼이 벌어졌다. 이때 김 씨를 대표하는 내물이 석 씨 세력을 물리치고 왕위에 올랐으며, 그런 와중에 석 씨들은 몰락하여 뿔뿔이 흩어졌다.

바로 모리이의 아버지는 흘해 이사금의 조카로 김 씨 세력과의 왕위 다툼에서 밀려나면서 금성에서 근오지현으로 도망쳐 곧바로 바다를 건너 대마도에 정착하게 되었다. 성씨도 석 씨를 이시하라石原로 바꾸었다. 성씨의 '석昔'을 같은 한자 발음의 '석石'으로 바꾼 것은 신라와 대마도가 매우 가까워 대상들이 어류 교역을 위해 자주 왕래하였으므로, 혹시 신분이 탄로 날까 두려웠기 때문이다.

모리이는 대마도에서 태어났는데 아버지로부터 자신이 신라 왕족인 석 씨이고, 섬나라로 망명해온 이야기를 들었다. 그는 어부로 종사하면서 흉어기가 되면 배를 타고 대륙으로 건너가 양식을 구하곤 했는데, 아버지가 자주 말한 근오지현 지방을 두루 훑으며 농가를 급습하였다.

"신라의 근오지현은 어떠한 곳인가?"

아비루를 통해 모리이의 일가가 대마도에 정착하게 된 사연을 알게 된 오호하마노였으므로, 단도직입적으로 제1대가 상륙하게 될 지역에 대해 물었다.

"근오지현 인근은 오랜 옛날부터 야철장으로 유명한 곳입니다. 그 지역에서 철을 녹여 신라의 무기들을 만들고 있지요. 바로 근오지현에서 그다지 멀지 않은 남쪽에 '달천'이라는 개천이 흐르는데, 그곳에서 흔히 '토철土鐵'이라 불리는 모래에서 걸러낸 사철沙鐵이 많이 납니다. 이 달천의 야철장은 우리 석 씨들 대대로 내려오는 야장들에 의해 관리되었는데, 근오지현을 부강하게 만드는 데 일조하고 있습니다. 특히 항구를 끼고 있어 바닷길을 통해 무역하는 대상들이 자주 왕래하면서 철제품을 수출합니다. 그들은 특히 부를 축적할 줄 아는 머리가 있어, 근오지현의 거부가 된 대상 중 석 씨 야철장의 외동딸과 결혼해 그 지방의 권세를 한 손아귀에 거머쥔 자가 있습니다. 원래는 파사波斯(페르시아) 출신 대상인데, 어쩌다 태풍을 만나 근오지현 포구까지 쓸려왔다고 합니다. 신라에 와보니 소문에 듣던 대로 '황금의 나라'라는 생각이 들어 정착하기로 마음먹었다고 하더군요. 아예 자기의 '무사비'란 성씨를 석 씨로 바꾸어 '석규명昔圭明'이란 이름으로 알려졌는데, 그 인근에선 누구와도 비교할 수 없는 대상단을 거느린 자입니다. 얼굴은 코가 크고 눈이 파란 이목구비를 하고 있는데도, 복장까지 처가의 귀족들처럼 차리고 아주 신라인으로 행세하고 있다는 것입니다. 그는 더구나 신라 도성인 금성의 진골 귀족들에게 저 서역의 보물들을 진상하여 무소불위의 세력을 과시하고 있지요. 그가 노리는 것은 금성의 월성천에서 많이 나는 사금인데, 금괴를 사들여 창고 모처에 숨겨두고 있다는 소문이 자자합니다. 바로 월성 앞 하천에선 일반 사금과 달리 구슬 모양을 한 질 좋은 구상사금이 납니다. 신라가 외국에 '황금의 나라'로 알려진 것도 바로 월성천에서 나는 구슬 모양의 구상사금 때문입니다."

모리이의 입에서 '구상사금'이란 말이 흘러나오자, 갑자기 대장군 오호하마노의 째진 도끼눈이 번쩍 뜨이면서 둥근 눈망울을 굴렸다.

"구슬 같은 금이라? 허면 석규명이란 자가 서역에서 가져오는 보물은 무엇인가?"

오호하마노의 목울대가 꿀럭, 움직였다.

"유리병인데, 신라에서는 그와 같은 유리 제품을 만들지 못합니다. 토기 같지 않아 깨지기 쉬운 것이 흠이나, 값비싼 보물이므로 조심스럽게 다루어 신라 진골 귀족들이 더욱 그 가치를 존중하고 있다고 합니다. 더구나 유리병에 아름다운 색채로 사람 얼굴부터 꽃 문양, 새 그림 등이 그려져 있어 귀히 여긴다고 합니다. 유리병 입구가 봉황새 머리 모양을 한 것도 있다고 하는데, 그런 보물은 서역보다 더 먼 서쪽의 대식국(로마)에서 만든 것이랍니다."

모리이는 입이 가벼워서 잠시도 쉴 틈이 없었다.

"그렇다면 석규명이 저 서역으로부터 그러한 보물들을 가져온다는 것이냐? 신라 진골 귀족들을 선물로 현혹해 월성천에서 나온 금괴를 얻기 위해."

"네, 그러하옵니다. 이번에 우리 연합군 제1대가 근오지현으로 상륙하게 되면, 가장 먼저 석규명의 저택을 털 필요가 있습니다. 대지주이므로 창고에 양식들이 그득할 뿐만 아니라, 모처에 금괴들을 숨겨두고 있을 것이니 말입니다."

모리이는 근오지현으로 양식을 구하러 갈 때면 석규명의 저택 담을 넘을 때도 있었으나, 경계가 삼엄한 무사들에게 쫓겨 번번이 실패를 거듭했다. 그래서 사실은 그 저택의 창고에 무엇이 있는지 소문으로만 알고 있을 뿐이었다.

어려서부터 부친으로부터 귀에 못이 박히도록 들은 바가 있어, 모리이는 석규명을 철천지원수로 생각하고 있었다. 신라의 흘해 이사금 왕계가 사후 석 씨에서 김 씨로 바뀔 때, 그의 부친은 석 씨를 대표하는 인물이었다. 흘해 이사금이 재위시 아찬阿飡을 거처 이찬伊飡의 벼슬을 지낸 석급리昔急利가 그의 조부였다. 왜국왕이 자신의 아들과 결혼을 시키려고 공주를 보내달라고 요청했을 때, 흘해 이사금에게 자식이 없어 석급리의 딸을 왜국에 보내기도 했다.

따라서 모리이의 부친 석파금昔把金은 흘해 이사금 사후 석 씨를 대표하는 인물로 부상하였다. 흘해 이사금에게 자식이 없었으므로 다음 왕위를 김 씨 출신 중에서 이으려고 하자, 이에 맞서 왕위 다툼에 앞장선 것이 바로 그의 부친이었다.

당시 석파금은 자신의 군사력으로는 김 씨의 무장세력을 이겨내기 힘들어 결국 금성에서 밀려나 근오지현의 대상이자 야철장을 운영하고 있는 석규명에게 도움을 청했다. 대상단을 이끌고 있던 석규명은 무시 못할 무장세력을 갖고 있어, 석파금 휘하의 군사들과 합세하면 금성의 김 씨 세력을 몰아내고 석 씨가 다시 왕계를 이을 수 있다고 판단했던 것이다. 그러나 석규명은 일언지하에 거절하고 호위무사들로 하여금 대문을 단단히 걸어 잠그라고 했다. 그는 사업상 금성의 김 씨 진골 귀족들과 밀착 관계에 있었으므로, 석 씨의 왕위 계승을 돕게 될 경우 파산할지도 모른다고 생각했던 것이다.

결국 모리이의 부친 석파금은 가족과 가까운 친지들을 데리고 바다 건너 대마도로 망명길에 오를 수밖에 없었다. 그것이 벌써 40여 년 전의 일이었다. 모리이는 석파금이 망명한 후, 대마도 현지에서 젊은 여인을 후처로 얻어 낳은 늦둥이 아들이었다.

"파사 출신이라는 그 무사비인지 석규명인지 하는 자의 저택에 우리 군사들을 보낸다면 한낮과 밤중 어느 때가 좋겠는가?"

대장군 오호하마노는 월성천에서 난다는 구슬 같은 사금은 물론 서역에서 가져온다는 유리병에 관심이 많았다. 그것을 대왕 오진에게 전리품으로 바친다면 그의 앞날은 탄탄대로처럼 열릴 것이었다.

"지금 아군의 병력이라면 낮밤 가릴 필요도 없습니다. 다만 근오지현으로 상륙하는 때를 새벽으로 잡는 것이 좋을 듯합니다."

모리이의 이 같은 말에 오호하마노는 고개를 갸우뚱거렸다.

"왜 그러한가?"

"요즘 같은 초겨울에는 해 뜰 무렵에 가장 안개가 많이 낍니다. 해수면 온도와 뜨거운 태양열이 만나면서 기온의 차가 심해 일어나는 현상입니다. 또한 새벽쯤 되면 해안 초소의 근무자들도 눈꺼풀이 무거워져 잠의 나락으로 빠져들기 십상 아니겠습니까? 그때 기습하듯 해안으로 군선을 접근시키면 적과 크게 전투를 벌이지 않고도 상륙작전에 성공할 수 있을 것입니다."

"일리 있는 얘기다. 그렇다면 오늘 밤 자정 무렵에 연합군 제1대는 출항한다."

오호하마노는 손뼉을 치며, 모리이와의 독대를 마쳤다.

대장군과 독대를 마치고 군막에서 나온 모리이는 자신도 모르는 사이에 불끈 두 주먹을 쥐었다. 그는 전에 두세 번 대마도의 어부들을 이끌고 석규명의 창고를 털기 위해 저택 담장을 넘은 적이 있었다. 그러나 워낙 무장 세력들의 무술 솜씨가 뛰어나고 숫자가 많아 번번이 실패하고 말았다.

"요시, 두고 보자!"

전에 딱 한 번 석규명과 마주친 적이 있는 모리이는 왜국말과 신라말을 섞어 쓰며 이를 갈아붙였다.

석규명은 이미 50 가까운 나이가 되었지만, 한창 젊은 모리이와의 대결에서 결코 뒤지지 않았다. 몸집이 크고 장사였는데, 칼을 휘두르는 동작은 빠르고 민첩하였다. 결국 한두 번 겨루다 담을 타넘어 줄행랑을 놓고 말았다.

"이번에는 반드시 아버지의 원수를 갚아주고 말 테다. 기다려라!"

모리이는 파도와 함께 찬바람이 몰아치는 바다를 바라보았다. 막 해가 떨어지는 지평선 너머로부터 저녁 안개가 밀려들기 시작했다.

〈9권에 계속〉